タイタス・クロウの事件簿

ブライアン・ラムレイ

『ネクロノミコン』『妖蛆の秘密』『水神クタアト』……太古の邪神たちの秘儀を記した魔道書の数々。それらを精読し，その悪しき智慧を正義のために使う男がいた。その名はタイタス・クロウ。時には邪教の使徒たちと，さらには不死の魔術師と，そして数秘術を操るテロリストと，奥義のかぎりを尽くして戦う彼の全中短篇をこの一冊に収録する。二十世紀最大の怪奇小説家H・P・ラヴクラフトの衣鉢を継ぎ，今や英国ホラー界の旗手として名高いラムレイがおくる連作オカルト探偵小説。日本版に寄せて著者が新たに書き下ろした序文を収める決定版！

タイタス・クロウの事件簿

ブライアン・ラムレイ
夏　来　健　次　訳

創元推理文庫

THE COMPLEAT CROW

by

Brian Lumley

目次

挿画　藤原ヨウコウ

タイタス・クロウの事件簿

〝銀のギターの渡り鳥〟ジョン、ジュール・ド・グランダン、レイバン・ジュルーズベリー博士、カーナッキ、ジョン・サイレンス、ヴァン・ヘルシング、そのほか数多くの、長い歴史を誇る盟友会の会員たちに本書を捧げる。また、プリンス・ザレスキー、ネイランド・スミス、シャーロック・ホームズらも忘れてはならない。ただし、こちらの諸氏の場合は、たしかに超自然的なものにきわめて近い事件に取り組んでいるとはいえ、その推理法までもが超自然的なるものと〝不可分〟であるというまでにはいたっていない。

タイタス・クロウについての若干の覚え書き

タイタス・クロウはかつても現在も、オカルト界の探検者である。霊感をきわめんとする探偵である。善のために働き、悪を追跡して滅ぼす刺客である。

第二次大戦のさなか、若き彼はロンドンの英国軍本部に身を置き、ナチス・ドイツの暗号を解読するとともに、ヒットラーのオカルト嗜好に関して助言する任務に就いていた。戦後はきわめて行動的な生活を送り、とくに悪と遭遇したときには、本来は敵の武器であるはずの魔術を駆使して戦ってきた。やがては幾多の秘術において練達と目《もく》され、巨匠《グランド・マスター》とまで呼ばれるようになった。

魔法の権威である彼は、高名な魔術師や妖術師の手になる魔道書の数々に精通し、それらを悪用する邪《よこしま》なやからに十字軍のごとく挑んできた。考古学、古生物学、暗号解読術、骨董鑑定術といった諸知識にも長《た》け、とくに黙殺され忘れられた超古代の神話伝説を深く渉猟《しょうりょう》していた。珍奇な古器物や古美術品に関しては、並ぶ者のないほどの蒐集家であった。

余技で怪奇小説をも著し、自身の冒険行を作品のなかに反映させた。その体験談は幾人かの知己、とくに生涯の親友であったアンリ－ローラン・ド・マリニー（その父エティエンヌは、世界的に著名なニューオーリンズの神秘家である）によっても報告されている。それらタイタス・クロウの冒険譚のうち、中短篇小説の形をとっているものすべてを一巻にまとめた。各篇とも執筆からかなりの年月が経っているが、可能な限り時系列順に並べなおしてある。

　本書には、クロウが主役を張る作品はもちろんだが、深いかかわりを持つ三篇も収めた。まず「ニトクリスの鏡」はクロウの友人にして〈異界への旅《トランジション》〉の同行者でもあるド・マリニーが主人公に据えられた唯一の作であり、また「誕生」ではクロウは〈さわり〉の場面に出てくるのみであり、「続・黒の召喚者」においては、彼はまったく登場していない！

　……が、はたしてそうだろうか？

　ところで本書は、クロウの誕生にまでさかのぼっているとはいえ、後年のいわゆる〈異界《トランジ》への旅《ション》〉の過程までを含む、彼の冒険行の全容が収録されているわけではない……収録すれば、この七倍から八倍の分厚さになってしまうからだ！　いうまでもなく、クロウとド・マリニーがクトゥルー神話の怪物たちと繰り広げる壮絶な戦いの全貌を望むには、六つの長篇小説にあたらなければならない。しかしクロウにかかわる中短篇ならば、すべて本書で読めるというわけだ。いずれもわたしの初期の作品であり、発表時は目次の順番どおりではない。

　そこで、収録作の執筆時を以下に記しておく。

「黒の召喚者」一九六七年八月。「魔物の証明」六八年二月。「縛り首の木」六八年三月。「ニトクリスの鏡」六八年六月。「ド・マリニーの掛け時計」六九年五月から六月にかけて。「呪医の人形」七〇年四月。「海賊の石」七〇年八月。「名数秘法」八一年一月。「妖蛆の王」八一年二月から三月にかけて。「続・黒の召喚者」八三年五月。「誕生」八四年。

ご覧のとおり、最初の物語が最後に書かれた！　この「誕生」は、クロウの最も初期の事情を知りたいというポール・ガンレイの求めに応じて書いたものだ。だから、これ以前のクロウを小説で読むことは不可能である。そのわけは、本篇を読めばおわかりいただけることと思う。二つの掌篇、「魔物の証明」と「縛り首の木」は、オーガスト・W・ダーレスが発行していた『アーカム・コレクター』誌に書いたものだが、これはきわめて薄手の機関誌だったため、ごく短い小説しか載せられなかった。ほかの作品は、アーカム・ハウス社から刊行したわたしの二冊の作品集『黒の召喚者』と The Horror at Oakdeene に収録されたが、「妖蛆の王」と「誕生」はガンレイの『ウィアードブック・プレス』誌に、「名数秘法」はイタリアのファンジン『カダス』に、また「続・黒の召喚者」は一九八三年の世界ファンタジー大会の会報に、それぞれ掲載されたものである。

さて、述べておくべきことはあと一つとなった。暗黒領域を舞台とするタイタス・クロウの魅惑的な物語の数々を、仮借ない恐怖を添えてここに贈る。ゆえに、多少なりとも神経質の気味のある読者にとっては、好ましい本とはならないかもしれない。ひと言ご注意申しあげておく次第。

ブライアン・ラムレイ

イングランド、デヴォン州トーケイにて、
二〇〇〇年三月記す

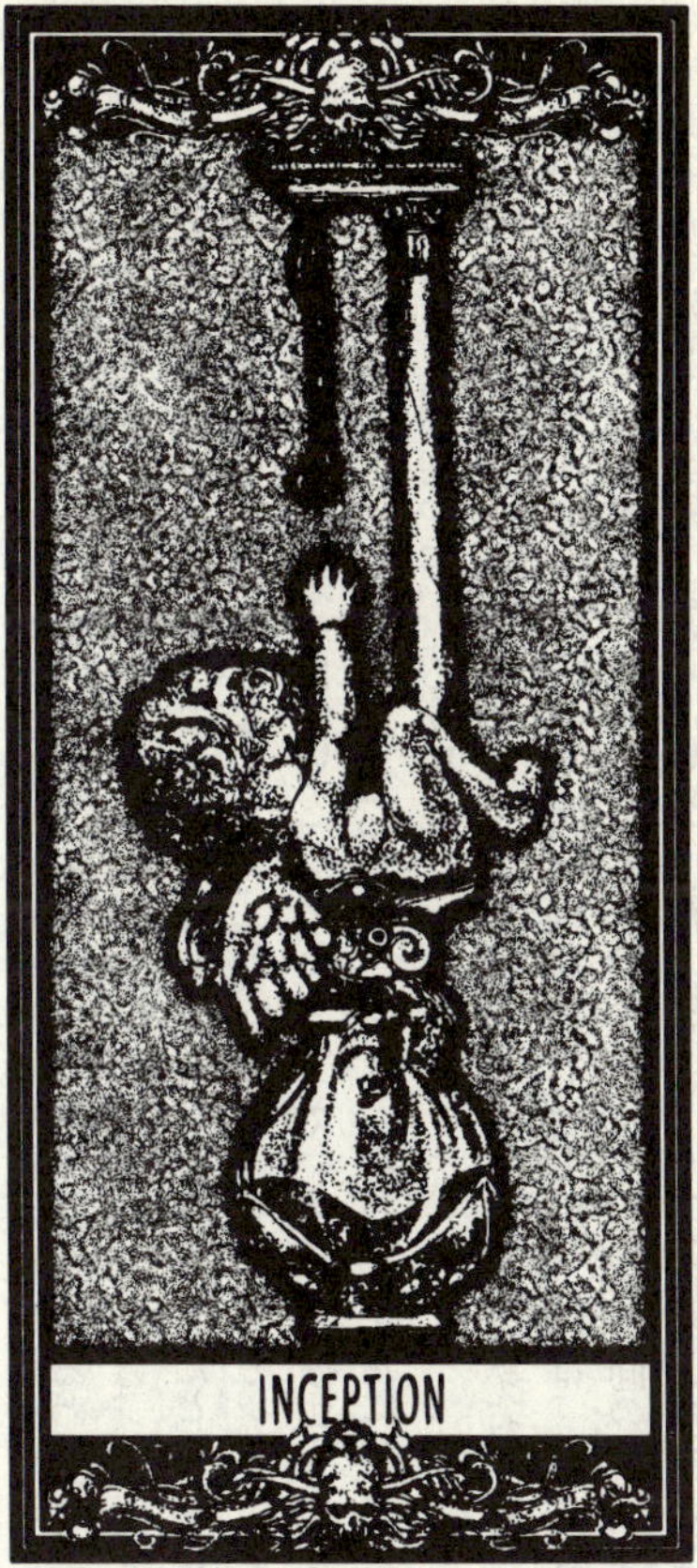
INCEPTION

本篇の趣旨はタイトルが語っている。といっても、語りすぎているわけでもない——そう祈りたい！　この小説にはもう一つ奇妙な点がある。それは、クロウをめぐる最初の物語であるにもかかわらず——書いたのはいちばんあとだという点だ。

この作品を書かなければならなくなったことの責任は、ポール・ガンレイにある。クロウの登場する小説の集成について二人で話しあっているとき、彼がふといった。「若いころのクロウは、どんなふうだったんだろう？　ああいう人物になったのには、どんな事情があったんだろうか？」

彼がなにを求めているのかすぐにわかったので、わたしはこう答えた。「ちょっと待ってくれ——タイタス・クロウという人物の成り立ちについては、もう『妖蛆の王』に書いたじゃないか」とはいったものの、ガンレイのその質問のせいで、頭のなかではすでに車輪がまわりはじめていた。しかも、もうそれを止めることはできなかった！　ただちに新たな短篇の構想が浮かび、書きかけていた長篇は中断を余儀なくされた。三日かけてとうとう書きあげ、〈了《フィニス》〉の文字まで漕ぎつけた——とても満足のいく〈了〉だった。かくてタイタス・クロウは誕生した。

誕生

一九一六年十二月。クリスマスの二週間ほど前。

ロンドン、ワッピング界隈。夜明けまであと一時間ばかり……

霧に包まれて並ぶ角張った倉庫群は目隠しされたように窓々を板で閉ざされ、陰鬱にたたずむその姿は凶事を予感させるかのようだ。しじまのなか、川に沿う街路の石畳を狂ったように駆け抜ける靴音が響く。唯一静寂を破るその音の主は、破れた鳥の翼のようにコートをはためかせて走る一人の男だ。加えて……それを追う人影がある。こちらも男だが、なぜか足音一つたてず、霧から出《いで》た幽鬼のようにただようごとく、百ヤードとへだてずあとを追ってくる。

彼らははたして何者なのか。それぞれの名前はこの際重要ではない。ただ、まったく異なった存在同士であるといえば足りるだろう。おびえつつ靴音高く逃げているほうは普通の人間であり、それゆえに愚かでもある……

ただの人間にすぎない彼は、だからこそ逃げている。足音やかましく動悸せわしく、洞窟に張る蜘蛛の巣を破るように霧を切り裂き、あとに空隙を残しつつ走りつづける。彼に迫る非情な追跡者はといえば、その空隙に沿って流れるように音もなく追いつづけ、しかもほかならぬその静けさゆえに一層恐ろしい。

ここロンドンこそ安全の地、と逃亡者は考えていた——そう、安全なはずだった。息をあえがせて走る彼は、林立する建物の頭上高い窓の一つから光が洩れているところで立ち止まった。光の筋は霧にけぶりながら路面に射しこみ、石畳に照り返っている。闇にまぎれた戸口には、倒れた案山子《かかし》のように浮浪者が寝そべっている。夜気の冷たさにうめき声を洩らし、手には空っぽの酒瓶を握りしめて。どこか上のほうから艶っぽい笑い声が響き、グラスの触れあう音や淫らなささやきあいが聞こえる。そしてまたも卑猥な女の笑い。

ここに隠れるべきところがあるわけではない——が、大気そのものが退廃と秘めた悪徳とに染まっているかのようなこの一角には、少なくとも光があり、人の気配がある。それがいっときの救いになる。いかに汚れた街角であろうと。

逃亡者は建物の壁にへばりついた。壁と一体になり、影に溶けこんだ。川の腐臭ただよう空気を思いきり吸いこみ、自分がきた方向へ振り返った。通りの向こう端、川面から渦巻きながら立ちのぼる霧に映る人影。今はじっと動かないが、不気味に力を蓄えているようでもある。まさに水門を開く直前のダムにみなぎる水のように——

建物の上階からまた猥雑な笑い声が響き、逃亡者は一瞬身をすくませた。街路にこぼれる明かりの筋のなかに、二つの人影。猿のようなひょろ長い影はもつれあい、たがいの着るものを脱がせあっているらしい。と、不意に明かりが消え、窓がばたんと閉じ、夜と闇と霧があとに広がった。通りの奥に立ちつくしていた追跡者は、ふたたび駆けだした。

一方の逃亡者もまた、少し休んだとはいえ急速な疲労を癒せないまま、壁から体を引き離して逃走を再開した。どうにかして足を前へ出し、肺には呼吸をさせ、心臓には激動を強いて、これまで同様に必死に走った。あともう少しで古巣に着く。もうわずかで逃げおおせる。つぎの角を折れれば、隠れ家が待っている。

ロンドン……古巣……隠れ家。どれもかつては意味深い言葉だったのに、今は無意味にひとしい。いったい、この地上で安全な場所などあるのか？　エジプトのカイロあたりなら少しはいいかもしれない。だがヨーロッパでの戦争の余波が中東にも流れこんでいるから、それとて保証のかぎりではない。パリとなると、ここよりもっと危険だ。煮え立つ大釜のごとくで、いつ破裂しないともかぎらない。一方チュニジアでは……戦闘は際限なくつづいている。フランスはあらゆるところでゲリラ戦に苦しめられている。とくにサハラ砂漠のサヌシ教団には。

そう、サヌシ教団だ――いにしえよりつづくその一宗派の、砂漠の奥に潜むように建つ寺院から、逃亡者は〈霊液《エリクシル》〉を盗みだした。それが彼の誤りだった――だからこそ追われている。

彼を追跡しているのは、かの教団の〈不死なる死の僧〉だ。追われつつ地球を半周し、敵は日に日に迫りきて、ついにここロンドンで追いつかれようとしている。もう走れない。逃走も終わりだ。最後に残されたのはあの隠れ家だ。文無しの浮浪児だった幼いころの記憶にある場所だ。三十年以上も昔のことだが、今でもはっきりと憶えている。長らく忘れていた神がまだ見捨てていないなら……

霧に包まれて、逃亡者は角を曲がった。迷路のような街路を抜け、河岸に出ていた。テムズ川だ。川は臭気と毒にあふれ、ネズミどもが群れ下水道が果てなく走り――そして彼の隠れ家があるところだ。なにも変わっていない。すべて記憶のままだ。霧さえ友のようだ。彼を押し包んで、だれとも知れぬ灰色の影に変えてくれるから。ここから先は目隠ししても進める。もっとも、立ちのぼるミルク色の霧にこうして呑みこまれているから、本当に目隠しされているも同然だが。

希望も新たに、川に沿って走る人気《ひとけ》のない舗道を駆けていく。記憶していたとおり、高い石壁を見つけた。北へ五十ヤードほどいくと、鋭い忍び返しをそなえた鉄柵が石塀のてっぺんにくっついているところがある。そのすぐ向こうは川で、深い水がのろのろと流れている。塀は高く切り立ち、もし上からすべって落ちれば溺れずにはいない。だが、落ちる気遣いはなかった。子供のころと同じほど身軽だし、今は大人のたくましさも併せ持っているから。

立ち止まることもなくとびあがり、塀のてっぺんにたやすくつかまった。すぐに鉄柵をつかみ、塀の上に体をひっぱりあげる。鉄柵上のあぶなっかしい忍び返しをまたぎ越えてから、すべりおりるように塀の反対側へ体をぶらさげた。どうにかうまく――追跡者の視界から逃れた。敵は霧のなかに立ちつくしている。もう追ってくることはできない。悪夢に出てくる不死の大犬さながらに、腐った目をぎらつかせ、崩れかけた鼻を鳴らしているだけで！

逃亡者は記憶を懸命に掘り起こし、時の流れがわずかでも裏切っていないことを祈った。すべてがかつてと同じであってくれることを。古びてぬらつくこの石塀の内側が、もし少しでも変わっていたならば……

……だが、変わっていなかった！

記憶にあるとおり、彼がつけた目印があった——柵の鉄棒の一本を、根元から曲げておいたのだ。整列する部隊のなかで一人だけのらくらしている兵士のように。もしもまたぎ越える位置がもう少しでも左だったら、足もとは黒く渦巻く川面になっていたはずだが——

——左足は土台石の上にどうにかのせることができた。歓喜のつぶやきを抑えることができなかった。片手で鉄柵につかまったまま、もう片方の手をそろそろとおろし、石造りのアーチ形の横穴をさぐりあてた。横穴の縁につかまり、鉄柵から手を離して、穴のなかに体を引きずりこんだ。川の土手にうがたれた隠れ家への入口だ。

だが、立ち止まって幸運の星が自分の上にまだ輝いていたことに感謝している余裕はない。地上ではただよう霧のなかで、追っ手がなおも彼を探索する手をゆるめずにうろついているはずだ。いや、やつが求めているのはこの〈霊液〉か？

今日初めて、そのことが考えにのぼった。前にも一度、十二月の冷たい街路を歩きながらふとそう疑ったことがある。盗んだ小瓶をなくしたのではないかと、オーヴァーコートの内ポケットの上から手を触れてたしかめようとしたときのことだ。あのときはなんとあせったことか！　とある商店の戸口で立ち止まり、大あわてでポケットをまさぐって、小さなガラス瓶をやっと見つけた。コートの破れ目から裏地の内側に落ちていたのだった。あのとき、戦禍に荒れたロンドンの凍《い》てつく灰色の街明かりのなかで、小瓶をつぶさに見つめた——瓶と、その内容物を。

〈霊液〉か——ただの水だとしてもおかしくないものを！　一見したところは、水のような透明な液体がほんの数滴入っているだけだ。ところが、ある角度で明かりにかざして見ると……

逃亡者はびくっとして息をひそめ、物思いを中断した。うつろいやすい思考を今現在の問題に向けた。あれは、地上の通りからの物音か？　あのかすかな響きは、頭上三、四フィートへだてた石畳を踏む足音か？

暗い横穴のなかでうずくまり、恐怖に研ぎ澄まされた耳をそばだてた――が、聞こえるのは自分の心臓の鼓動と、血の流れが耳のなかで唄う声のみだ。しばらく身じろぎもせず、終わりなき魂を襲いつつある災厄を忘れようと努めた。終わりある肉と骨のひどい疲れを癒すために。ようやく体を動かしはじめる。石くれが穴の行く手をふさいでいた。おそらく低い天井から崩れ落ちた石だろう。なんとか這ってそれを乗り越えた。頭上の湿った石が背中をこする。ネズミらしい小動物が何匹か、きしるような鳴き声をあげて足もとをすり抜け、入口の淡い光のほうへ走っていく。やがて川に落ちて、かすかな水音をたてた。横穴の天井には水滴がおびただしい。壁にはところどころ硝石がこびりついているらしく、にぶく発光している。

手さぐりしながらどうにか半ばまできたところで、初めてマッチに火を点けた。

闇が瞬時に逃げ去った。うずくまったまま四囲をたしかめる。安堵し、やっと楽に呼吸しはじめる。なにも変わっていない。時の流れもここだけは無視していったようだ。彼の秘密の隠れ家だ。子供のころ、酔って荒れる粗暴な継父から逃げてはここにきたものだ。あの老いぼれも安酒に浸かって死に、分不相応にもこの近くの教会の墓地に埋められてひさしい。冥福を！

そしてこの隠れ家だけが残った。

マッチが燃えつきた。火が指に触れ、逃亡者はあわてて捨てた。すぐもう一本擦り、地下道を先へ急いだ。

石造りの古い地下道は高さ五フィートほどしかなく、しかも天井がアーチ形になっているため、ずっと背中をかがめていなければならない。それでも両肘と壁のあいだには六インチほどの余裕がある。だが速いばかりでなく静かに進まねばならない。相手は超自然的な力を以て、彼が世界を半周もするあいだあやまたず追いつづけてきた輩だ。この場所までさぐりあてないとは決していえない。

またも立ち止まり、不精髭をさすりながら〈霊液〉のことを考えはじめた。追跡者はたしかにこれを追い求めているのにちがいない——だがそれだけが目的ではないはずだ。むしろ本当の目標は、これを盗んだ者の命ではないのか！ 盗人。そう、逃亡者はこれまでの哀れな半生を通じてずっとそれを生業《なりわい》としてきた。最初はこそ泥のたぐいだったが、そのうち度胸もつき腕もあがって夜盗となり（ついでに悪名まであがり、図に乗って国外にまで足をのばし）、しまいには異国の霊廟や寺院を荒らす略奪者となっていた。

霊廟や寺院……

ふたたび〈霊液〉のことに、ポケットの小瓶のことに思いをおよぼせた。こんなことになるとわかっていたなら……だが、夢にも思わなかった。サヌシ教団の暗黒僧どもがあの砂漠の奥の霊廟に隠しているものは、彼らの先祖から伝来する一族の秘宝だと思っていた。少なくとも、チュニスのエリク・カフナスからはそのように教えられていた。世界でも有数の強力なオカルティストであるカフナスは、こうつけ加えていた。「それから、かの地には聖なる〈霊液〉も秘匿されておる。わしが欲しいのはそれなのだ。ゆえに、霊廟に侵入したら、ついでに盗んできてほしい！　ほかの財宝はすべてくれてやる。ただあの〈液〉だけをわしのところに持ってきてくれればいい。そして、この仕事がすんだら足を洗うがいい。それだけの富が手に入るのだからな……」

だから彼は霊廟を侵した！　あらゆる盗みの技を駆使して、あらゆる運を費やして――得たものはなんだ？　財宝など一つもなかった。隠されていたのはただ、あれだけの苦労にはとても見合わない、今ポケットのなかにあるこの小瓶一つだった。しかもあのときの労苦たるや！　砂漠の地下の骸《むくろ》居並ぶあの霊廟を思いだすと、今でも身震いする。

仕方なく小瓶を盗み、エリク・カフナスの待つチュニスへすぐにとって返した。

「手に入れたか？」あの黒魔術師は喉から手を出しそうな勢いで問うてきた。

「まあな」逃亡者ははぐらかすように答えた。「売って金に換えたいところだぜ――こいつの中身がなにかさえ知っていればな。くそったれめ、途方もない宝があるなんて嘘八百を並べて、こんなものをつかませやがって！」

するとカフナスは即座にいい返した。「それを持っていても、おまえには役に立たないぞ。心底から純真無垢な人間にとってしか役立たないものなのだ」

「ほう、するとあんたは心底から純真無垢だってのか？」

カフナスは鋭くにらみ、「ちがうさ」と、のろのろと答えた。「純粋なものか――だが、わしは愚かでもない。これを使うときは、注意深く節約しながら使う。最後の一滴までむだにしないつもりでな。そしてやがては――この〈液〉の正体をつきとめる。それはサヌシ教団のある暗黒僧以外だれも知らない。その僧というのも、伝説によれば三百年以上前の人物で、しかも――この〈不死の屍《かばね》〉教団の高僧であったという！」

「なんだと？」逃亡者は鼻を鳴らしてせせら笑った。「そんなわけのわからんでたらめを、あんたは信じてるとでもいうのか？」それから語気を荒らげ、「いいか、訊くのはこれが最後だ。この瓶の中身はいったいなんだ？」

あまりのしつこさにカフナスは驚いたようすで、書斎の床をおおう上等の絨毯の上をいらだたしげに歩きまわった。「ばか者めが！」と鋭くいって、またにらみ、「このような〈霊液〉の秘密を、二十世紀の人間がどれだけ知りうると思う？ 教えてやろう、これは曼陀羅華《マンドレイク》のエキスといわれ、あるいは死後三日を経た屍の上唇ににじんだ汗ともいわれ、はたまたイブン・ガージの調合せる灰色の粉薬を固めたもの六粒の溶液ともいわれる。さらにはまたこれは生ける屍の虹彩からの抽出液ともいわれ、あるいはまた〈全智の溜まり〉より立ちのぼる霧ともいわれるかと思えば、黒蓮華の花粉を運ぶ息吹ともいわれる。つまりだ、わしも本当に知らんのだ、こいつの正体など！ ただ、これを使ってなにができるのかをわずかに聞き憶えておるというだけで……」

「だったらそれを答えな」逃亡者はせっついた。

「純真無垢な者にとりては、〈霊液〉は水晶球のごとく、聖石のごとく、また巫女のごときものという。汚れなき者にこれ一滴与うれば――その者をして――覚醒させせんという！」

「覚醒させる？」

「そうだ。ただし、真の意味における〈覚醒〉だ！」

「そうか！　麻薬の一種だな――人の気持ちを昂ぶらせるんだろう」

「単なる気持ちではない、覚力を高めるのだ――おまえにちがいはわからんだろうがな。いっておくが、これは麻薬ではないぞ。あくまで〈霊液〉なのだ」

「この液がもし本物なら、あんたは見ただけですぐわかるのか？」

「わからないでどうする！」

「じゃあ、代金をよこせといったらいくら払う？」

「もし本物なら――五万ポンドくれてやろう」

「現金だろうな？」逃亡者は喉に渇きを覚えた。

「今一万ポンドやる。残りは明日の朝だ」

逃亡者は片手をさしだし、掌を開いてみせた。小瓶が姿を現わした。瓶の口は小さな栓で封じられている。

カフナスは震える両の手で小瓶をとり、窓明かりにかざして検分した。瓶の中身は光を受けて金色に輝いた。あたかも太陽のかけらででもあるかのように！

「まちがいない」オカルティストはせわしなくつぶやいた。「これこそ〈霊液〉だ！」

それを聞きとどけると、逃亡者はすかさず小瓶をひったくり返した。そしてこんどは空っぽの掌をさしだした。「頭金の一万ポンド――さっさとよこしな。それから、点眼器があったら貸してもらおうか」

カフナスは現金をとりだしながら、訊き返した。「点眼器などなんに使う？」

「決まってるだろう。あんたは代金の五分の一しか払わない。おれも〈霊液〉を五分の一しかやらん。まあ、三滴ぐらいだろうな。で、残りは明日残金をもらうときにわたすってわけさ」

カフナスは不満を述べたが、逃亡者は聞き入れなかった。結局液を三滴しかやらなかった。五分後、彼が立ち去ろうとするときには、オカルト学者は早くも初めての実験に使う〈霊液〉をどれだけ薄めればいいか計算しはじめていた。だが、それが初めてにして唯一の実験となるのだった。つまり、最後の実験に。

翌朝、夜明けとともに逃亡者はカフナス邸に舞い戻った。高い塀を乗り越えて敷地に侵入し、庭を横切り、無花果《いちじく》の茂みに翳《かげ》る玄関先の石段をあがる途中で、いちばん外側の鎧戸があいているのが目に入った。その向こうのムーア風格子扉も。そこを抜けてカフナスの書斎に入ってみると――

テーブルの上で曙光を浴びてきらめいていたのは、ボールに張られたなんの変哲もない水らしきものだった。わきには空っぽの点眼器が。だがエリク・カフナス本人の姿と、そして逃亡者がもらうはずの四万ドルの現金はどこにも見えなかった。あたりを見まわすうちに、革もしくは麻の古ぼけた荷袋のようなものが一つ、部屋の隅に投げ置かれているのを見つけた。目を惹いたのは、その袋が呈する奇妙な形だった。これだけの邸宅にはそぐわない品物とも思える。

近づいてみて、それがじつはなんなのか初めてわかった。袋と見えたものには髪の毛があり、生気なく見開かれたまま虚空をにらみすえている二つの目があった。その目は――もちろんカフナスの目だ――衝撃と恐怖と、そして永久に凍りついた敵意とを宿していた！

なんともはや、とんだ純真無垢な目だ！

なにが起こったかを理解するには、これだけでもう充分すぎる。逃亡者はすぐさま逃げだした。夢魔にでも追われるかのように大あわてで。彼の記憶するかぎり、このとき初めて〈逃亡者〉となり、以後つねに逃げつづけ走りつづけている。

自分が略奪したサヌシ教寺院には不死者の護衛がついているという噂も、もう笑いとばすわけにはいかなくなった。日々距離を詰め、夜のあいだにもたゆまず迫りつづける追跡者は、人間が知るかぎりの〈生きている〉という言葉にあてはまる存在では到底なかった。世界じゅうのあちこちで、彼はそいつの姿を――燃えるような目とよれよれの肉体をしたその怪物を――幾度となくかいま見てきた。そして今ここロンドンで、こうしてついに追い詰められつつあるというわけだ……

地下道の暗闇にしだいに目が慣れてきた。硝石のこびりついた側壁がかすかな燐光を放って進路を照らしてくれるので、もうマッチは要らない。なくなりそうなほど数が減っていたからありがたいことだった。この古い横穴をもう百五十ヤードは進んできただろう。もう少しいくと、高い丸天井の地下室がいくつかつながった空間に出る。そこに石段があり、のぼりきると黒い樫材の扉が開きっぱなしになっている。その扉の向こうに、壁が高くこだまが響くほど広い部屋がある。そこは五角形をなしていて、五面の壁沿いに木製のベンチがそれぞれ置かれ、中央には台座があって石の鉢が一つ載せられている。部屋はある大きな建物の一室とおぼしく、その全容を逃亡者はとらえていなかったが、とにかく相当に広大な建築物だろうと想像された。それをたしかめるには第二の樫材の扉をあければいいのだが、こちらは施錠されていて、深入りを許さないようになっている。少なくとも、彼が子供だったころはいつもそうなっていた。

そこがそもそもどういう場所なのかという点については、じつはよく知らなかった。ただ、想像することはよくあった。ずっと使われていない図書館の跡か、あるいは川の水流を動力源にしていた工場の廃屋かなにかではないか？　とすれば、この横穴は廃棄物を捨てにいくための通路で、あとはテムズの干満が処理してくれていたのにちがいない。ともあれ、彼にとってはいつも逃げ場所であり隠れ家だった。今ふたたびその役目を務めてくれるはずだ。せめて夜明けまでは。あの追跡者は陽光の下では動きがにぶくなるのだ。運がよければうまく逃げきれるかもしれない。それまではなんとか——

逃亡者は今、丸天井の下にきている。天井は中心のかなめ石を頂点にして、石の肋材にささえられ、大きくせりあがっている。この地下空間の向こうに、上方の闇のなかへとのびている石段があるのが認められる。足音を響かせ舗石の床を進んだのち、石段をのぼっていく。のぼりきってようやく扉の前に出た。肩で押しあけると、長い年月のあいだ油をさされていない蝶番《ちょうつがい》がにぶい音をたてる。その反響もやむころ、埃と蜘蛛の巣のはびこるあの五角形の石室が目の前に現われた。へだてる五面の壁の外側には、この部屋さえほんの一角にしかすぎないような大きな建造物が広がっているのが、目にこそ見えないがはっきりと感じとれる。

ここまでくると、横穴よりはかなり明るい。射しこむ光はいまだ埃や灰色の蜘蛛の巣にじゃまされてはいるが、それでも夜から朝へと確実に近づいてきている。部屋のなかには、昔よく長い孤独な夜を横たわってすごしたベンチが並んでいる。中央の台座とその上の鉢には、今は白い布がかけられている。そのずっと向こうの奥の壁には、あの第二の樫の扉があり……半開きになっていた！

逃亡者は手の震えを止めることもかなわないまま、またマッチを一本擦った。とたんに薄闇が散らされる。石敷きの床の上に見えてきたものは——彼のものではない足跡だった！　幾星霜とも知れず積もった埃の上に、この跡をつけたのはだれだ？　そして石の鉢にかけられたこの布は……どういう意味だ？

台座に近づき、布の端を持ちあげてみた。たしかに鉢があり、きれいな水が張られている。水の表面がかすかに光っている。片手で少しすくいとり、匂いを嗅いでから、喉に流しこんで渇きを癒した。

台座から振り返りざま、円形の基部の上に立つ細い柱にぶつかりそうになった。柱はすべらかな木製で、てっぺんから横木がのび、それがちょうど鉢の上にさしわたされるようになっていた。ちょうど小型の絞首台といった形状だが、とくに不気味というわけでもない。横木からは鎖がさがり、その先には青銅製らしい鉤がにぶく光っている。

逃亡者は今、自分がじつはどこにいるのかをようやく理解しはじめた。隠れ家にしていた場所がいかなるところだったのか、やっとわかってきた。急いで半開きの扉に駆け寄り、大きく開いて向こう側へ踏み入ってみた。想像どおりだとわかった。とすると、自分のような人間がこの場にふさわしいといえるか。とてもいえないだろう。

だがふさわしいか否かにかかわらず、ここに長くとどまることはできないのだ。朝がきてふたたび外界が安全になったら、つぎの夜がくるまでにできるだけ遠くへ逃げなければならない。また五角形の部屋に入り、めくった布をもとに戻すために台座と鉢のところまで足を進めていった。そのとき、ある考えが頭に浮かんだ。

例の小瓶をとりだし、薄闇のなかにかざした。弱い明かりのなかでも、〈霊液〉はかすかな薔薇色にきらめいている。あの追っ手が求めているものは本当にこれなのか？ やつが追跡してくる目的はたしかにこれなんだろうか？ そうだとも、そうでないはずがあるものか。あの蛆虫だらけの悪鬼は、この目的物を奪い返しただけで満足するのか、それとも盗んだ張本人を成敗せずにはいないのだろうか？ あの化け物をなんとかかわして逃げきることはできないのか？ いや、それよりなにより、この〈霊液〉とやら、この期におよんでもまだだれかにとっては大事なものなんだろうか？

疑問は数知れず湧いてくるが、答えはなに一つ見つからない。だが見つける手立てがまったくないわけではない。

もう一度白布の端をつまみ、すばやくめくりあげた。小瓶の栓をはずし、顔を遠ざけながら、中身を石鉢のなかにこぼした。目の隅で恐るおそる見ると、かすかな金色のさざ波が水の表面を乱していた。あたかも日の光が射しこんだせいででもあるかのように。見守るうちに、やがて波は静まった。

やれやれ、これでひと安心だ。息をつき、小瓶にまた栓をすると、きびすを返した。

扉を抜け、石段をおりて丸天井の空間にふたたび出、そこからまたあの狭苦しい横穴のなかに戻っていった。夜明けはすぐそこまできているはずだ。追跡者も今ごろは深追いをあきらめているだろう。それどころか、日の光を避けて身を隠しているのではないか？　逃亡者は自分の足音を聞きながら、同じ道筋を引き返していった。出口近くの落石の上を這い進み、やがて土手の壁面から川の上に顔を出した。

まだ日はのぼりきっていないが、灰色の屋根がつらなる彼方にのびる地平線上には、やがてくる朝日を囲む桃色の空間が広がっている。霧はすでに川へしりぞき、やわらかなクリームのように川面の上に渦巻いている。石の表面には冬の到来を告げる霜がおりているが、冷たさをこらえて手でまさぐり、鉄柵をつかんだ。間をおかず出口から抜け、土手の上へと——

——まさにその瞬間、何者かの手が二つのびてきて逃亡者の両手首をつかみ、そのまま彼を軽々と土手の上へと引きあげた！

追跡者だ！　やつは土手に張りついていたのだ、さながら巨大な黒い蛭のように！　柵の鉄棒をへだてただけの距離で、ついに顔と顔がまみえた——かなうならば、逃亡者は声のかぎりに叫んでいただろう。だがそれはかなわなかった。追跡者の手は黒ずんでひび割れていながらも異常に力強く、左右の手でそれぞれつかんでいた手首を片手でまとめて持ち、空いた手を鉄柵の隙間から突きだしたかと思うと、逃亡者の額の真ん中にめりこませた！　なにが起こったのか、彼にはすぐわかった。怪物のような不死者の手が脳味噌を掻きまわしているのを感じた。頭のなかをぐちゃぐちゃとまさぐっているのを。彼は自分が助からないことを悟っていた。黒い手はやすやすと頭蓋にくいこんでおり、痛みもともなわないままに肉も骨もごちゃ混ぜにしている――しかも抜きとるときの手の動きは、めりこむときと同じすばやさではなかった。怪物の思いのままに、ゆっくりとひっこぬかれていく。なんという殺され方だろうか！

　希望はつねにあるとはかぎらない――燃える燠火《おきび》のような目をした、地獄に生まれた化け物に見こまれたときともなればなおさらに。

　逃亡者は燃える二つの目に向け、口中いっぱいに溜まった血を吐きつけた。

　相手の手は彼の頭のなかで向きを変え、固く握りしめられた。そして両目の中間からゆるゆると抜きとられ、ついでに眼球を引きずりだしていった。二つの眼窩から血と脳漿が噴きだす。怪物はなおも鉄柵に蛭のようにしがみついたまま、彼の体をぐいとひっぱりあげ、頭部を柵の鉄棒の一つにぐさりと突き刺した。彼の腕と脚はぶるんと振られ、それからだらりと垂れさがった。かすかに痙攣したのち、完膚なき死を迎えた。

　恐るべき異形のものは醜い鼻を獲物の死骸に近づけ、臭いを嗅いだ。目あてのものを見つけられないまま、獲物を鉄柵から抜きとって投げ捨てた。死体は霧を裂いて落下し、川面を打った。霧はすぐまた寄り集まり、ふたたび渦巻きただよい……

あと一、二分で夜が明ける。不死者はよく承知していた。不意に彼の体がゆがんだかと思うと、どろどろと溶けだし、糖蜜のように流れだした。液状化した肉体は鉄柵をすり抜けて土手づたいに下方へ向かい、横穴の入口にわだかまった。そして逃亡者の隠れ家への闇に包まれた通路を流れ進み、丸天井の空間を通り抜け、石段をあがっていった。

石段の途中で流れは止まった。なにかしら未知の力が波のようにただよっているのを、不死者は感じとったのだ。だが夜明けはますます近い。早く〈霊液〉を見つけねばならない。やむなく石段を上昇しつづけ、てっぺんで開いたままになっている扉を煙のように通り抜け、五つの壁に囲まれた部屋に入り——そこでまた止まった。

ここだ、〈霊液〉はここにある。ここのどこかに。まちがいない！　だが、あの未知の力がひそんでいるのもこの部屋らしい。相当に強い力だ。不死者にすら拮抗できぬほどの……

不死者ムーラ・ドゥンダ・サヌシの溶解した体は足跡も残さずにするすると部屋を横切り、第二の扉へとたどりついた。だが扉の前でまたしても止まらねばならなかった。なにかしら目に見えぬものの存在を感じ、激しい憎悪の情を湧き起こしたためだ。そのなにかは空気中に、石のなかに、あたりのあらゆるもののなかに満ちあふれているかのようだ。しかも感じとった瞬間、最初の曙光が高処《たかみ》の埃だらけの窓ガラスを透かし、いくつもの筋に分散して降り注いできた——虹の七色をすべてそなえた光線となって！

夜明けの光が未知なる力を十倍も強力にした。ムーラ・ドゥンダ・サヌシの魔法が解けはじめた。彼はふたたび固体化せざるをえず、体に重さが戻り、床の埃にかすかな足跡が現われてきた。よろめきつつ五角形の部屋へと引き返し、石敷きの床を部屋の中央へと向かっていく。石の台座に寄りかかり、鉢をおおう布をめくりとった。なかできらめく水に、一瞬手を浸けた。痛い！　途方もない痛さ！　ドゥンダは死せるものであり、本来なら痛みを感じることはない――にもかかわらず今、激痛に襲われた。そのわけは、ただちにわかった――〈霊液〉だ。容器の外に出されたその液は、彼にとってもはや無害なものではない。

怪物は干涸びた手を水中から抜きとり、ふらつきながら、丸天井の下の暗く安全な空間へと通じる石段のほうへ避難していった。だが、もはや安全はなかった。死後二百七十年以上を経たムーラ・ドゥンダ・サヌシのごとき輩にとっては。数多《あまた》ある高処のステンドグラスから陽光が無数の槍のように五面の石室に射しこみ、生ける屍の体に集中した。〈霊液〉に浸けた腕が溶けてゆくのと同時に、彼の体そのものもたちまちのうちに溶け崩れていった。

細りゆく腕を抱くようにしながら、腐臭を放ちつつ敷石の上にドロドロとわだかまっていく。有害な煙がふつふつと湧き立ち、溶解物の残骸を空中へとばしていく。二つの目が一瞬かすかな火のように光ったが、つぎの刹那にはそれも消え失せた。ようやく訪れた平安を愛でるような吐息を最後に洩らし、彼はついに滅びた。

古い僧院の扉の隙間から風が侵入し、生ける屍の残滓を吹き散らして、幾星霜とも知れぬ塵《じん》埃《あい》に混淆させていく……

ロンドンに日がのぼり、霧が晴れていく。夜明けから十二月の明るい朝へと移り変わる。

一人の教区司祭が、テムズ川沿いの通りをいそいそと歩いていく。ふと立ち止まって、腕時計を見る。午前十時――みんな待っているころだ。司祭はいらだって舌打ちすると、足を速めた。なんとも物好きな話だ。物好きではあるが、しきたりに反しているわけではない。それに、あの一家は教会の有力な後援者として知られている。見方によっては、粋狂者などとはいえないかもしれない。一家は何世紀ものあいだ、子供が生まれたときには必ずあの古い僧院で洗礼をほどこしてきたのだから。いわば家伝の作法なのだ……

司祭は角を曲がって川を離れ、僧院が見えるところに出た。尖塔が空へ向かって高くそびえている。屋根のスレートはところどころ剝がれ落ちている。窓は――いくつか割れているものの――美しい造りだ。だがそれも近く破壊される運命にある。窓のみならず、古く壮麗な僧院の建物全体が。それを人は開発などと呼ぶ！　今はまだとり壊す時期にはいたらず、一応神の住まうところとしての体裁をたもっている。あと数週間のあいだは。

僧院から堂守《どうもり》が出てきた。襟をしゃんと立て、通りをそろそろとやってくる。司祭は満足して、ひそかにうなずいた。堂守には一週間前から、僧院で掃除や準備をしておくようにと命じておいたのだ。すっかりかたづくまで戻ってきてはいけないとも釘を刺しておいた。

堂守は近づきながら、ようやく司祭の顔を認めたようだ。自分のほうが先に見つけられたことも悟ったらしい。眉根を寄せていた堂守の顔に笑みが戻った。まっすぐ向かってきて、こんどは破顔した。

「ご苦労さまでございます！　儀式の支度はすっかりできております。たっぷり二時間かかりました。その前の掃除はもっとかかりましたし。なにしろ埃や蜘蛛の巣がひどくて！　一週間前からとりかかってるのに、あんなにかたづけが多いとは――」

「わかった、もういい」司祭は手を挙げてうなずいた。「で、みなさんはもうお待ちなんだな？」

「いえ――まだお着きになったばかりですから。司祭さまもじきにこられるはずと申しておきました」

「そうか、ありがとう」とまたうなずく。「では、案内してもらおうか」

少し進むと、僧院付属の墓地が見えてきた。古い墓碑のあいだに小径がのび、その先にアーチ形のみごとな造りの僧院出入口がある。大きな扉が開いており、なかに夫妻とその友人知己数人がいるのが見える。急ぎ足で近づいてくる司祭を見て、一同は出迎えた。慣例のあいさつを交わしたのち、そびえたつ古びた建物のなかへふたたび入った。司祭は必要な書類をたずさえていた。署名などの事前の手続きが早々にすまされ、儀式が遅滞なくはじまった。

司祭は首にかけていた十字架をはずし、聖水盤の上にぶらさがる鉤にひっかけて垂らした。両腕を赤ん坊のほうへのばす。これまでに幾度となく同じ儀式をくりかえしてきたため、祈りの言葉の真意をくむことが近ごろではむずかしくなってきている。とはいえもちろん、祈りの言葉に意味があることに変わりはなく、今回も同じことをくりかえさざるをえない。

やがて儀式は終了した。司祭は聖水に片手をひたし、水滴を宙に散らして十字を切った――僧院の全体が一瞬息を止めたかのように静まり返った――

が、ほんの一瞬のことだった。

五角形の室内にはすぐに生気が返り、磨かれた黄金が放つかのような輝きがあたりに満ちあふれた(これはもちろん、雲間から顔を出した太陽が古い窓を強く照らしたためだ)。司祭はにっこりと頬笑み、洗礼衣にくるまれた赤ん坊を父親の腕に返した。

「さあ、これでおまえも神の子だ」顔立ちのよい堂々とした父親は、深く力強い声でそうささやいた。子供の顔を母親にも見せた。

薔薇のように美しい女性は慈愛のこもったまなざしでわが子を見、その額にキスした。「この可愛い目は、幼すぎてまだなにも見ていないわ。心もまだ幼すぎて、なにもわからないでしょうね。見て、この子の顔を――なんてきれいに輝いていることかしら!」

「ここにあふれる光のせいです」と司祭がいった。「光が肌を薔薇色に染めているのです!それにしても、なんと美しいお子でしょうか!」

「ええ、ほんとに愛らしい!」母親は夫から子供を受けとり、高く抱きあげた。「見るからに純真無垢なこの姿。ああ、タイタス。わたしたちの可愛いタイタス・クロウよ……」

LORD OF THE WORMS

タイタス・クロウものの中短篇のなかで〈この一篇〉といえるものを選ばなければならないとしたら、作者としてはこの「妖蛆の王」を採るだろう。これはほかの長篇や短篇を書く合間におのずから湧きでてきたかのような小説で、書きはじめてから一年ほど経ったところで初めてポール・ガンレイに作品の存在をうちあけた。すぐ見せてほしい、と彼がいったことを憶えている。それはつまり、早急に完成させねばならないことを意味していた。三週間ほどかけてどうにか原稿を整理し清書したが、客観的な目で読み返すにはいささか長すぎるうえに印象が鮮烈すぎた。そこでそのまますぐポールのもとへ送付した。彼は基本的なミスを一つ見つけてなおしたうえで、『ウィアードブック』誌に掲載してくれた。それを読んでようやく、わたしは安堵の息をついた。

この中篇では、H・P・ラヴクラフトとわたしの神話作品それぞれにおける主人公像の相違点が明確に出ているように思う。クロウは決して恐怖に卒倒したり逃げだしたりすることがない。事実、うろたえて弱音を吐くようなまねを彼には一度たりとて許していないつもりだ。あの恐ろしいものどもとの仮借ない闘争においてすら――

妖蛆《ようそ》の王

二十二は王の数なり！　22は大いなる者の数なれば、栄えある言葉のうちでのみ語られるべし。大いなる知と力を持ち、みなに敬われ慕われる者なれば――また魔術を知る者なれば！　さよう、この者こそは魔術師の王なり。されど警告一つあり。世に昼と夜のあるがごとく、魔術にも二種あり――白と黒との！

――グロスマン著『数秘術』（一七七六年ウィーン刊）より

I

戦争はすでに終結し、一九四五年のクリスマスもとうにすぎて、新年の祝賀気分がまだ覚めやらぬころ、タイタス・クロウは職を失っていた。人の世の冥《くら》く謎めいた面に関心が深く、若くしてオカルトや超自然現象の探求にのめりこんだ彼は、陸軍省に勤めていたころも、いつしか機密を要する特別な職務をまかされていた。その職務には二種類あり、一つはヒットラーの神秘趣味に関して省上層部に助言する役割であり、いま一つは数秘術と暗号術の知識を活かしてドイツ軍の暗号を解読する仕事だった。どちらも相当の成果をあげることができたが、戦争が終わればそのような才能も不要とならざるをえなかった。

そして今、これから自分をどう活かせばいいか、と彼は途方にくれていた。まだ世界有数のオカルティストとして知られる前のことであり、将来多岐にわたる研究で才能を発揮するなど夢にも思わないころでもあり――なすべきことや進むべき道が多々あることにもまだ充分には気づかず――不本意ながらも無為の日々をすごしていた。しかも爆撃によって荒れ果てたロンドンで働き暮らしたあとだったから、身のうちにはいまだ戦時の熱気とストレスがくすぶりつづけていた。

そんな事情もあって、ジュリアン・カーステアズ――謎めいた宗教組織の総師にして〈現代《モダン・》の大魔術師《メイガス》〉あるいは〈妖蛆の王《ワーム・ロード》〉と呼ばれる人物――の求人広告に応募し採用されたときの喜びはひとしおだった。遠隔の地にかまえた邸宅で秘書の仕事をする青年が求められていた。雇用期間は三ヵ月以内、給与は上々で（それが応募したいちばんの理由というわけではないが）、しかも仕事の大半は邸内の厖大なオカルト文献を整理する作業だという。広告にそれ以上のことは載っていなかったが、クロウにとってはおもしろい仕事になるにちがいなく、雇い主と初めて面談する日が心待ちにされた。カーステアズなる人物についてはオカルティストというよりも、単に奇人というぐらいにしか見なしていなかった。

面談日に指定された一九四六年一月九日、クロウは雇い主の居邸とされる〈古墳館《ザ・バロウズ》〉へ向かった。古代の墳墓や環状列石などを思い起こさせる渾名《あだな》を持つその邸宅は、サリー州の古く美しい町ハスルメアからそう遠くない森の奥の、曲がりくねった私道の終点にあった。高い石塀と小暗い庭園に囲まれた二階建ての館で、あたりの小径は丈高い草におおわれ、樫木立の大枝は手入れの途絶えた蔦の重みで恐ろしげに垂れさがっていた。地所は人里から遠くへだたっていた。

かつて美麗な豪邸であったことは疑いないが、戦時の社会情勢もあって近年はほとんど荒れるにまかせているようだ。戦争が終わってまだ間もないから荒廃から回復していないのは無理もないが、〈古墳館〉にはそれだけでは説明しきれない陰鬱な雰囲気がただよっていた。二階の汚れた窓や、樫の木に翳《かげ》る煉瓦の壁や、おおいかぶさるような灌木の茂みには、この館そのものが持つ気配がまとわりついているようだった。クロウは思わず知らず用心深く歩み、きしんで音をたてる門扉をあけて敷地内に入った。車寄せを抜けて荊《いばら》にはさまれた玄関径を進み、館の正面にたどりついた。

ベルを鳴らすと、待ち受けていたかのように大きなドアがただちに開き、ジュリアン・カーステアズその人がいきなり不気味な姿を現わした。この印象は決して先入観のせいではなかった。クロウはこのときまでなんとか生来の陽気さをたもっていたが、それもたちどころに失せてしまった。館の主人はそれほど暗鬱な風貌をしていた。

自己紹介も握手もないまま居間に案内された——黒い樫材の壁に影を塗りこめたかと思わせるような薄暗い部屋だった。明かりを点けても暗さはほとんど変わらず、ただよう頽落と腐朽の気配がうち消されることもない。カーステアズはようやく名乗り、客に椅子を勧めた。だが相変わらず握手の手をさしのべようとはしない。

仄《ほの》暗い明かりの下ながら、雇い主となる人物の容貌がどうにか見きわめられるまでになった。だが心なごむような風貌では到底ない。非常な長身のうえに痩せぎすで、額は広く、顔の青白さはこの暗い館のせいか。こけた頬やわずかに前かがみになった肩などからすると、年齢は七十歳から八十五歳ぐらいか、ときにはそれ以上のようにも見える。歳のとり方が普通より遅いような、どこかしら博物館のミイラを思わせるところがある。

つぶさに(と同時に、できるだけ控えめにかつ警戒怠りなく)見ると、顔には老齢によるあばたやひび割れや皺が無数にあった。寿命を超えるほどの長い歳月を生きているか、あるいは長い寿命が人よりも短いうちに凝縮されてでもいるかのようだ。干涸びて埃にまみれたミイラをまたしても思いだしてしまった。

だが黒い瞳には知性の光がたたえられ、それが冷たく不気味な顔のなかでかすかな救いとなっていた。外見はとても親しみを持てるものではないが、長年にわたる世界各地での冒険行や未知なる領域への探求によってつちかわれたオカルトの知識は並々ならぬものにちがいなかった。その分野の偉大な学識者であることは疑いない。少なくとも並はずれた情熱を注いでいるのは明らかだった。

また、顔の皺や痩せ細った手は老齢を示しているにもかかわらず、身のうちにはある力強さがひそんでいるのがうかがえた。話しはじめるとその声は朗々として深みがあり、たしかに大きな力を持つ人物であることが感じられた。あいさつなどのとりとめない会話がひととおりすんだあと、カーステアズは唐突にクロウの誕生日を尋ねてきた。会話が進むにつれて眼光が鋭くなり、相手の反応を見すえつつ返答を待っている。

あたかもどこかで扉が急に開いて冷たい外気が吹きこんできたかのように、クロウは悪寒を覚えた。今の質問はこめかみにあてられた拳銃ほどにも危険なものだと、第六感が教えた。深く考える余裕もないままに、本当の生年に四つ上乗せしていた。

「一九一二年の十二月二日ですが」怪訝な思いをかすかな笑みにこめて彼はいった。「それがなにか？」

カーステアズは一瞬目を伏せたが、すぐにまた見開いて薄い笑みを浮かべた。安堵したかのように息を一つ吐き、口を開いた。「いやなに、ちょっとたしかめたかっただけだ。きみの生まれは星占いでいうところの人馬宮じゃないかと推測していたが、当たりだったな。わたしはいわゆる〈深遠なる学問〉とかいうやつを趣味としているが、占星学もその一つでね。そちら方面でのわたしの噂は聞いているだろう？　怪しげな宗教や謎めいた儀式が話題になると、ことあるごとに関連づけられてしまうからかなわない。自分のことを反キリストと信じている男だ、などと新聞に書かれてしまう始末だ」と、うなずきながら苦笑し、「だが本当のところは、それほどだいそれたことを考えてるわけじゃない。ただ友人たちを楽しませるために、妙な道楽を少しかじっているだけさ。その一つが占星術というわけだ。魔術だの妖術だのといわれてもね……今の世にそんなものがありうると思うかね？」また髑髏を思わせる笑顔を見せた。

不意に訪れた沈黙の気まずさを年若い客が埋めようとしたが、館の主はすぐまた口を開いた。

「ところで、きみの趣味はなにかね？」

「ぼくですか。じつは――」ぼくも神秘やオカルトを学ぶ者の一人です――保守主義者ではありますが黒魔術に興味を持つ者です――クロウはそんなふうに答えそうになったが、相手の容貌を初めて目にしたときと同じ悪寒をまたしても覚えて口をつぐんだ。そのうえ、不意に奇妙な眠気に襲われた。雇い主の目が異様に大きく見えるのを感じながら、睡魔を振り払った。これはある種の催眠術ではないかと、やっと気づいた。必死に意識をたもちながら、あくびをするふりをする。

「これはどうも、不作法ですみません。どうしたんだろう、疲れているのかな。もう少しで眠ってしまいそうでした」

カーステアズの抑えていた笑みが――というより、噛み殺していた笑いが――また広がってくるのを見ておののきながら、短くうなずき、口早にまくしたてた。「ぼくの趣味は、ごくありきたりです。考古学や古生物学を少しかじっているだけでして――」

「ほう、それでありきたりとは！」館の主は鼻を鳴らした。「対象が遠い過去のことである分、並々ならぬ探求心を要する分野じゃないか。若いのになかなかどうして、見あげた趣味の持ち主だ」薄い唇を閉じ、顎の先をつまんで、また尋ねかけてきた。

「だが近ごろの戦禍で、遺蹟調査も下火らしいな。考古学には痛手じゃないかね？」

「いえ、それが」と、クロウは即答した。「三九年は例外でした。アルジェリアはホガルでの岩石芸術の発見や、シリアのブレクにおける遺蹟発掘や、ナイジェリアのイフェで見つかった青銅像や、ブレガーによるピュロスでの発見や、ワースによるミュケーナイでの調査や、レナード・ウーリー卿の手によるヒッタイト遺構の検分などがありましたが……ぼくとしては、パレスチナのメギドでの中近東考古学協会の仕事にとくに興味がありました。少し体を悪くしたせいで、父の遺蹟見学に同行できなかったのが残念でした」

「ほう、するときみの趣味は血筋というわけか。だがメギドにいけなくても残念がることはないさ。あの地にはさほどたいした遺蹟はない。そこから北西へわずか二十五キロないし三十キロほどいったあたりでこそ、考古学協会の探検家たちはもっとすごいものを発見することになると思うがね」

「ガリラヤ湖畔ですね？」クロウは自分の専門分野について相手がただならぬ知識を持っていると悟り、好奇心を刺激された。

「そうだ」カーステアズはおちつきはらった調子で先をつづける。「ガリラヤ湖岸には興味深い都市遺蹟が数多くうずもれているはずだからな。それはそうと、三八年に発見されたラスコーの洞窟壁画について、きみはどう思うね？」

「いえ、ラスコー発見は四〇年です」自分がテストされていることを察して、クロウは笑みを絶やした。考古学方面のカーステアズの知識は――少なくとも近年の発掘や発見に関するかぎり――彼自身のそれにひけをとらないようだ。「四〇年九月のことです。あの壁画はまちがいなく、二万年から二万五千年前のクロマニョン人の手になるものだと思います」

「さすがだな！」カーステアズの笑みがまた広がった。クロウはどうやらテストに合格したようだ。

長身の雇い主はすっくと立ちあがった。クロウも背の高さでは人に負けないが、彼すらうわまわるそびえるような体軀をしている。「きみなら充分やってくれるだろう。書庫を見せるからついてきたまえ。そこで毎日ほとんどの時間をすごすことになる。この家のなかでいちばん明るい部屋だから、気に入ってもらえるはずだ。窓がたくさんあるのでね。ただし鉄格子つきの窓だ。なにしろ高価な本ばかりだからな」

暗い迷路のような廊下を案内しがてら、カーステアズはまた口を開いた。「もうわかっているだろうが、わたしはいつも暗くしておかないとだめなんだよ。昼盲症でね。暗いところでは瞳が大きくなるのに気づいただろう。家のなかに明るい電灯が少ないのはそのためだ。きみの気に障らなければいいんだがね」

「ぼくは平気です」とクロウは答えたが、果てしなくつづく廊下の暗さとあたりにはびこる腐朽の臭いのせいで、じつのところは囚われ人のような気分に陥りかけていた。

「きみはきっと化石の蒐集なども好きなんだろうな」カーステアズはまだ話しかけている。「あれもおもしろい趣味だ。ここ南イングランドでは腕足類の化石がよく見つかるが、あれは昔、悪魔の足からはずれた蹄《ひづめ》だと信じられていた。知っていたかね？」そういって、吠えるようなぞっとする声で笑う。「この科学の時代に生きているというのは、けっこうなことだとは思わないか」

II

カーステアズは鍵を使ってドアをあけ、広い書庫のなかに先に入るようクロウをうながした。そのあとで自分も、長身の者にはいささか低すぎる戸口を身をかがめてくぐり抜けた。「さあ、ここが書庫だ」と、いわずもがなのことをいい、少しよろめく。鉄格子に守られた窓から射しこむ弱い日の光を手で防いでいる。「この目がどうもね」いいわけがましくつぶやく。「困ったものだよ……」

絨毯敷きの床を足早に進んでさっさとブラインドをおろし、たちまち部屋を薄暗くした。「明かりが欲しいなら、ここだ」と、壁のスイッチを指さす。「わたしがいないときはいつでも点けていい。この部屋が今日からきみの仕事場だ。週末は休日にしてほしいと、応募の手紙に書いていたね。認めよう。じつはわたしもそのほうが都合がいいんだ——友人たちと定例の集会を持てる機会が週末しかないんでね。

その代わり、平日はずっとここで仕事をしてもらうよ。奥の一角をカーテンで仕切ってベッドと小卓と椅子をしつらえてあるから、寝所として使うといい。プライバシーは尊重し、立ち居のじゃまはしない——もちろん、わたしの私生活も侵さないようにしてもらうがね。ついでにいえば、この家の規則も守ってほしい。友人や訪問者などを家に入れないこと。部外者は寄せつけないのが〈古墳館〉のしきたりだ。それから、地下の倉庫室と書斎だけは立入禁止だ。それ以外は家じゅうのどこを探索してまわろうがかまわない――まあ、きみにそんな時間もないだろうがね。それに、どの部屋にもさして見るべきものはない。飾りたてないのがわたしの好みなのでね。

ところで、雇用期間が三ヵ月かぎりという点はわかっているね？　よろしい。給与は月々前払いとする。公正と安全を期すため、一応契約書にサインしてもらう。念のためにいうが、やりかけの仕事を残して辞められるのは困る。

作業内容は、考古学を志すほどの忍耐がある者にとっては単純至極なことだ。つまり、蔵書のすべてを分類整理する仕事だ。まず分野別に分け、つぎに各分野ごとに著者別に分け、さらにアルファベット順に整理する。そのほかのことは一切きみにまかせる。ただし、すべて相互参照できるようにはしておいてもらいたい。そして、最終的には全書目のリストをつくってもらう。もちろんそれもアルファベット順だ。どうだ、きみならやれる仕事だろう？」

クロウは書庫内を見まわした。高い書架にはぎっしり本が詰まり、埃っぽいテーブルの上にも書物が山積みされている。どこもかしこも本だらけだ。ざっと七、八千冊はあるだろうか！三ヵ月という期間も充分な長さとは思えなくなってきた。しかしいまだ目にしたことのなかった貴重な書物がこれほど数多いことの魅惑には抗しきれず……

「わかりました」ようやく答えた。「きっとご満足いただける結果を出します」

「頼む！」カーステアズはうなずいた。「今日までのところは、全体の約四分の三まで終わっている。これからまもなく夕食にするが、それがすんでから、もしよければここに戻って、少しでもわたしの蔵書に慣れ親しむといい。明日木曜日から本格的に作業を開始したらいい。わたしは必要があるとき以外はじゃましないようにする。まあ、仕事の進みぐあいを見にくることはあるだろうがね」

「承知しました」とクロウは答えて、また雇い主のあとに従い、空気の薄い廊下に出た。歩きながら書庫の鍵を手わたされた。

「いつもこれをかけておいたほうがいい」といわれて、クロウが怪訝な顔をすると、「近年何度か押込みに入られているんでね。ほとんどの窓に鉄格子をつけたのもそのためだ。鍵をかけておけば、賊が入ってもきみは書庫のなかで安全というわけだ」

「自分の身ぐらい守れるつもりではいますが」と、クロウが口を出す。

「それはそうだろう。べつにきみのためというわけじゃない。きみが無事ならわたしの本も無事だというだけさ」そういって、館の主はまたしても不気味な笑みを浮かべた……


新しい主従は長いテーブルの両端の席について食事した。出されたものは冷肉と赤ワインで、クロウには好みのごちそうだった。カーステアズのメニューは別らしく、もっと赤くてやわらかそうなものが皿にのっているようだが、遠すぎてよくは見えない。沈黙のうちに食事が終わると、主《あるじ》は新たな雇い人を厨房に案内した。煤けているが用具や設備がよく揃い、広い貯蔵庫の食料も充実していた。

「つぎからは」と、陰鬱な声で説明する。「食事は自分で調理してくれたまえ。あるものは全部まかせるから、なんでも食べるといい。わたしは少食だし、それに独りでとるのがつねでね。わかっているだろうが、わが家に使用人はいないからそのつもりで。ワインが好きなようだが、けっこうなことだ。わたしもいける口でね。好きなだけやってくれ。貯蔵庫にたっぷりあるから」

「それはうれしいですね。ところで、一つ二つうかがっておきたいことが……」

「いってみたまえ」

「じつは、ここまで車できたのですが――」

「そうか！　自動車があったな。門扉から車寄せに入って、左に折れると小さな車庫がある。扉はあいているはずだ。週末まで入れっぱなしにしたほうがいいだろう。冬が長引いているから、外に出しておくとバッテリーがやられるのでね。ほかには？」

クロウは少し考えてから、もう一つ尋ねた。「家の鍵もお預かりしたほうがいいでしょうか？　週末には外に出ますので」

「その必要はない」カーステアズは首を振った。「金曜日にはわたしが家にいて、きみを送りだすことにしよう。帰ってくる月曜日には出迎えてやるし」

「わかりました。なにもかも非常にけっこうです。あと一つ申しあげるとすれば、ときどき庭を散策してもいいでしょうか。新鮮な空気を吸いたいので」

「あの荒れた庭をかね？」カーステアズはかすれた声で苦笑する。「雑草が高くなりすぎてるから、迷わないようにしてくれよ。日中は玄関の鍵をかけずにおくので、家に入れないで困ることもないだろうがね。ただしわたしも出かける場合があるから、そういうときは外にとり残されないよう注意したまえ」

「わかりました。お訊きしたいことはそれだけです。お食事、ごちそうさまでした——あとかたづけはぼくがやりましょう」

「今回は気にしなくていい」と、またかぶりを振る。「わたしがやっておく。つぎからはめいめいでやることになるがね。きみは車を車庫に入れてくるといい」

カーステアズにつれられて厨房を出、暗い廊下を抜けて外に出る道すがら、クロウはふとあることを思いだした。蔦のからまる庭の塀に貼りつけられていた標識のことだ。それについて問いかけてみると、館の主はまたかすれた笑い声を洩らした。「『猛犬に注意!』か。そんなもの飼っちゃいないさ。あれは他人が近づくのを防ぐためだ。じつのところ、わたしは犬が嫌いなんだよ。犬のほうもわたしを嫌うだろうがね!」

クロウは表に出て車を車庫にしまいこみ、書庫に戻った。主はもう自分の書斎かどこかにいったらしく、彼は独りきりになった。書庫に入るときには、高まる期待にわれ知らず唇を舐めずにいられなかった。仮にこのなかのほんの一、二冊が幻の書といわれるものの実物だとわかるだけでも……この書庫はまさにオカルト学の宝庫だ! 間近の書架をのぞいてみるだけで、半ば伝説の書にさえなっているタイトルを数冊は見つけることができる。驚くばかりに瑕《きず》のない『エイボンの書』のデュ・ノールによる仏訳版。あるいはプリンの『妖蛆の秘密《デ・ウェルミス・ミステリイス》』。そんなとんでもない稀覯書が、たとえばマーガレット・マレイの『魔女信仰』とか、あるいはそれより少しはめずらしいにせよブラヴァッキー夫人やスコット・エリオットの著作など、比較的ありふれたその道の古典に交じって無造作に置かれているのだ。別の棚を見ると、ダレット伯爵の『屍食教典儀』、ゴーチェ・ド・メッツの『デュ・モンドの幻像』、アルテフォウスの『智恵の鍵』などがある。つぎの棚にはおもに海洋の神秘と怪異をテーマとした書物の信じがたいまでのコレクションが並ぶ。ガントレイの『水棲動物《ハイドロフィネ》』、『水神クタアト』、ドイツの奇書『深海祭祀書《ウンターゼー・クルテン》』、ル・フェの著作『深淵に棲む者』、コンラート・フォン・ゲルナーが一五九八年前後に刊行した『魚類大鑑』などがそれだ。

　壁づたいに並ぶ書架を見て歩きながら、そこを埋めつくす典籍の金銭的価値を思うだけでも冷汗が吹きだしそうだ。その内容となればなおさらだ。なかでも文字どおり値段のつけられない書を目にしたときには、ほかを全部忘れてしまいそうになる。たとえばここには『ナコト写本』があり、あそこには『フサンの謎の七書』がある。ついには『ルルイエ異本』に出くわし、さらにはきわめつけの一書を見つけるにいたった。金銀のアラベスク模様をほどこした黒檀装丁のその大冊こそは、かの『アル・アジフ』にほかならないではないか！……クロウは埃におおわれたテーブルの椅子に崩れるように坐り、気分をおちつけようと努めた。

　ぎごちなく座して熱っぽい額に手をあて、体の調子がどうもすぐれないことにやっと気づいた。ずらりと並ぶ書物を眺めるうちに汗が吹きだしてきたうえに、口や喉が異様に渇く。食事のときワインを飲んでからのような気がする（少し遠慮なしにやりすぎたか？）。このめまいは、たしかにそのせいだろう。それほどたくさん飲んだつもりはなかったが、アルコールの利きぐあいを考慮しなかったのはたしかだ——このときのクロウは、ワインになにかの薬物が入っていたのではないかなどとは、まだ夢にも疑っていなかった。

ぐらつく脚でどうにか立ちあがると、ベッドが用意されている奥の一角の照明スイッチを入れ、書庫の主灯を消した。よろよろと寝所へ向かい、枕に頭を横たえるが早いか、たちどころに寝入ってしまった。

夢を見た。

寝所は暗いが、書庫には鉄格子の窓から月明かりが射しこんでいる。そよぐ庭の木立が光の筋を揺らめかす。カーテンが開いており、枕もとに人影が浮かびあがっている。頭巾つきの黒マントに身を包んだ影が四つ。淡く光る目で見おろしている。一人がかがみこんできた。それがカーステアズであることを、クロウは察した。

「いかがですか、導師《マスター》?」聞いたことのない声がかぼそくささやく。

「眠っている。赤子のようにな」とカーステアズが答える。「瞼《まぶた》が開いているのは薬が効いている証拠だ。この男、どう思う?」

別のしわがれた低い声が、気味悪い笑いを洩らした。「きっとよく働いてくれることでしょう。この先四、五十年は」

「声が大きいぞ!」カーステアズが黒い目を怒りに見開き、小声で制する。「そのことは二度と口にするな。どこにいようとだ」

「申しわけありません」低い声が答える。「場合をわきまえず――」

カーステアズは侮蔑するように鼻を鳴らした。「おまえたちはいつもそうだ」

「ところで、この男の星座はいかがです?」残りの一人が、泥のような粘着質の声で尋ねた。

「吉兆でしょうか?」

「そうだ。わたしと同じ人馬宮だった。〈数〉に関しても……かなり良好といえる」カーステアズはささやき声になっている。「名前が九文字だというだけではない。正統法で見ても、彼の誕生数は二十七、つまり九の三倍だ。個々の数の計はもっといい。なにしろ十八だからな!」

「六六六ですか!」尋ねた男は驚き声を洩らした。

「そのとおりだ」

「それに、背も高く、体力もありそうです」と口を出したのは、先ほど叱られた男だ。「ふさわしい器ではないでしょうか」

「いいかげんにしろ!」カーステアズがすぐにとがめた。「ばかめ。何度いえば――」そこであきれはてたように声をとぎれさせてから、「さあ、もう戻れ。おまえたちにも仕事が待っている。ただし一つだけいっておくが、たしかに彼こそは求めていた男だ。しかも――自分の意志でここにやってきた。その点も条件に合致している」

人影のうち三つが闇のなかに消え去り、カーステアズだけが残った。館の主はクロウの顔をのぞきこみ、低い声でささやきかけた。「これは夢だ。目覚めてから思いだすことも、すべて夢にすぎない。いや、思いだすにもあたいしない。ただの夢だ……夢……夢……」それから窓辺に寄ってカーテンをしめた。月明かりが閉ざされ、寝所は闇に帰した。だがベッドで眠りつづけるクロウには、館の主の目がいつまでも頭上にただよっているような気がしていた。『不思議の国のアリス』に出てくるチェシャー猫の笑みのように。

ただしそれは、人知には計りがたいほどの邪悪さを思わせる笑みで……

III

翌朝、汚れた窓ガラスを透かして入りこむ一月の弱い日の光が、朝というよりは遅い午後のようなにぶい黄昏色に書庫内を染めているなかで、クロウは目覚めた。のびをし、あくびをする。よく眠れていなくて、頭が妙に痛い。だがそのおかげで、あの雇い主のワインを見くびってはいけないと昨夜心に誓ったことを思いだした。同時に、夜中に夢を見たことがおぼろによみがえってきたが――なにか怖いものだった気がする――しょせん夢でしかなく、よくは憶えていない。思いだすにもあたいしないことか……

それでもしばらくベッドに横たわったまま、記憶を心の表面に浮きあがらせようと努めてみた。たしかに無意識の奥深くに沈んではいるようだ。だが立ち現われてこない。夢のなかにはカーステアズと、そのほか見知らぬ者数人が出てきたような気がするが、こまかいところまではどうしてもわからない。

しかしなんとか思いださねばという思いはますます強くなる。せめて気持ちを楽にできる程度に。ちょうど舌の先まで出かかった言葉を、声にしようとしたとたんに忘れてしまうような、ひどくもどかしい気分だ。しかも、夢のあとにもなにか——なにか夢のつづきめいたことが——あった気がする。だが、それはなおさらおぼろな影に包まれている。ただ、なにやら祈禱とか経文とかを唱えるような低い声が、館の奥のどこかから響いていたようだ。地下の倉庫室か？　いや、倉庫室は立入禁止というカーステアズの言葉が頭の隅にひっかかっていたせいでそう思うのかもしれない。あのとき前もって注意されたことが必要以上に心に残っているためではないか。

心に残っているといえば——二日酔いも辞さないほど心惹かれたものがあった。カーステアズのワインだ。あれは強かった……たしかに！

ようやく起きてローブをはおり、浴室を探しにいった。それから十分後、すっかり気分一新したところで朝食に向かう。食堂でメモを見つけた。カーステアズのサインがあり、自分は今日一日出かけているが仕事には早めにとりかかるようにと記してあった。クロウは肩をすくめた。食事をとり、早めに書庫に戻ろうとあとかたづけにかかった。皿を棚にしまっているとき、鎮痛剤が手近に置いてあるのを見つけた。雇い主の気の利き方に、思わず笑みが洩れた。昨夜の飲みすぎから頭痛を起こすだろうから、これで頭をすっきりさせて仕事にかかれというわけだ！

だが厨房を出て書庫に戻り、さてどうやって仕事を進めるのがいいかと考えはじめると、さっきまでの可笑しさもたちまち失せた。古い書物を眺めたり手にとったりしているうちに、ある疑いがますます強くなってくる。つまり、カーステアズは単にこれらの書物を所有することに満足を見いだしているのではなくて、むしろ実際に利用するために持っているのではないか。もしそうだとすると、昨日注意されたことが——それほど気にとめもせず口にしたのかもしれないが——いよいよ現実味を帯びてくる。かつまた、誕生日を訊かれたこと。占星術についての並々ならぬ博識。しかし奇妙なのは、この厖大な本の山のなかに占星術に関する書がまだ一冊も見つかっていないことだ！

だが質問に嘘を答えておいたのは、まずは無難だった。数秘学を学んだクロウにとって、名前や数や日付がいかに重要なものであるかは常識だ——ましてオカルティストの前で口にするとなれば！　人類史の秘められた側面において、自分の誕生日を敵対者に教えた魔術師は一人もいなかったはずだ。運命を左右する重要な情報であり、どう利用されるかわかったものではないからだ。

そのような神秘的なものの考え方から、〈銃弾にも番号（運命）がある〉や〈数（命運）がつきる〉など、こんにちでも使われる諺《ことわざ》が生まれたのだ。さらにいえば、原始から名前は個人の人格や魂を示すものとされ、魔術師は例外なく敵対者の名前を悪用した。聖書にはいたるところに人名の聖性や秘密性に関する言及がある。かの黙示録における第三の騎手の秘められた名前しかり、サムソンの父のもとに訪れた天使の話しかり。サムソンの父はこう尋ねかける。「秘めし我が名を、汝は何故問う？」聖書は人の名前を悪意ある魔術にからめて述べている点で、古代エジプトの神話より進歩しているといえる。だが今そんなことをあれこれ考えてももう遅い。カーステアズに知られたのが名前だけで、〈数〉まで明かさなかったのがせめてもの救いだ。

もう一点、趣味や興味が奈辺にあるかとあのオカルティストに尋ねられたときのなんとも奇妙な不安感は、いったいなんだったのか？　まんまと催眠術にかけられたと感じたのは、まさにあの瞬間だった。だからまたしても、嘘をいわねばならないと考えた。まったくの出まかせとはいわないまでも、真実はせいぜい半分にとどめようと思った。あれも自分の人格を守ろうとする無意識の欲求だったのか。仮にそうだとして、なぜ守らねばならないと思ったのか？　カーステアズがどんな危害を加えてくると恐れたのか？

クロウ自身、考古学と古生物学の分野では広範な知識を有すると自負しているが、その動機はあくまで純粋な探求心にあるつもりだ。カーステアズといえども（一見したところでは）同様であるはずではないか。しかしそう思う一方で、中近東考古学協会はガリラヤ湖付近をこそ発掘すべきだというあの人物の意見が妙に気になるのも否めない。

不意にある衝動に駆られて書架に手をのばし、埃をかぶった世界地図帳をとりだした――相当に古い版だ。擦り切れた大冊を繰って、中東の地図を開いた。パレスチナ、そしてガリラヤ湖。ページの隅に、はるか昔の閲覧者が記入したらしい赤茶けたインク文字が見える。一六〇二年のとある日付だ。地図に目を移すと、ガリラヤ湖の北岸に沿った地域に、やはりセピア色に変色したインクで、×印が三つの地点に書きこまれている。真ん中の×印のわきに、〈コラジン〉と読める文字が付されている。

すぐ思いあたることがあった。また書架のそばに戻り、少し探したのち、目当てのものを見つけた。ジョン・キットーの編纂になる『挿絵入家庭用聖書』だ。保存状態のよい二冊本だ。かさばる第二分冊をかかえてふたたびテーブルについた。「マタイ伝」と「ルカ伝」をすばやくめくり、探していたいくつかの節を参照した。さらに、「ルカ伝」十章の末尾に付された注解を見る。十章十三節に関するつぎのような注が述べられていた。

〈コラジン〉——本節および前後節に出てくる地名。場所は特定されていないが、ガリラヤ湖畔に位置する二つの廃都カペナウムおよびベッサイダの付近と推測される。リチャードソン博士の報告によれば、カペナウム(註六—三十参照)について現地人に取材した際、コラジンという類似の都市がかつてあったとの返答を得たと……

指示されている別の注解を見てみると、同じ地名についてさらなる言及があった。そこは広範囲におよぶ遺蹟地帯の一角に位置し、現在の地元民には〈コラジ〉の名で呼ばれているという。クロウは唇を引き結び、また地図帳を広げた。ガリラヤ湖と三つの×印をもう一度目にとめ、眉根を寄せた。仮に真ん中の×印がコラジンだとすれば——正確には、その廃墟だとすれば——ほかの二つはベッサイダとカペナウムだということになる。三つともイエスによって壊滅を予言された、呪われた都市だ。たしかにカーステアズのいうとおり、ガリラヤ湖畔には非常に興味深い遺蹟が眠っていそうだ。

神学博士にして人文学協会特別会員たるジョン・キットーの学術的注解豊富な大冊聖書でも、記述は結局それのみにとどまっている。しかし編纂者自身のコラジンに関する疑問はもう少し深いものだったはずだ。クロウの知るところによれば、その邑《まち》は〈反キリスト〉の生地の一つであり、その再来——すなわち誕生——がいちばん近い時代に起こった例は、一六〇二年のことであるといわれているのだが……

カーステアズという男への興味が、胸のうちに激しく湧き起こってきた。あの人物の出自がどこにあるのか、その人間性やオカルト探求の方向性がどんなものか、ぜひとも知りたくなった。だがこの館にきたのはスパイをするためではなく、雇われて働くためであることを忘れてはならない。これほどの驚くべき蔵書のなかで仕事をするなど、願ってもないことでもある。

異端の学問を人一倍学んできたクロウにして、これほど厖大な書物の山に出会ったことはかつてなかった。大英博物館の人知れぬ内奥の書庫とか、あるいは国立図書館ですらこれほどではないだろう。一個人がこんなコレクションを持っているなどとだれかがいったら、以前のクロウなら一笑に付していたところだ。これだけの書物をあがなうための費用の莫大さはいうまでもなく、そもそもこれほどの数量を独力で集める時間をどうやって捻出できただろう？　だが彼をいちばん驚かせ考えこませた要素は別にある。それはつまり、書庫をこんなにも乱雑なまま放置し、しかも腐朽がはじまっているのもかまわずにおくという、信じがたいほどの怠慢さあるいは不注意ぶりだ。

事実、腐朽はすでに目に見えて進んでいる。いたるところにその跡が現われ、あるものはかなりまずいことになっている。たとえば、昼がきたので整理用ノートをわきに置き、厨房に向かうため書庫から出ようとしたとき、まさにその兆候が目に入った。書庫の戸口で虫が一匹——クロウはこれまで実際に目にしたことがなかったが、いわゆる紙魚《しみ》であろうと思われた——絨毯の上を這っていたのだ。つまみあげてみると、薄桃色をしたころころと太った虫で、妙な臭いがするうえに肌ざわりが冷たく、なんとも気色悪い。紙魚とはもっと小さくて乾燥したもので、見た目もいかにも虫というふうだろうと思っていたが、これはむしろ蛆虫《うじむし》に近いではないか！　クロウは足早に書庫のなかに戻り、奥の小さな窓に近寄ると、鉄格子の隙間から眼下の暗い藪のなかへと、気持ちの悪い生き物を投げ捨てた。そして軽い昼食にありつく前に、両手を神経質なほどよく洗って拭いた。

その後は一日なにごともなくすぎていった。夕食もとらずに仕事をつづけ、午後九時ごろになってやっと空腹と疲れを感じてきた。ここまでのあいだに整理用ノートをつくりあげ、つぎにいよいよ分類にとりかかる手筈だ。すでに書架の一つから本を移動させる作業にかかっており、スペースができたらそこで類別分けの仕事をじっくりやる。

夕食は缶詰ですませることにした。小さくて平たい缶を一つあけ、きれいにスライスされた牛肉をとりだして温めた。ジャガ芋を煮、コーヒーを沸かす。そして最後に、カーステアズ所蔵の黒ずんだ強いワインを一瓶とグラスを一つ、いつもはなにもない広いテーブルに置いた。ただし今は一杯しか飲まない。それも、グラスの縁までは注がない。やがて本を一冊——E・L・ド・マリニーの興味深い著作『タロット研究』を——持って寝所にひきあげ、なんとか摂生できたことに安堵した。体が温まり、心地よい眠気が誘う。といっても、昨夜のように前後不覚になっているわけではない。午後十時半ごろ、独りうなずいてベッドに身を横たえ、夜どおし夢も見ない熟睡に落ちた。

翌金曜日はきわめて静かにすぎた。カーステアズは一度も顔を見せず声が聞こえることもなく、在宅かどうかもわからなかった。雇い主がなにをもくろんでいるのか不安をぬぐいきれないクロウにとっては、心休まる一日だった。しかし夕刻になると、館の主人は当初約束したとおり姿を現わして、週末の休暇に入る彼を送りだしてくれた。長身痩軀を車寄せにそびえさせ、足もとに霧をまとわりつかせて、出ていく彼の車を見送っていた。

ロンドンの自宅に帰ったクロウは、すぐに退屈に悩まされはじめた。金曜の夜もつぎの土曜日もよく眠れず、さらに日曜日はかつて感じたことがないほどの意気消沈と退屈といらだちに襲われた。喉がひどく渇き、思わず唇を舐めたことが二度あった。カーステアズのワインを一瓶持ち帰ればよかったと一度ならず思った。夜七時半ごろ、はっきり決断したわけでもないま荷物をまとめ、早くも仕事に戻るため出立した。いつもは明確な記憶力を誇る彼だが、このときばかりはなぜか混乱し、カーステアズ邸には月曜の朝まで戻らない予定だったことをすっかり失念していた。

午後十時前後にはもう〈古墳館〉に着き、小ぶりの車庫に車を入れていた。スーツケースを持ち、車寄せに三台並べて駐められているだれかの車のわきを歩いていった。館に近づく途中で、ばかなことをしているようだとやっと気づいた。カーステアズは当然友人たちとのひとときを楽しんでいるはずで、彼が帰ってくるなどとは予想もしていないのだ。だがもし玄関ドアが施錠されていないなら、音を聞きつけられることもなく他人の週末をじゃますることもなく館に入れるだろう。

施錠はされていなかった。クロウは家のなかに入り、忍び足で仕事場へ向かった。書庫に着くと、テーブル上に整理用ノートが開いてあった。そのわきにワイン一瓶と、そしてつぎのようなメモがあった。

クロウくんへ

ノートを通読したが、たいへんよく整理されているようだ。きみの仕事ぶりにはこれまでのところとても満足している。月曜日わたしはほとんど外出している予定だが、出かける前には会えるだろう。きみが早めに戻ってきた場合にそなえ、ささやかな歓迎の品を置いていく。安眠を祈る――

J・C

奇妙な伝言だ。まるで彼が予定より早く戻ってくることを知っていたかのようだ！　ともあれ、なかなかのユーモアの持ち主ではある。もらったワインに礼をいわないのは不作法にあたる。感謝の気持ちを伝えれば、泥棒のようにこそこそ家に入った気まずさも相殺《そうさい》できるだろう。早く戻りすぎたのも結局そう悪しきことではなかったわけだ。

クロウはそう考えて、さっそくワインを少しだけ注いで気付けに飲み、明かりのない暗い廊下を静かに歩いて主人の書斎へと向かっていった。書斎のドアの下から薄明かりが洩れているのを認め、立ち止まった。話し声も聞こえる。急に迷って思いなおし、引き返そうとしたところで、自分の名前が話題にのぼっているのを耳にした。その場に立ちつくし、書斎のなかで話されていることがらに神経を集中させた。細部まで聞きとれるわけではないが、しかし――

「期限は運命づけられている……聖燭節前夜《キャンドルマス・イヴ》だ」こういっているのはカーステアズの声だ。「現在……わたしの意志であやつろうとしているところだ。事実、わたしのために働いている、まさにな――わかるか？　そのうえ……最初から力をおよぼしている。意志力と……あとはワインが手を貸してくれる。すでに心に決めてあるのだ……異論は聞かん。前にもいったが……今一度いおう。彼こそは求めていた男だ。ガーベット、あの男になにか悪徳の履歴はあったか？」

くぐもった耳ざわりな声が――どこかで聞き憶えのある声だ――答えた。「わたしが調べ……なにもありません。女……悪徳というほどでは……麻薬も……煙草だけはときどき……賭け事はやらず……放蕩癖も……」

「ごりっぱなことだ！」と、またカーステアズ。「ところで……陸軍省といったな。かなりの権限があったのか？」

「調べようと……手ごわい役所です。イングランド銀行にも調査を……しかし深追いは危険です」

「そのとおりだ」とカーステアズ。「われわれをやつと結びつける手がかりは、できるだけ消しておかねばならない。いったんはもとの生活やつきあいや趣味に戻るだろうが、いずれそれらとは一切関係を断つことになる。そしてわたしとのかかわりは秘密のまま……一つになる！」

「しかし導師《マスター》」またしても憶えのある声だ。葦が風にそよぐ音にも似た弱い調子で、「まだ……満足してはおられませんな」

いっとき間があって、またカーステアズ。「催眠術……かかりにくいやつではある。最初……手ごわかった。だからといって無理と……調べる必要がある。明日手紙で……ひょっとすると誕生日が嘘……そのときは別の獲物を探さねばならない」

「しかし……時間がありません！」四人めの声だ。「彼らはすでにあなたの体内で飢餓のきわみにあり、転移を激しく渇望しています。もはや聖燭節《キャンドルマス》も迫り……」クロウが予想したとおりの、ねばつくような重い声だった。いっぽうそれに返答したカーステアズの声は、さっきより少しかんだかくなっていた。朗々としていながら、さらに高く鳴り響くような――勝利に昂揚したかのような声だ。

「そのとおりだ。〈屍蟲《チャーネル・ホード》〉たちは今、寄り集まって混沌としている――そのときが近づいていることを、やつら自身が知っているからだ！　時がくれば、残骸を食いつくし――新たな宿主にとり憑く！」そこで声を少し低くしたが、鳴り響くような調子はなお失せていない。

「もしクロウが嘘をついているのなら、やつにはそれなりの対処をせねばならない。そしてそののち――」カーステアズの声が突然なにかに狂喜したような、悪魔的な調子に変わった。

「ダレル、このたびはおまえが虫どもをもてなす役をになえ。見るがいい、やつらが人にとり憑くさまを！」

不意に、ばたばたとあわてふためくような足音。つづいて、テーブルと椅子が床をこする音。咽《む》せるような、嘔吐するような声。いきなり書斎のドアがあけ放たれた。クロウはあわてて、アーチ形の浅い壁龕《へきがん》に身を隠した。人影が一つ、かたわらの小卓にぶつかりそうになりながら、狂乱したように廊下にとびだしてきた。中背の男で、蒼白な顔をして目を大きく見開いている。低くうめきながら転がるように駆けだし、クロウの前をすぎて玄関口へ向かっていく。途中で、格子模様の廊下になにかを投げ捨てた。

男は表へ逃げだし、玄関ドアを叩きつけるようにしめていった。クロウは息をひそめ、爪先立ちで書庫をめざした。ふと目にとまったのは、ダレルと呼ばれたその男が投げ捨てていった物体だった。廊下を這いまわっているそれは、薄桃色をした小さな虫だった。館のうちにはカーステアズの吠えるような笑い声が響きわたっていた……

IV

事態ここにいたれば、時をおかずに逃げだすのが賢明だ。この〈古墳館〉を永久にあとにするのが。ひと月分の前払い給与をあの雇い主に突き返し、ロンドンに立ち戻るか、あるいはもっと遠くまで逃げるか。サインさせられた雇用契約書など破棄し、あの人物の謎めいたもくろみを終わりにしてやるのがいい――もしもワインの酔いがまだ体にまわっていなかったなら、きっとそうしただろう。カーステアズの魔術がこめられた恐ろしいまでに強いアルコールがすでに体を急速に麻痺させ、名状しがたい恐怖の巣食うこの館にクロウを縛りつけようとしていた。

あの男がいっていたとおりの中毒症状が出はじめているのを自分で感じていながら、震える手をワインのボトルにのばさずにはいられない。急に陰鬱な監獄めいてきた書庫のなかで独り、グラスにワインを注ぐ。身震いしながら椅子の上にちぢこまっているうちにも、悪夢のような幻影が頭のなかを駆けめぐる――これまでの断片的な疑惑と恐怖とが混沌と寄り集まり、狂気じみた恐ろしい推測を導きだそうとしている――だが考えをめぐらせながらもワインを飲み進まざるをえず、やがて感覚は混乱のきわみにいたり、いつしかテーブルの上にうなだれ、腕を枕にして眠りに落ちた。

そしてまたしても夢に似た光景が……

こんどの人影は三つだけだ。いつのまにか書庫に忍び入っていた彼らの一人が――おそらくはカーステアズだ――すでに部屋の明かりを消している。ときは深夜、淡い月光のなかで三人の男たちはクロウをとり囲むように立っている。

「見るがいい」と館の主の声。「首尾どおり、術と酒とが力を結びあい、この男をここにとどめたのだ。もはやこいつは、〈古墳館〉に鎖でつながれたも同然だ。わたしはじつは少し失望している。思ったほど意志の強いやつではなかったようだ。それとも、酒を少しきつくしすぎたか」

「導師《マスター》」と割りこんだ声は、前にガーベットと呼ばれた男だ。あのときと同じ、くぐもった耳ざわりな声だ。「暗いせいでわたしが見誤っているのかもしれませんが――」

「どうした?」

「この男、震えているように見えます! それに、ベッドに倒れこまなかったのも奇妙です」

ガーベットのじめつく冷たい手が、熱っぽい額に触れてきたのをクロウは感じた。

「やはり震えています! まるでなにかにおびえているような……」

「よく見てとった!」と、また魔術師の声。「鋭い観察眼だな、ガーベット。それでこそわが教団の力ある一員だ。おまえのいうとおり、ワインによる麻痺はきわめて急速だったにもかかわらず、こいつはなおも震えている。おそらく、なにかを耳にしてしまったのだろう、聞かなかったと自分にいい聞かせたくなるようななにかを。だが方法はある。おまえたち、手を貸せ。このままにしておくのもかわいそうだ――ベッドに仰向けに寝かせつければ抵抗力はより弱まるだろうしな」

クロウは六つの手で体を起こされるのを感じた。立たされ、ささえられて歩いていく。やがて服を脱がされ、ベッドに横たわる。目はおぼろにしか見えず感覚もにぶいが、耳だけは鋭敏だ。最後に聞こえたものは、カーステアズがつぶやく催眠術のせりふだった。忘れるべし……すべてを忘れるべし。今宵聞きしことはことごとく思念よりしりぞけよ。なべて夢なれば。とるに足りぬ夢なれば……

月曜の朝、館の主の呼ぶ声に目覚めた。一月の弱い日の光がすでに射しこみ、腕時計は午前九時をさしていた。「よく眠っていたようだな、クロウくん。かまわんよ……多忙な週末だったらしく、疲れているようだからね。わたしはこれから出かける。夜まで帰らないが、なにか必要なものはないか？　仕事に役立つものがあれば買ってきてやろう」

「いえ、とくにありません」とクロウは答えた。「今はなにも考えられなくて……お心遣いには感謝しますが」目をしばたたいて眠気を払う。額の奥がにぶく痛む。「申しわけありません――こんな時間まで寝入ってしまって。それほどよく眠れたわけでもないのに……」

「そうかね？」カーステアズは小さく舌打ちした。「とにかく、心配にはおよばん。当面不都合なことはない。朝食をとれば気分もよくなるだろう。じゃ、わたしはこれで失礼するよ。また今夜」背を向け、書庫を出ていった。

クロウは主が去るのを見送って、また横になり、つかのま考えた。頭のなかの靄を振り払おうと努めた。昨夜また夢を見たのはたしかなことだ。だがはっきりとは思いだせず、細部は記憶からこぼれてしまっている。予定より早くこの〈古墳館〉に戻ったところまでは憶えているが、そのあとが皆目わからない。だが、ふたたび起きあがり、テーブル上の飲みさしのワインボトルをふと目にしたとき、なにがあったのかを率然と察した——いや、感じとった。あのワインだ！

自分の愚かさに猛然と腹が立った。どうにか気をとりなおして洗顔をすませ、蔵書整理のつづきにとりかかった。日はとうに高く、屋外には冬の明るさがあふれているにもかかわらず、館のなかは闇がより深くなっているようだった。

翌日もカーステアズは外出した。そこでクロウは〈古墳館〉内部を探索しようと考えた。屋根裏部屋から地下室にいたるまで徹底的に。だが地下には結局入れなかった。階段の下のドアが施錠されていたからだ。数多くあるほかの部屋はどこもがらんとして、埃が積もっているばかりだった。壁には苔が生え家具は木食い虫に食われていた。階下同様に上階のほうも使用されることがあまりないらしく、探索はさしたる成果もなく終わりつつあった。ところがカーステアズの書斎の前まできたところで、得体の知れない恐怖を覚えて立ちつくした。

なぜか体が震え、冷汗が吹きだした。記憶の片隅で、いくつかの人の声が不気味に響いている。ほんの一瞬だったがそう思っただけで気分が悪くなり、吐き気すらもよおした。またしても自分が腹立たしい。不安を撥ねのけて書斎のドアノブに手をかけると、意外にも施錠されていなかった。なかをのぞき見ると——そこは家じゅうのどの部屋ともようすがちがっていた。

埃も家具の乱れもない広い部屋で、手入れがゆきとどき、東洋風の絨毯にテーブルと椅子があり、隅には大机が置かれている。机のわきの壁には、金箔額に入った油彩画が六点飾られている。それらの絵にクロウは目を惹かれ、部屋のなかへ進み入ってよく眺めた。右から左へ見ていくと、どの絵にも金属製の小さな銘板が付されていた。そこには年が記されているが、人の名前などはない。

いちばん右の絵は、鷹のようなけわしい顔立ちの、浅黒い肌を持った男の肖像だ。ターバンを頭に巻き砂漠の民のような衣装を着ていることから、アラブ人を思わせる。記されている年は一六〇二—六八となっている。そのつぎもやはり中東風の人物の絵だが、こちらは王侯貴族なのか豪奢な衣装をまとい、年は一六六八—一七三四となっている。つぎの絵は一七三四—九〇とされ、額が高く威厳のある風貌をした黒人の男が描かれている。おそらくエチオピア系の人物だ。さらにそのつぎはいかめしい顔をした若者で、長髪の鬘《かつら》をかぶり膝丈の穿き物で装っている。年の表示は一七九〇—一八三九。五番めは顎鬚を生やした黒い目の男で、チョッキを着て片眼鏡をつけ、顔色が不自然に青白い。年は一八三九—八八。そして六番めは——

六番めはカーステアズ自身の肖像画だった。現在のあの人物とほとんど同じ顔立ちで、銘板の年は一八八八―一九四六となっている！

クロウはそれぞれの年の数字をまじまじと見た。これはどういう意味か。なぜかくも連続しているのか。この人物たちは、カーステアズの秘密教団を率いてきた歴代の導師《マスター》ではないのか？　とすれば、年はそれぞれの任期を表わしていることになる。しかし一八八八年というのは……いや、べつに不自然ではない。カーステアズの生年であるはずはないから。生年とすればまだ五十七歳ということになってしまう。それより少なくとも十五歳から二十歳は老いているはずだ。異様な活力をみなぎらせてはいるが、かなりの老齢であることはまちがいないのだ。ときに、最後の年一九四六年はなんの意味か？　自分の死期を予知しているということか？　それとも単に次期導師《マスター》との交代時を予定しているだけか？

最初の鷹のような顔をしたアラブ人の絵に目を戻したとき、なにかが腑に落ちた気がした。記されている一六〇二という年に関係のあることだ……そうだ、あの古い地図帳の、セピア色に変色したインク文字の年と同じではないか。一六〇二年。すなわち、呪われた都市コラジンで反キリストが生を享《う》けた年ではないか！

だがまだわからないことだらけだ。朦朧とした頭脳でジグソーパズルを組みあわせようとするが、行方の知れないピースが多すぎてとても完成には漕ぎつけられない。どこか深いところに答えが沈んでいる気がするが――まだ浮かびあがるのを拒んでいる。

書斎をあとにしようとして、カーステアズの嘲弄するような肖像を恐るおそるもう一度見やった。さっきは気づかなかったが、額縁の出っぱりのところに、もぞもぞと這う薄桃色のなにかがいた。それが今、床に敷かれたブカラ絨毯の上にぽとりと落ちた……

火曜日の残りの時間は、館のうちに独り残されたきりですごした。水曜日もまる一日留守居で、翌木曜の朝を迎えた。軽い昼食をとったあと、クロウは新鮮な空気を吸いたくなった。そう思ったちょうどそのとき、またしてもあの芋虫だか蛆虫だかを書庫のなかで一匹見つけた。このままでは健康を害しかねないと、早晩カーステアズにうちあけねばなるまい。

明るい屋外に出て、庭園に踏み入ってみた。砂利敷きの広い車寄せではなく、茂りすぎた雑草のなかの小径を選んで歩きはじめた。冷たい外気を心ゆくまで吸いこむうちに、頭のなかの曇りがたちまち失せていく。これからはしばしば散歩したほうがよさそうだ。〈勉強より遊ぶが利発な子〉の言い習わしは、大のおとなたるタイタス・クロウにもあてはまるようだ。

館の主が本当に留守なのかどうか、じつのところは不明だった。だが曲がりくねった小径を抜けて正面の門扉まで着いてみて、やはり不在らしいとわかった。郵便物がそのままになっていたからだ——単に回収していないだけなのかもしれないが。郵便受けに数通の書簡が入っており、うち二通は金箔蓋付きの封書で、どちらも半ば開きかけていた。外の寒さを感じはじめたクロウはそれらの手紙をかかえ、うねる小径を館へと戻っていった。道すがら、好奇心から手中の封筒に目を走らせた。宛名を誤記しているものが一通ある。「〈古墳館〉気付　事務弁護士カスティーニュ様」となっている。切手のわきにうっすらと見えるのは、ロンドンの行政庁舎サマセットハウスの印章だ。

サマセットハウスといえば、中央戸籍登録所ではないか。そんな役所がカーステアズになんの用があるのか——？

そう思ったとたんに、またしても吐き気とめまいがクロウを襲った。せっかくのさわやかな散歩が一瞬でだいなしになり、そればかりか問題の封筒を持つ手が震えはじめた。急に心がはやり、われ知らず懸命になにかを思いだそうとしていた。頭の隅で響く〈なんでもないさ〉という声にあらがい、必死で記憶を呼び起こそうとする。なんでもないわけはないと、もうはっきりわかっているのだ。

小藪に身をひそめるようにして、手紙の束のなかからサマセットハウスの封書だけを抜きとって上着の内ポケットにしまいこんだ。寒さにもかかわらず汗をにじませつつ館のなかに戻り、書斎のドアの外に置かれた小卓の上に手紙の束を手放した。書庫へ引き返す途中で、ふと地下への出入口をのぞいた。階段下の倉庫室のドアが開いているのが見えた。人がいるらしいかすかな物音も聞こえる。立ち止まり、呼びかけてみた。

「カーステアズさん、手紙がきていました。書斎の外に置きましたから」

物音がやみ、やがて声が返った。

「ありがとう、クロウくん。すぐいくよ」

クロウは待たず、さっさと書庫に駆けこんだ。仕事の席につき、どうすべきかと迷った。他人の書簡を盗んでしまったことにわれながら驚いていた。ほかならぬこの一通をなぜ盗んだのか。自分でコーヒーを沸かそうと持ちこんでいた電気湯沸かし器に目がとまったとき、考えが湧いた。ここはもう、確信を持ったことを実行するしかない。自分の勘を信じるしかない。カーステアズがいきなり入ってきた場合にそなえ、インスタントコーヒーをつくっておくことにした。戦時の発明品だが、不味《まず》くはない。湯が沸騰しはじめると、その蒸気で封筒の蓋の糊付けを湿らせ、きれいに開いた。震えがちな指先で中身を抜きだし、封筒はポケットに戻した。仕事をしているように見せかけるため、ノートで隠しながら手紙を開いた。

だれも入ってこなかったので、結局隠す必要もなかった。サマセットハウスの印章が捺された便箋に記されていた書信の内容は、以下のとおりだ。

拝復　カスティーニュ様

お取扱いの遺産継承問題に関して先ごろお尋ねの件、当方承知しています。しかし電話での返答はよしとしません。またそもそも、調査対象人物の親戚もしくは警察からの依頼であると証明されないかぎり、この種の情報を洩らすことは現在のところ禁じられています。戦時がようやくすぎた状況下、今しばらくで制約も解かれると承知します。とは申せ急を要するとのこと、また当該人物は巨額遺産の継承者とのことでもあり、特例的にご依頼どおり調査しました。

お探しのタイタス・クロウという人物、一九一二年ロンドン生まれの該当者はなし。ただしトマス・クロウという名前が複数名、またトレヴァー・クロウが一名、ともに同年同市にて出生あり。またロンドン以外では、ティミウス・クロウがエディンバラで、タイタス・クルウがデヴォンで、同年にそれぞれ出生。

総じてタイタス・クロウという姓名はきわめて稀少です。ご提示の条件に最も近い同姓同名者は、一九一六年十二月二日にロンドン市内で出生した人物が一応該当します。確定的な回答ができず、容赦されたし。

より詳細な調査を希望の節は、目的および身元証明書を提出願います。

遺憾ながらそれまでは保留にて――(後略)……

クロウは心身ともにしびれが広がっていくような感覚を覚えながら、書簡を再読三読した。カーステアズの身元と目的を証明する必要がある、か。まったく同意見だ！　起こっている事態がなにごとであれ、相当に警戒する必要があることはこれで確実となった。用心にまさる武装はなし、と諺にいう。だが今こそは、できるかぎりの武装――少なくとも身を守れるだけの――をすることも必要だろう。肝心なのは、この正体不明の恐怖から、得体の知れぬ脅威から、逃げてはならないということだ。オカルトや超自然現象への興味に動かされてこの〈古墳館〉にやってきたが、今はその興味を守るためにもふんばってここにとどまらねばならない。

となれば、あとは宣戦布告するまでだ。だが敵はどんな武器でくる？　また、目的はなんだ？　その日の午後クロウはほとんど仕事をせず、独り座して黙々と計画を練りつづけた……

V

午後四時四十五分、書斎のドアをノックした。カーステアズは返事をしたが入れとはいわず、自分から出てきた。長身痩軀がそびえ立つと、ただでさえ薄暗い廊下がますます暗くなった。

「なにか用かね？」

「はい」とクロウは答え、「仕事は順調に進んでいますので、期限内に終えるのもさほどむずかしくないようです。そこで、一つお願いがあります。じつは今夜、ロンドンに友人がきていまして――」

「週末の休みを少し長く欲しいというのか？　まあ、べつにかまわんが……」カーステアズは平静をよそおっているが、なにかひっかかるものがあるようだ。わずかながらあわてているような――驚き、当惑しているような――節がある。クロウが特別休暇を願いでるなど、まったく予想していなかったのだろう。だが表面はそんなそぶりを見せず、「いいだろう、早めに発《た》ちたまえ。友人と会ってきたらいい。わたしは土産《みやげ》でも待つとしよう。そうだな、ワインを所望したいね。で、何時に発つ？」

「できればすぐにでも」クロウはすぐ答えた。「今発てば、明日と土曜日の二日間ずっと友人とすごすことができますから。日曜には早々に戻れるでしょうから、仕事の遅れはなんとかとり戻せると思います」

「いや、それにはおよばんよ」カーステアズは長く細い両手を振りあげた。「わたしのほうも週末は友人たちがきて泊まっていく予定でね——とくにこのたびは、他人にじゃまされたくないんだ」と鋭く見返し、「帰ってくるのは月曜の朝でかまわん。ゆっくり楽しんできたらいいさ——そうだ、ワインを一本持っていきたまえ」といって、ぞっとするような笑みを浮かべた。

「すみません」とクロウは答え、機械的に握手の手をさしのべた。オカルティストはそれが目に入らなかったのかあるいは無視したのか、背を向けてするりと書斎のなかへ消えた……

五時二十分、クロウはギルフォード近くの大きなホテルの前に車を停め、公衆電話を使った。〈古墳館〉を初めて訪ねた日、急用があるときのためにとカーステアズが電話帳未記載の番号を教えてくれていた。例のサマセットハウスからの手紙をとりだし、受話器の送話口をハンカチで押さえて、カーステアズ邸の番号をまわした。

聞きちがいようのない雇い主の声がすぐ出た。「カーステアズだが、どなたかな?」

「もしもし、カスティーニュさんですか?」と、さりげなく訊く。「そちらは、カスティーニュさんとおっしゃるのではありませんか?」

一瞬の沈黙ののち、「ああ、そうだ。わたしがカスティーニュだ。ひょっとして、サマセットハウスからかね?」

「はい、クロウさんという方についてのお尋ねの件で、お電話したのですが」

「おお、タイタス・クロウの件か。返事を待っていたんだ」

「それはお待たせしました。タイタス・クロウという名前は非常にめずらしいので、見つけるのはさほどむずかしくありませんでした。一九一二年の十二月二日に生まれた方で、たしかにその名前がありました」

「それはよかった！」カーステアズの声には歓喜がにじんでいた。

「しかしながら」クロウはすぐつづけていった。「今後は、このような正式に認められていない調査依頼にお答えすることは――」

「わかっているとも」相手がさえぎった。「心配にはおよばん。この先はもう手をわずらわせることはない」そこで電話は切られた。

これでよし――クロウは安堵の息をつき、受話器を戻した。偽りの誕生日をまんまと信じこませた。これで防衛作戦の第一は完了だ。

さらにつぎの段階へと……

ロンドンに戻ってからの最初の予定は、エディンバラで一緒に学んだある友人を訪ねることだった。テイラー・エインズワースという化学者で、昔から化学のオカルティックな側面への関心が深く、そのために教師たちからも学生仲間からも変人扱いされていた男だ。その分野でかなりの声価を得たこんにちでも、化学者というより錬金術師だと一部から揶揄されていた。最近ロンドンに戻ってきたばかりのこの友人は、今夜ひさしぶりにうちで一杯やらないかというクロウの誘いに喜んで応じた。ただし、仕事があるので早めに失礼するよと条件をつけていたが。

クロウはつぎに、実家の主治医ハリー・タウンリーに電話した。彼より二十歳は年長の人物で、近々医師をやめて僧職に入る予定だが、長いあいだ親しく交際し相談相手になってもらっていた。この男もまた、専門たる医学の世界では異端者といわれていた。催眠療法や同毒療法《ホメオパシー》や鍼療法などの正統とはいいがたい医術をかたくなに信じ、山師とすら呼ばれていた。将来それらの治療法の効果が証明されるかどうかはともかく、さしあたっては奇人とみなされているご仁だ。

しかし今必要なのは正統な学者の力ではなくて、まさにこの二人の持つ異能でこそあった。

二人は相前後してクロウの住居に到着した。彼はそれぞれを紹介してひきあわせたのち、カーステアズからもらったワインを——ほんの少量ずつ——ふるまった。自分も飲んだが、客たちの分同様に少なめにとどめ、口が湿ればよしとした。もちろん本心をいえばグラスいっぱいに注ぎたいところだが、その欲求を抑える必要性のほうが勝っていた。

「いい味じゃないか！」ハリー・タウンリーが賛嘆した。

「なかなかのワインだ」テイラー・エインズワースが同意した。「どこで見つけてきたんだ、タイタス？」と、ボトルを手にとってラベルを間近に見、「アラビア産か？」

「ラベルはそうなっているね」クロウは答えた。「そこには〈テーブルワイン〉という表記しかないが、ぼくもそれ以上の知識はないんだ。とにかく、二人とも上質の酒と見てとったわけだね？」

二人の客は一緒にうなずき、タウンリーがつけ加えた。「これならわたしもワインセラーに一、二本欲しいくらいだ。もっと手に入らないかね？」

クロウはかぶりを振った。「じつは、ぼくはもう手に入れたくないんですよ、先生。このワインの中毒になりかかっていまして――おまけに、こいつはあとでひどい頭痛を起こすんです！　車を運転して帰られるのなら、この酒はもう飲まないほうがよろしいかと。会話をはずませるためのものはほかにも用意してありますから。はるかに弱めのアルコールですが。このボトルはテイラーに預けましょう」

「おれに？」エインズワースは驚きながらもうれしそうだ。「土産を独り占めとは悪いね。だが……」と、クロウのぴんと立った眉毛を見ながら、「なにか裏がありそうだな」

クロウはにやりとした。「ご明察だ。じつは、きみにそのワインを成分分析してほしいんだ。なにかの薬物が混入されていないか知りたい」

「それならお安いご用だ。サンプルをもらっていくよ」

「ボトルごと持っていってくれ」クロウはすぐにいった。「残りはどうしようときみの自由だ――分析結果が欲しいだけだからね。来週にも連絡するから、それまでにひとつ頼むよ」

普通のワインを一本とりだしてコルクを抜き、客たちのグラスになみなみと注いだ。そしてタウンリーに向かって、「先生には、ぼくの体をちょっと診てもらいたいのです。診療器具を持ってきてほしいとお願いしたのはそのためです」

「きみの体を？」医師は驚いた顔になった。「いつもながらヴァイオリンの弦並みにぴんぴんして健康そうだがね」

「そう見えるかもしれません。いちばんいいヴァイオリンというのは、齢《よわい》二百歳を重ねてなお弦がぴんぴんに張ったものだそうですから！」クロウはそれにつづけて、自分の症状をうちあけた。急に襲う吐き気、頭痛、めまい、記憶が欠落したような感じ、などなど。最後にこうつけ足した。「これらの症状の全部が、あなた方が今いい味だといったこのワインのせいだという気がするんです！」

タウンリーはさっそく診察をはじめ、エインズワースは仕事上の約束があるからと帰っていった。帰りぎわ、クロウはワインのことやその分析のことは口外無用と釘を刺した。友人は預かったボトルをオーヴァーコートの大きな内ポケットにすっぽりと隠した。

タウンリー医師はクロウの胸に聴診器をあてて心臓を診た。つぎは眼球を——胸よりも少し長めに——調べて、眉根を寄せ、診察具を机上に置いた。そして椅子にかけ、クロウをじっと見つめながら、椅子の腕木を指でいらいらとつつきだした。ワインを口に運ぶが、眉間の皺はそのままだ。

「どうでしょう？」クロウはじれて問い質した。

「うむ、異状なしといえばいえるが……近ごろなにか変わったことはなかったかね？」

クロウは両眉を吊りあげた。「変わったこと？　やはりなにかあるんですね？」

タウンリーは少し不安そうにため息をついた。「もう服を着ていいぞ——そうだ、あることはある。たいしたことじゃないが、ちょっと気がかりではある。一つは、たしかにある種の薬物が体に作用しているらしいことだ。脈拍が遅すぎ、血圧が高すぎる——もちろん、きみがいった症状があるのも事実と認められる。もう一つは、きみの目だ。眼科はわたしの得意とする分野で、目を見ればかなりのことがわかる。つまり——どうもきみは、催眠術にかけられているように思えるのだ」

「まさか！　ぼくには少しもそんな……」クロウは否定しようとしたが、声が消え入った。カーステアズが催眠術師じみた雰囲気の持ち主であることを不意に思いだした。

「あるいは」タウンリーがたたみかける。「気づかないうちにかけられたのかもしれん」

「そんなことがありえますか？」

「ありえるさ」医師はまた眉根をしかめた。「最近、どんな人物と会ったね？」

「たしかに、少し変わった人とつきあいがありましたが……しかし、興味深いですね。催眠術によって記憶が欠落するとは」

「先生のお力で、術を解くことはできますか？　そうすれば原因もたしかめられるのでは」

「できないことはない。そういうことなら……」と、クロウは考えながら顎をさすり、「催眠術をかけるのよりはずっとたやすいはずだ。通常なら、術をかけるのよりはずっとたやすいはずだ。やってみるかね？」

「ぜひお願いします」クロウはきびしい声で答えた。「どうしても原因を知りたいんです。もし原因が催眠術だとすれば——どんなことでも厭《いと》ってはいられません！」

それからの一時間、彼をトランス状態にしてからまた目覚めさせるという過程を数度くりかえしたのち、医師は首を振って敗北を認めた。「たしかにこれは催眠術だ。しかも、わたしなどよりはるかに長《た》けた者のしわざだ。今術をほどこしているあいだにわたしがした質問について、一つでも憶えているかね？」

クロウはかぶりを振った。

「それはまあ無理もない。尋常でないのは、ここ何週間かの出来事すらきみがまったく憶えていないらしいということだ」

「まさか！」クロウは驚いた。「最近の出来事なら思いだせますとも——術がかかっていない今なら」

「どんなことでもか？」

「もちろん」

「それはどうかな」タウンリーは苦笑した。「問題はまさにそこなんだよ。憶えているどころか、きみの知らない出来事が多々あったはずなんだ。つまり、きみの記憶は自分の経験のすべてを補完できているわけじゃないんだ」

「……そうですか」クロウはおずおずと答えた。思いはまたしてもあのおぼろな夢のことへ還っていった。あの切れぎれの奇怪な会話が、偽りの記憶のように頭のなかでぼんやりとこだまする。「わかりました。協力してくださったことに感謝します」

「タイタス」タウンリーの声にひそむ思いやりは心からのものだ。「ほかにわたしにできることはないかね——なにか事情があるなら話してくれ」

「いえ、これでもう充分です」心配そうな医師の顔に、無理に笑みを見せた。「どうやら並みの基準からはずれたなにごとかに巻きこまれたようですが、いずれ正体がわかるでしょう」

「いずれわかることなら、事情を話せないというのも妙じゃないかね。まあ、穿鑿するつもりはないが――とにかく気をつけることだ」

「たしかに妙な事態なのです」クロウはうなずいた。「ぼくにもやっと闇の奥に光が見えてきたという段階で。ご心配おかけしてすみません――充分注意します」

タウンリーを送りだすとき、ふと思いついたことがあった。「先生、たしか六連発拳銃をお持ちでしたね？」

「持っているとも、四十五口径のリヴォルヴァーをね。父から受け継いだものだ。弾薬も持っている」

「少しのあいだ、貸していただくわけにはいきませんか？」

タウンリーは最初鋭い目で見返したが、すぐに破顔した。「いいだろう。明日持ってきてやる。だが憶えておけよ、気をつけすぎてあやまちを犯すこともあるぞ！」

VI

その夜クロウはよく眠れず、翌一月十八日金曜日の朝、困惑とともに目覚めた。喉がひどく渇いているうえ、目が充血してちくちくしていた。ベッドからおりるころには、カーステアズからもらったワインを飲みたくて仕方なくなっていた――が、成分を分析するようにとテイラー・エインズワースに預けたことをすぐに思いだした。よろけて浴室に入り、シャワーを浴びながら自分に毒づいた。やはりボトルごと預けるべきではなかった。しかしシャワーを終えるころには眠気がしりぞいて理性が戻ってきた。まだ気分はすぐれなかったが。

喉は火がついたようで、コーヒーなどいくら飲んでも渇きを癒せそうにない。酒には早すぎる時間と承知のうえで、昨夜飲んだ自前のワインの残りをあけた。グラス二杯ほどで少しは癒えたが、一時間もしないで渇きはぶり返し、また喉が痛いほどになった。そんなところへ、ハリー・タウンリーが拳銃を持ってやってきた。医師はクロウの症状を診て、これは心理的なものだとすぐに判じた。

「なんですって?」クロウは声を荒らげた。「この渇きが幻覚にすぎないというんですか? もしそうなら、なんて生々しい症状なんだ!」

「いや、幻覚だといってるわけじゃない。とにかく肉体的な原因じゃないってことだ。だから、体の面から治そうとしてもだめだ」

「自分ではそんなふうには思えませんがね。ああ、夕べあのワインをテイラーに預けてしまったことが悔やまれて!」

タウンリーは眉をぴくりとあげた。「それこそ、禁断症状だな」

「普通の禁断症状じゃありません。先生、もう一度だけぼくをトランス状態にしてもらえませんか？　なんとか手立てを講じたいんです、また妙な事態に陥らないうちに」

「うむ、喉の渇きだけならそれでなんとかなるかもしれん。もし心理的な原因だとすれば、方法はあるはずだ。ニコチン中毒者に煙草をやめさせることでは成功した実績があるからな」

「心強いですね。でも、ぼくのケースはそれより困難だと思います。どうでしょう、催眠術をかけた人物の名前をうちあければ、そいつの術に二度とはまらないようにできるでしょうか？」

「たしかにむずかしい頼みだな」と医師は認めた。「だがやってみよう」

一時間後、タウンリーが指をパチリと鳴らすと、クロウはトランス状態から目覚めた。喉の渇きはかなりやわらいでいた。それから二人で街に出たときにはもうすっかり癒え、二度と悩まされることもなかった。医師と食事したあと別れ、独りタクシーをつかまえて、そびえ立つ大英博物館へと向かった。

これまでに幾度となく通いつづけたおかげで、稀覯書部の担当学芸員と非常に懇意になっていた。三十五歳も年上の教養豊かな紳士で、すらりとしていて眼光鋭く、辛辣な機知に富む人物だった。名前はセジウィックといったが、いつも〈先生〉とだけ呼んでいた。

「ほう、またきみか」訪ねていくと、セジウィックはそういって迎えた。「戦争が終わったことをまだ知らないというわけじゃあるまい？　こんどはどんな暗号解読に挑戦しているのかね？」

クロウは驚いた。「ぼくの仕事のこと、ご存じだったとは！」

「悪かったね。じつはきみの上官から頼まれていたんだよ、できるかぎり協力してやってくれとね。きみだって、わたしが年寄りの閲覧者のために本を探してやるだけの男とは思っていなかったはずだが？」

「今日は自分の用できました。かまわないでしょうか？」

学芸員は頬笑んだ。「それはもう、きみの自由さ。しかしどんな用かいってくれれば、協力してやれないことはないよ。またなにかの暗号かね？」

「このたびの問題はそう単純ではないようです。奇妙なことに聞こえるかもしれませんが、這《ワ》う虫《ーム》を信仰の対象とする宗教について、調べたいのです」

セジウィックは眉間に皺を寄せた。「這う虫《ワーム》の信仰？　そのワームとは、人のことかね、それとも本物の虫のことかね？」

クロウには質問の意味がわからない。「どういうことでしょう？」

「つまりだ、その信仰の対象というのは、ただの虫《ワーム》のたぐい——たとえばミミズなどの環形動物——のことか、それとも特定の人間——すなわち妖虫卿《ウォルム》のことか」

「ウォルム？」

「そうだ。その場合はworm《ワーム》の頭文字が大文字のWになる」セジウィックはにやりと笑みを洩らした。「その名で呼ばれる人物は、十六世紀末デンマークの医師であり解剖学者だったオラウス・ウォルムのことだ。この男は多くの信奉者を集めた。数々の医学上の発見をしたことにちなみ、〈妖虫学派《ウォルミアン》〉なる言葉まで生まれた」

「いつもながら、先生はまさに生き字引ですね！」とクロウは冗談をいったが、すぐに笑顔をきびしい表情に変え、「オラウス・ウォルムとおっしゃいましたね？　ラテン語にして、オラウス・ウォルミウスと読み替えられはしないでしょうか」

「ほう？『ネクロノミコン』ギリシャ語版の翻訳者ウォルミウスと同一人物じゃないかというのか？　ありえないね。そっちは十三世紀の人間だぞ」

クロウはため息をつき、額をさすった。「先生と話しているとすぐ脱線してしまいます。そういうことはともかくとして、ぼくが今いう這う虫《ワーム》というのは、本物の虫ではないかと――環形動物ではなく、ひょっとすると、蛆虫《マゴット》ではないかと思うんです」

顔をしかめるのはこんどはセジウィックの番だ。「蛆虫か！　それならまったく話がちがってくる。いわゆる墓虫《グレイヴ・ワーム》というやつだな。そういうことなら……きみ、『妖蛆の秘密《ミステリーズ・オヴ・ザ・ワーム》』をのぞいたことはあるかね？」

クロウは嘆息を洩らした。『妖蛆の秘密《デ・ウエルミス・ミステリイス》』！　カーステアズの書庫で見かけ、手にもってみた書だ。かのルートヴィヒ・プリンの著述になるものとされている。

セジウィックは彼の表情をうかがうように、「なにか思いあたることがあるね？」

「プリンという男が書いた本ですね」クロウは動揺を隠しきれなかった。「たしかフランドルの人物だと」

「そのとおりだ！　魔術師にして錬金術師、妖術師といわれる。ブリュッセルで焚刑に処された。刑の執行まで間もないころ、獄舎内であの書をものした。草稿はケルンへわたり、そこで遺著として出版された」

「もしかして、この博物館に英訳本が？」

セジウィックは薄笑いを浮かべ、首を横に振った。「たしかに英語版は実在するはずだがね――一八二〇年ごろ、チャールズ・レゲットという人物がドイツ語装飾文字版から訳したといわれる。その版はここにはないが、しかし基になったドイツ語版ならある」

クロウはかぶりを振った。「装飾文字では、思い浮かべるだけで頭が痛くなります。古い時代のドイツ語など、ぼくの素養ではとても。ラテン語の版はないんですか？」

「あるにはあるが、半分しか残っていない。保存状態がきわめて悪いんだ。見るだけならかまわんが、触れることはできない」

「さわれない？――先生、なんとか借りだせないものでしょうか！」

「とても無理だね。わたしの首がとぶよ」

「そうですか、ではドイツ語版なりとも」クロウは必死だった。「閲覧させていただくだけでいいのですが、お願いできませんか？」

学芸員は唇を引き結んで考えていたが、やがて笑みを浮かべ、「いいだろう。ノートとペンは持っているね。ではついてきたまえ」

数分後、クロウは狭い一室に通され、テーブルを前にして椅子にかけていた。古ドイツ語版『妖蛆の秘密』を開いてみたが――最初から参ってしまった。読解することはとても無理と思われた。それでもなんとか読み進んで、二時間ほどが経った。装飾ばかりきれいで理解のともなわない文字群を相手に苦闘しているところへ、セジウィックが入ってきた。学芸員の足音を聞きつけ、クロウは顔をあげた。

「先生、これこそぼくが求めていた本です。まさにここ——この「サラセン人の宗教儀式」の章です」

「おお、サラセンの暗黒祭祀に関する章か。それなら早くいえばいいのに！ その部分だけの翻訳本があるぞ」

「英語の翻訳が？」クロウは思わず立ちあがった。

セジウィックはうなずく。「訳者は僧Xなどと呼ばれる正体不明の人物だ。万全の信頼が置ける書ではないが、望みなら——」

「望みますとも！」

学芸員の顔がけわしくなった。「まもなく閉館だから閲覧する時間はない。貸しだしてやるしかないな。いいかね、持ち帰ったら、扱いには細心の注意を払うことだ。きみが無事返却するまで、わたしは痩せる思いで待つことになるんだからね」

「わかりました。誓って大切にします」クロウは即答した。

十分ほどのち、博物館を出しなに、クロウはセジウィックに尋ねた。「プリンという男、ブリュッセル生まれだったそうですが、シリアやアラビアの遊牧民が使う魔術妖術に秀でていたというのは、どういうわけだったのでしょうか？」

セジウィックはその百科全書的な知識を披瀝した。「その点についてはどこかで読んだことがある。プリンはいたるところを旅してまわった男で、シリアのアンサリエ山地では魔術師たちの集団に交じって暮らしたことがあるという。もろもろのことを学んだのはそのときらしい。魔術師たちともども物乞いや聖職者のふりをして、悪魔学をきわめるために邪悪なる土地をあちこち行脚してまわった。そうした旅先のなかでも重要とされる一つに、ガリラヤ湖岸のある地点が含まれていると知って驚いた憶えがある。プリンはその廃都でしばらく住み暮らした。自著のなかで、その都市にみずから命名している」ふと顔をしかめ、「はて、なんという名だったか……？」

「コラジンじゃありませんか！」クロウは抑揚のない声で口をはさんだ。冷えた指で思わず自分の胸を押さえていた。

「そう、たしかそうだった」学芸員は感心するような目でクロウを見た。「まったくきみには、わたしの仕事を継ぐんじゃないかと思わせられるよ！　さて、かの章を抜き出した冊子を貸してやるから、あとはそれで調べることだ」

その夜と、つぎの土曜日、さらに翌日曜日までまるまる費やして、十九世紀初頭に僧Xによって英訳された「サラセン人の宗教儀式」に没頭しつづけた。仔細に読みはしたが、なお不満が残るのを否めなかった。章の内容自体よりも、むしろそれに付された長い前書きから学ぶことのほうが多いようだった。僧X（その正体は依然わからないが）はルートヴィヒ・プリンなる人物の調査に多大の時間を費やしたらしかったが、翻訳そのものにはさほどの労を注ぎこんではいないように思われた。

前書きにおいてはプリンの出自や経歴や旅程について、また彼の書いたものの典拠や心得のあった魔術などについてさまざまな論を展開していたが、のみならず『妖蛆の秘密』に含まれるほかの章の内容についてもしばしばほのめかすように言及していた。妖魔、クトゥルー神話の邪神、占術、妖術、四大精霊、吸血鬼、などなどに関する論述がそれだ。ところが、いざプリンその人の冒瀆的な文章を訳して書き移す段になると、たちまち途方にくれたかのような筆遣いになっている。あるいは著者の信仰心が筆をにぶらせているのかもしれない。

恐るべき新事実がつぎつぎと明らかになってもおかしくない文脈でありながら、プリンの言葉をそのまま伝えるのをためらう晦渋《かいじゅう》な文章の前に、クロウはしばしばいらだちを覚えねばならなかった。例を挙げれば、アルハザード著『アル・アジフ』からの興味深い一節を引用し、イブン・スカカバオのさらに古い箴言《しんげん》にまで言及したつぎのような文章がある。


叡知優れるアルハザードは早くより妖蛆の為せる業を目にし、深く究めたり。その言は常に謎めくが、廃都アイラムの妖蛆魔道士らの用いし暗号と妖術を巡りて述べたるところより謎深きものはなし。

「最下《いやした》の洞窟（とアルハザード記す）、その驚異こそ奇怪にして恐るべきものなれば、窺《うかが》い見ることを得ず。死せる思念新たに活命し、面妖にも肉をまといし地こそ呪われたり、頭備えぬ魂こそ邪悪なり。賢《さか》しくもイブン・スカカバオ言いけらく、妖術師の横たわらぬ墳墓は幸いなるかな、妖術師なべて屍灰と化せし夜の邑《まち》は幸いなるかな。何となれば古譚《こたん》に曰《いわ》く、悪魔と結びし者の魂、納骨堂の亡骸より急ぐことをせず、遺体をむしばむ蛆《うじ》を太らせ指図すればなり。さるほどに腐敗の内より恐るべき生命うまれ、腐肉をあさる愚鈍なるものども賢しくなりて大地を悩まし、ばけものじみた大きさになりて大地を苦しめん。細孔あるのみにて足るべき大地に大いなる穴ひそかに穿《うが》たれ、這《は》うべきものども立ちて歩くを学びとりたり……」

われルートヴィヒ・プリン、シリアに旅せしとき、信じがたいほどに年老いたる一人の魔術師を見たり。この者、指定せし刻限に妖蛆の呪文を唱え、自ら選びし歳の若者の軀に己が魂を移し替えたり。そのありさまたるや……〈編者註・この魔術師が自分の肉体を溶解して別人の体内に侵入せしめるさまをプリンは詳細に描写しているが、不用意に読者の目にさらしうるものではない――僧X〉

このような書き方を見るにつけ、クロウのいらだちはつのるばかりだった。だがじつのところ、まさに今挙げたこの一節のなかにこそ、カーステアズがなにをしようとしているのかという最大の疑問点を解く鍵が秘められていたのだった。それは、たとえ事実であるとわかっていてもなお信じられないほどの驚くべきことだった。魔術師がある若者の〈数〉を利用したという記述のなかに、その鍵はあった。くりかえし読むうちに、クロウの思いは初めてカーステアズに会ったときのことへと還っていった。あのとき館の主は、誕生日はいつかと唐突な質問をした。クロウは本当の年齢よりも四歳年長を装い、一九一二年十二月二日生まれだと答えた。そこで今こそ、彼自身も得意分野である数秘術の観点からこの日付を調べてみることにした。

通常方式に従えば、一九一二年十二月二日という日付はつぎのような加算式で表わすことができる。

12＋2＋1＋9＋1＋2＝27

さらに、2＋7＝9

あるいは、27＝9＋9＋9

九という数は、ときに〈死の数〉を意味し、またときには、精神と心霊の偉大なる到達を意味する。この発見の重大性は、タイタス・クロウ（Titus Crow）という名前の綴りが九文字であることによっていっそう強められた――ただし、もちろんこれは誕生日が本当にその日付ならばの話であり、事実は異なっている。

ところで、通常とは別の方式を使った場合は、この偽りの誕生日をめぐる加算式はつぎのようになる。

$1+2+2+1+9+1+2=18$

さらに、$1+8=9$

あるいは、$18=6+6+6$

六六六！　黙示録の獣の数字か！　クロウは不意にめまいを覚えた。頭のなかの忘れていた一隅で、おぼろな声がこだまのように響いた。「ふさわしい〈数〉だ……じつにふさわしい……ふさわしい……ふさわしい……」声の正体をとらえようとすると、逃げてしまい、別のせりふが聞こえた。「気にすることはない……ただの夢だ……どうということはない……どうということは……」

頭を振り、ペンを置いた――が、すぐまた手にとった。悪夢から急に目覚めた者のように、見慣れたはずの室内を見まわした。「気にしないでどうする！」大声を出した。「これほど重大なことがあるか！」

だがもちろん、声を聞いている者などだれもいない。

コーヒーを飲んで生気をとり戻したクロウは、調べをさらに進めることにした。ヘブライ方式を用いて、自分の〈数〉を探してみた。この方式では名前のアルファベットが数を表わし、その合計が個人の人格を表わすとされている。ただしこの方式には九の数が含まれていないことから、結果は当然通常方式とは別のものになると予想された。ところが、やってみるとつぎのようなことになった。

1	2	3	4	5	6	7	8
A	B	C	D	E	U	O	F
I	K	G	M	H	V	Z	P
Q	R	L	T	N	W		
J		S			X		
Y							

右の算出表から、〈タイタス・クロウ（Titus Crow）〉はT4、I1、T4、U6、S3、C3、R2、O7、W6となり、4＋1＋4＋6＋3＋3＋2＋7＋6＝36となる。さらに、3＋6＝9あるいは、36＝6＋6＋6＋6＋6＋6となる。つまり二重の獣の数だ！

吉兆とは？　どういう意味だ？　だれにとって吉だというのか？　少なくともクロウにとってではない。

とすれば、カーステアズにとって？

ゆっくりと、恐るおそる、タイタス・クロウはまたペンを置いた……

VII

後刻のこと、カーステアズは自邸の書斎の戸口で息をひそめ、屋外のようすをうかがっていた。そうやって待ちつづけていたが、先ほど車が入った車庫からクロウの姿がなかなか現われなかった。だがやがて、車庫の外に出てきたのが見えた。若者のようすは、普通に見ればどことなく不審に思わせずにはいないだろう。服はよれよれだし、物腰には疲れがうかがえる。髪はぼさぼさで、目は赤く充血している。しかしカーステアズは、まったく不審には思わなかった。むしろ、初めからそうと予想していた。

一方のクロウは、その疲れたような外見とは裏腹に、全身の神経をぴりぴりと張り詰めさせていた！　目が充血しているのは、多少の刺激性がありながら体には無害な軟膏をわざと塗っていたためだった。服装がよれよれなのも物腰がだるそうなのも、みんなそう見せかけてのことだった。つまり演技しているのであり、なかなかの名優ぶりだった。

「やあ、クロウくん」彼が館のなかに入ると、カーステアズがそう声をかけてきた。「よく帰ったね」喜んで迎えてくれて、まずはひと安心だ。そう、館の主は彼が帰ってきたことをたしかに喜んでいるのだ。「朝食はすませたかね？」

「ええ、途中で――」しわがれた疲れ声で答えたが、これまた演技だった。

カーステアズは笑みを見せ、先に立って一緒に書庫へと向かった。書庫の戸口まできたところで、「それにしても長い週末だったな！　あまり長いのも疲れるものだろう？　いや、まあ、楽しんできたにはちがいなかろうがね」

クロウは書庫に入り、主人は廊下にとどまった。「わたしはあとでまたこよう。そのときに、きみが考えた仕事の進め方のくふうやら、進捗状況やらを聞かせてくれたまえ。じゃ、失礼するよ……」と、静かにドアを閉じた。

クロウはようやく背伸びする機会に恵まれた。すぐに仕事用のテーブルに向かい、そこに置かれたワインボトルに目をやって、にんまりとした。それはコルクをゆるくしめたままの姿で彼を待っていた。すぐあけてグラスに注いだ。それから鉄格子付きの窓を少しだけあけ、そこからボトルの首を外へ突きだし、饐えた中身の残りを庭にこぼして捨てた。空になった瓶は寝所に持っていき、見えないところに隠した。

椅子に腰をおちつけ、仕事にとりかかった。手もとの作業に集中するよう自分に強いた。カーステアズの蔵書を整理するこの仕事が、さもこの場にいることの本当の理由であるかのように。そうやって午前中のあいだ休憩もとらずに作業をつづけた。やがて午後になり、雇い主の疑念もこれで払拭されただろうと思われるころ、本心からの欲求に応じてコーヒーを淹れた。食事はいずれとるが、あと一、二時間はなにも食べないつもりだ。

それにしても、午前中は容易ではなかった。書架に並ぶプリンの著作にどうしても目がいってしまった。だがそれを繙《ひもと》くところをカーステアズに見られる虞《おそれ》があるあいだは、手を出すわにはいかない。あのオカルティストに疑念をいだかせてはならないのだ。加えて、手もとにある赤ワインのグラスも誘惑の種だった。だが中毒症状をとり除くためにハリー・タウンリーがすでに飲酒欲求抑制の治癒法をほどこしてくれているのであり、ここでなお飲みたくなってしまってはもはや生来の気質というしかない。そう肝に銘じて、カーステアズの精神操縦術にあらがいつづけた。

三十分後、そのカーステアズが静かにドアをノックして書庫のなかに入ってきたときも、グラスは手を触れられることなくそのままにあった。雇い主はまず窓に近寄ってブラインドをおろしたあと、テーブルに近寄ってきて、クロウの整理ノートを手にとった。しばしものもいわずノートに目を通す。内心驚いているらしいことが、クロウには見てとれた。こうまで仕事がちゃんと進んでいるとは思っていなかったのにちがいない。これでこの先は手を抜いても怪しまれまい。といっても、じつはもうどうでもいいことではある。この館に彼をとどめておくカーステアズの真の目的は別にあるのだから。その目的がなんであるかさえわかれば……

「よくやっているね」と館の主がいった。「じつによく働いている。好ましくない条件のもとで、みごとな仕事ぶりだ」

「好ましくない条件？」

「そうとも！　部屋の薄暗さ、作業の単調さ、だれもいないわびしさ、居心地いいとはいいがたい環境。これを好ましくないといわないでどうする？」

「ぼくは人がいないほうがやりやすいんです。照明の弱さにも目が慣れてきましたし」

カーステアズはワイングラスに目をとめたようだ。ボトルを探しているらしく、それとなくあたりを見まわしている。だが酒に酔っているとは思えないクロウのようすを見ても、うろたえなどはしない。

「ああ、ワインですか」とみずから口に出した。「すみません、全部ぼくが――」

「かまわないさ」カーステアズは手を挙げて制した。「わたしはいつも充分やっているからね。それより、きみが喜んで飲んでくれてうれしいよ。好ましからざる雇用条件の、多少の埋めあわせにはなったというところかな。とにかく、ワインは好きなだけやったらいい。わたしは今日は屋敷内にいる――書斎で仕事だ――が、明日は外出する予定だ。きみとまた会うのは水曜日の午前になるだろう」そういい残し、主人は書庫を出ていった。

これでやっとじゃまがなくなり、ブラインドをあげても文句をいわれる心配がなくなった。クロウはようやく『妖蛆の秘密』を書架からとりだした。と、妙な当惑を覚えた。装飾文字の表題が記されたひび割れの走る黒ずんだ革装が、まさに大英博物館で見た版を思いださせるものだったからだ。だがまもなく安堵した。表紙をめくると、古怪な外見のなかにあったものは、比較的近い時代の版であることを物語るタイトルページだった。

妖 蛆 の 秘 密

完訳版 全十六章

木版図画掲載

原典著者　ルートヴィヒ・プリン
翻訳　チャールズ・レゲット
訳者による註記を含む
限定版の第七
ロンドン　一八二一年

問題の書をそそくさと寝所に持ちこみ、枕の下に隠した。あとは夜までこのままにしておく。つぎに、持ってきた荷物をあけた。タウンリーの拳銃をとりだし、ベッドのマットレスの隙間の、足に近いほうに隠した。そこまでやって、空腹を覚えていることにようやく気づき、昼食をとろうと決めた。

寝所のカーテンをしめ、書庫のドアへと向かいかけたところで、ふと目にとまったものがあった。色褪せた絨毯の上の、今朝ちょうどカーステアズが立っていたあたりに、ピンク色をした気味悪いものがもぞもぞとうごめいていた。つまみあげて窓のところへ持っていき、庭に捨てた。そうしながら、羽目板に別の一匹が這っているのを見つけた。こんどばかりは悪寒を覚えた。わずかのあいだに二匹も見つかるとは！

虫どもを処分し、グラスに注いだまま口をつけていないワインも捨て去り、まっすぐにカーステアズの書斎へ急いだ。ドアの向こうで人の動く気配を感じながらノックすると、オカルティストの声が返った。

「クロウくんか。入りたまえ」

これは驚きだった。書斎は立入禁止だといわれていたのだから。是非もなくドアをあけ、なかに入った。室内は暗く、あらゆるものが影をおびているが、大机を前にして座している人影がすぐに目についた。一つしかない窓は分厚いカーテンで閉ざされ、卓上ランプのおぼろな明かりだけが机上に黄色い光を溜めている。しめきられた室内には古い館らしい黴《かび》の臭いがたちこめ、納骨堂もかくやという息苦しさを醸《かも》しだしている。

「目を休めていたところなのだよ」カーステアズの死人のようなくぐもった声がいう。「ついでにこの老いぼれて疲れた体もね。いや、若いとはすばらしいことだ！　で、なにか用かね？」

「はい」クロウは毅然といった。「ちょっと奇妙な、ぞっとすることがありまして。ご報告しておいたほうがよいかと」

「奇妙なこと？　ぞっとする？　どんなことだ？」カーステアズは椅子に座したまま少し身を乗りだした。

その顔は薄闇にまぎれてよく見えない。それでもクロウが答えはじめたとき、気色ばんでいるらしいことがうかがい知れた。「妙な虫がいるんです！　それも、とてもたくさん。家じゅうのあちこちで見かけました」

机の向こうの人影は震えるように椅子から半ば立ち、またすぐ坐った。「虫？」その声には驚きを装っている調子がある。あとには沈黙がつづく。返答を探しあぐねているのかとクロウは推し量った。先をうながすことにした。

「当然ご覧になっているものと思いましたが。あの虫、このお屋敷を、内側から蝕んでいるのではないでしょうか」

カーステアズはこんどは悠然と椅子の背にもたれている。絞りだすような声で笑いながら答えた。「その心配はないよ。彼らは家を侵食する種類じゃない。もっといいものを食っているやつらだ。そうとも、もちろんわたしも見ているよ。じつのところ、あれは蛆虫《マゴット》なのだ！」

「蛆虫？」半ば予想していたにもかかわらず、嫌悪感を声に含めずにはいられない。「ということは……なにか、獣の死骸でもあるとか？」

「そのとおりだ。きみが初めてここにきたすぐあと、地下の倉庫室にノウサギの腐りかけた死骸があるのを見つけた。かわいそうに、道で車に轢かれたか、あるいは罠にかかったかして怪我をして、どこかからわが家の地下に逃げこみ、そこで死んだのだろう。見つけたときには蛆がたくさん湧いていた。わたしは死骸を処分し、跡には薬品を撒いて蛆を殺した。倉庫室に入ってはいけないといったのはそのためだ。臭いがひどかったからね」

「そういうことでしたか……」

「きみが見た何匹かの蛆虫というのは、古い家だからどこかのひび割れから抜けだしたものだろう。そうでなければいるはずはない。まもなく消えていなくなるだろうよ」

クロウはうなずいた。

「だから心配することはない」

「わかりました」そのときはそれで終わった。

結局食事はとらなかった。かすかなむかつきを覚え、新鮮な空気を吸おうと庭に出た。だが屋外の空気もなにやら汚れているような気がした。暗い澱みが館とその敷地をおおっているかのようだ。しかも時が経つにつれ影はますます濃くなり、大気は不吉な気配をおびて重くなってくるかのようだった。

第六感あるいは霊感とでもいうべきものが、すべてがあたかも邪悪な蜘蛛の巣にも似た罠ではないかとほのめかしていた。どこかに巨大な蜘蛛が身をひそめ、機会がくるのを待っているのではないか――獲物が思慮に欠ける一歩を踏みだすときを。そう考えると、すぐにでもこの館から逃げたくなる。だが体に流れる頑固者の血が、そんな逃走を許しはしない。とはいえそれがカードゲームの手だとすれば、運命の神が決める手はアンフェアだ。カーステアズはたくさんのエースを持っているのに、こちらには切り札が一枚あるきりなのだから。

そのカードがどれだけ頼りになるかはまだわからないが、しかしわかるときがそう遠からずくることだけはたしかだ。

VIII

その日の午後は、クロウはほとんどといっていいほど仕事をしなかった。つのる脅威に突き動かされ——あるいはどこかから監視する目を恐れるかのように——書庫内の壁という壁を、絨毯も隅々にいたるまで、また羽目板も、カーテンも、寝所も、とくにベッドを、虫がいはしないかと探しまわった。カーステアズが語ったいいわけがいかに理屈に合っていようと、そんなものは毛ほども信じてはいなかった。だが時を費やして仔細に調べても、蛆虫はなぜかどこにも見つからなかった。

その夜、閉ざしたカーテンで仕切られた寝所で不安な思いでベッドに坐り、『妖蛆の秘密』をとりだした。「サラセン人の宗教儀式」のあるべきページを開いてみると——その章のほとんどがなくなっていることがわかった。鋭い刃物で切りとられていた。ただし章の出だしのページだけは残っており、いくらかの記述が見られた。とぼしい量ながらもその内容を読むと、三つの興味深い事項が見つかった。その一つはクロウの得意分野である数秘術に関するもので、オカルト文献にしては比較的わかりやすい書き方でつぎのようにしたためられていた。

人の名とその数は蓋《けだ》し重要なるもの也《なり》。前者を知れば、魔術師はその者の人格を知り得

る也。後者を知れば、その者の過去現在未来を知る。特に未来は魔術により支配すること
も叶う。仮令《たとえ》その者の死後也とも!

二つめは、魔術師の気前のよさについて注意しているところだ。

魔術妖術の類を用うる者より物品を贈らるること勿《なか》れ。盗める物なれば盗むもよし、購《あがな》える物なれば購うもよし。手に入れらるる物なれば手に入るるは可——ただし贈り物として受け取ること勿れ。供与と雖《いえど》も遺譲と雖も。

これら二つの事項はともに、自分とカーステアズとの関係について注意しているもののようにクロウの目には見えた。ところが三つめの箇所となると、より不気味にありありと現実に起こっていることを連想させ、さらに激しい当惑と興味を誘った。

魔術を用うる者、蓋し友愛の握手に応ずることはなし。特に妖蛆魔術師が握手を拒むは凶兆也。また、一度握手を拒みし妖蛆魔術師が、後に翻って応ずるは、さらに悪しき兆し也!

疲労と不安をつのらせながらも、ついに問題の根源をつきとめたとの思いを強くしつつ、ク

ロウはベッドに就いた。闇のなかに横たわり、眠りがようやく訪れるまでに長いこと寝返りをうちつづけねばならなかった。不安に駆られるあまり、就寝前に書庫のドアを施錠したのはじつはこの日が初めてだった。

火曜日の朝、響いてきた車のエンジン音で目を覚ました。半ばまでしめたブラインドの隙間から外のようすをうかがうと、カーステアズが家を出て、うねりのびる屋敷径で待つ車に今まさに乗りこむところだった。まもなくターンして去ってしまったことを見とどけると、クロウは急いで着替え、薄暗い玄関ホールにある地下への階段を駆けおり、倉庫室のドアの前にきた。そこはいつもどおり鍵がかかっていた。

だが入る方法は必ずあるはずだ。ノウサギがどこかから忍びこんだとカーステアズがいっていた。あの話がつくりごとだとしても、そういった地下通路めいたものの存在を示唆しているのはまちがいない。そこでさっそく庭に出、あたりに人がいないことを確認したうえで、壁づたいに館の裏手へまわってみた。するとやはり、雑草に隠れたところに地下へ通じる階段が見つかった。おりてみると、頑丈に板を打ちつけた扉にゆきあたった。ひと目でわかったのは、ここから倉庫室に入るのもまた相当の困難を要するということだった。逆にいえば、それだけに偽りの出入口ではないということでもある。汚れた扉は向こう側をまったくうかがわせないが、そのすぐわきにのぞき穴のような窓が一つある。この窓は板こそ打ちつけられていないが、古くから幾重にも塗り重ねられてきたペンキのせいで、外枠も桟も区別がつかないようなありさまになっている。ペンナイフを使い、外枠と桟の隙間を埋めているペンキを剝ぎとりにかかった。が、途中で妙な物音が聞こえたように思い、作業の手を止め、あわてて庭に戻ってみた。だれもいはしなかった。しかし警戒心が一気に高まってしまい、もう地下に戻ってペンキを剝がしつづける気にはなれない。またの機会に譲るしかない。

館のなかに戻り、手を洗い、髭を剃り、朝食を詰めこんだ（あまり食欲もなかったが）。上階にあがり、くすんだ窓を透かして地所の外側を眺めわたした。怪しいものは見えない。また階下におり、廊下を抜けてカーステアズの書斎の前にもう一度やってきた。ここも鍵がかけてある。いらだちとあせりを抑えきれなくなりそうな自分に気づいた。心を昂ぶらせてくれる──あるいはおちつかせてくれる──あのワインが恋しくなってきた。そういえば封を切っていないボトルが一本、抜かりなく朝食テーブルに置かれてあったことを思いだした。

誘惑を断ち切るべく厨房にとって返し、くだんのワインボトルをひったくった。中身を一滴残らず流しに捨て去り、やっと安堵の息をつく。同時にひどい疲労を覚えた。昨夜はよく眠れていなかった。神経が磨り減っている。今は謎を解き明かすだけの力が残っていそうにない。まして頭だけで推し量るなどとても無理だ。

昼どきになり、軽い食事を用意しようとしたところで、またしても蛆虫を一匹見つけた──こんどは、なんと厨房のなかでだ。もういけない。ものを食う気にはなれない。少なくともここでは。

館を出てハスルメアまで車をとばし、ホテルでやっと昼食にありついた。ブランデーをがぶ飲みし、酔って気分をまぎらせたところで、また〈古墳館〉に帰還した。その日の残りは酔いつぶれたままですごし——時間をむだにしたとあとで悔やむことになるが——夜遅く、悪酔いに悩まされつつ目覚めた。

少しでも気分をよくしようとコーヒーを沸かして飲んだ。が、覚醒をたもつ役には立たなかった。このたびも書庫のドアを施錠し、それから初めて寝所にひきあげた。

翌水曜日は駆け足ですぎた。カーステアズの姿は二度だけ目撃した。本来の仕事は最低限に抑え、この不可解な雇用の謎を解くヒントを探すべく書籍の渉猟に時間の大半を費やした。成果はなかなかあがらないが、幾多の古い書物を自由に読めるおもしろさのおかげで、忘れていたかつての生気がしだいによみがえってきた。あのワインがなくてはいられないというふりを一日じゅうしつづけた。しゃべるときはわざと声を嗄らし、刺激性の軟膏で目を赤く腫れさせた。

木曜日、カーステアズはまた外出した。この日はうっかり忘れたのか、書斎の鍵をかけていなかった。すでに本来の自分をすっかりとり戻しているクロウは意を決し、立入禁止のその部屋に足を踏み入れた。執務机のわきの小卓に古い型の電話機があるのを目にとめ、このへんで外界に連絡をとってみようと考えた。

ロンドンのテイラー・エインズワース宅の番号を手早くまわした。

エインズワースが通話口に出ると、さっそくきりだした。「テイラーか。クロウだ。ワインの成分についてなにかわかったか？」

「気が早いな」相手の声は遠距離のせいでかすれていた。「週末まで待てなかったらしいね。たしかに妙なワインだったよ。正体不明の混入物が検出された。なんなのかまだわからないが、アニスの実を犬に与えたときのような効果を人間におよぼすようだ。中毒性物質だな」

「毒物だということか？」

「いや、この程度の量ならば命に危険はないから、毒物とまではいいにくい。もし猛毒だったら、きみは今こうしてぼくと話してなんかいられなくなってたはずだ。タイタス、じつは相談なんだが、もしきみがこのワインを売ってもいいと思ってるなら、ぼくはかなりの額で――」

「ばかなことをいうな！」クロウは一喝した。それからおだやかに諭すように、「いいか、テイラー、ワインがそれだけしかなくてきみは幸運だったといえるんだぞ。ぼくの見るところ、この薬物の起源は人類史上最も暗黒な時代にまでさかのぼるものだ――もし成分の正体がわかったなら、きみはきっと血まなこになってそれを探しはじめるだろうね！　とにかく、調べてくれたことには礼をいうよ」先方が遠い声で話しつづけようとするのも聞かず、受話器を置いた。

悪臭のこもる暗い室内をもう一度見まわし、こんどは卓上カレンダーに目をとめた。今日を含めたすべての日付が、濃く黒い一本線で消されている。ただし聖燭節前夜《キャンドルマス・イヴ》である二月一日だけは別で、二重丸で囲んである。

二月一日は、今日から八日後だ……

クロウは眉根を寄せた。その日について思いだすべきことがあるような気がする。日にちの宗教的な意味合いとは別のことで。おぼろな記憶が渦巻く。祝祭日、聖燭節前夜。

率然となにかに思いあたった。祝祭日？　なにを祭る？　なぜそんなことを思った？　だがひらめきはすぐ逃げてしまい、記憶の淵にふたたび沈んでしまった。

机の抽斗をあけてみようと考えた。が、どれも施錠されていた。鍵も見あたらない。とそのとき、だれかに見られているような感じに襲われた！　心臓が早鐘を打つのを覚えながら振り向くと――カーステアズの肖像画と出会った。暗く重苦しい部屋の壁に、ほかの肖像画と並んで掛かるその絵からは、二つの目が射抜くように見すえていた……

そのあとは一日さしてこともなく、すみやかにすぎていった。家の裏手から入る地下ののぞき窓の前をもう一度訪れ、塗り固められた古いペンキを剝がす試みを再開した。だがまたも成果はあがらなかった。残りの時間は体を休めたり、小一時間ばかり書物の整理――与えられた本来の仕事――に充てたが、それ以上はつづけなかった。

午後四時ごろ、外で車が止まる音が聞こえた。ブラインドの隙間からのぞくと、自動車が去っていき、カーステアズが車寄せを歩いてくるのが見えた。クロウは作業テーブルに戻ってすばやく目をこすり、疲れきったふりをしはじめた。まもなく書庫のドアがノックされ、館の主が入ってきた。

「おお、クロウくん。相変わらず精を出しているようだね」

「いえ、それほどでは」しわがれ声で答え、ノートに見入っていた目をあげた。「どうも気力が湧きません。少し疲れたようです。はかどらなくていけません」

カーステアズは陽気だった。「それはよくないな。よし、一緒に食事にしよう。ちょうど腹がすいたところだ。さあ、きたまえ」

クロウは是非もなくあとにつき従い、食堂に入った。入るが早いか厨房にいた蛆虫のことを思いだし、たちどころに食事どころの気分ではなくなった。

「どうも、それほどおなかがすいているわけではないようです」小声でつぶやく。

「そうかね」主人は片眉をつりあげた。「では食事はあとにしよう。どうだね、ワインなら一、二杯はつきあえるだろう?」

もう少しで拒絶しそうになったところで――そうはできないことを思い出した。ワインを飲みたくないとはいえないのだ! カーステアズは貯蔵庫からボトルを一本とりだし、大きめのグラス二つに注いだ。「さあ、遠慮なくやってくれ!」

クロウは逃げるすべとてなく、グラスをさしあげて飲みはじめた……

IX

一杯飲んでみせただけでカーステアズが満足するはずはなかった。二杯三杯と勧められ、クロウの頭のなかはたちまちのうちにぐるぐるとまわりだした。そこでやっともう充分と断った。だが雇い主は飲み残しの入った瓶を彼の手に押しつけ、持っていって寝る前に飲んだらいいとささやくようにいい聞かせた。

だがそれには従わず、瓶の中身はこっそり庭に捨てた。それから千鳥足で浴室に入り、がぶがぶと水を飲んでわざと気分の悪さを進行させた。ふらふらと書庫に戻り、鍵をかけて閉じこもった。

ワインはさして多量に胃のなかに残っているわけではなかった——もちろんそれ以外のものも入ってはいない——が、不摂生をしたときはコーヒーで癒すのがいつものやり方だ。ポットいっぱいに沸かし、ブラックのまま全部飲んだ。もう一度浴室に入り湯で体を洗ったあと、冷水を頭から浴びた。これでワインの悪影響への対抗策をひととおりやり終えた。

そこまでやってほっとしたのか、午後八時ごろになるとまた疲れと倦怠が襲ってきた。今夜は早めに床に就くことにして、『妖蛆の秘密』をたずさえて寝所に入った。二十分と経たぬうちに、問題の書を読むつもりがこくりこくりと舟を漕ぎはじめていた。頭は朦朧とし、体はしびれたようになっている。体内に残ったワインが、徐々にではあるが効いてきたようだ。あとは睡眠によって癒されることを願うしかない。

ふらふらと書架まで歩いて書物を返し、また寝所に戻ってばったりとうつぶせにベッドに倒れた。四肢を投げだして眠りに落ち、そのままの姿勢で四時間眠りつづけた。

やがてゆっくりと目覚めた。名前を呼ばれたような気がしていた。妙な寒気を感じてもいた。寝る前のいきさつをやっと思いだし、ようやく頭がいくらか速く働きだした。寝所の暗闇のなかでわずかに目を開き、ベッドの片側に二つの人影が立っているのをぼんやりと認めた。もう一方の側にも一人か二人いるという気がした。危機感から思わずとび起きそうになるのを、意志の力でようやくこらえた。

また声がする。声の主はカーステアズで、こんどはクロウに向かってではなく、わきに立つだれかに話しかけている。「ワインの効果が薄れてきたんじゃないかと危惧していたが——杞憂だったな。いいかみんな、今夜おまえたちは、タイタス・クロウの心身におよぼすわたしの力をその目で見ることになるのだ。つぎの週末は、彼をロンドンに帰すわけにはいかん。刻限が迫っているからだ。それまではよけいなことをさせてはならん」

「承知しております、導師《マスター》」聞き憶えのある声が返る。「だからこそ——」

「だからこそ、別の候補も考えておくべきだというのか？　ダレル、おまえがすべてを首尾よく進めようとしたがるわけはわかっているぞ。だがそれは思いあがりというものだ！　おまえは宿主としてふさわしい者でない」

「導師《マスター》、わたしはただ——」と、弟子はいい返そうとする。

「黙っていろ！」カーステアズの鋭い声。「ただ見ていればよい」

つぎに発せられた言葉は、ふたたびクロウに向けてのものだった。いちだんと低くおごそかな調子になっていた。

「タイタス・クロウ、おまえは夢を見ている。これはすべて夢だ。なにも恐れることはない。心配は要らないのだ。ただの夢なのだから。さあ、仰向けになるがいい」

クロウは今やすっかり目覚めている。頭ははっきりとしている。ハリー・タウンリーの催眠術対抗法は完璧だったようだ。わざとゆっくり、すべるように寝返りをうった。仰向けになってひそかに薄目をあけ、ゆったりと頭を枕につけた。

「よろしい！」カーステアズがつぶやく。「よくできた。あとは眠るがいい。タイタス・クロウよ、眠って夢を見るのだ」

こんどはガーベットという男の声が、「万全のようです、導師《マスター》」

「万全だとも。この男の〈数〉は決せられた。刻限が近づくにつれ、わが魔術はますます磐石《ばんじゃく》となる。つぎは、単に命令して動かすという以上のことができるか試したい。彼みずからに話をさせることができるかどうかだ。クロウよ、わたしの声が聞こえるか？」

クロウは恐るおそる乾いた唇を開き、しわがれ声を出した。「はい、聞こえます」

「よろしい！　さて、一つ憶えておいてほしいことがある。明日おまえはわたしのところにきて、今週末はこの〈古墳館〉にとどまるつもりだと告げるのだ。わかるか？」

クロウはうなずく。

「週末はここにとどまる。そうだな？」

またうなずく。

「声に出して答えたまえ」

「週末は」とつぶやいた。「ここにとどまります」

「よくいった！　ワインならわが家にはたっぷりある。週末にはたんと飲んで、喉を潤し目の疲れをとるがいい」

横たわったまま、深く寝息をたてるふりをする。

「では、今から立ちあがれ。立って上掛けをめくりあげよ。それからまた横たわり、上掛けを深くかけなおせ。夜気が冷たいゆえ、風邪をひかぬようにするためだ」

またうなずき、ゆらゆらとベッドからおりた。そして毛布と上掛けをめくりあげ、また横になって、めくりあげたものを体にかけなおした。

「完全に支配下にあります」ガーベットが両手をこすりあわせてうれしそうにいった。「おみごとです、導師《マスター》！」

「わたしの術がみごとなのは、今にはじまったことではない」カーステアズは誇らしげにいい返す。「約三世紀半もの実績があるのだ。おまえもよく見て学ぶがいい、ガーベット。いつか妖蛆の高僧位を望めるようになるためにな！」

思いがけないそのせりふを耳にして、クロウは思わずビクッとした――が、同じように驚愕の動きを見せたのは、ダレルという男のほうが一瞬早かった。おかげでクロウの体が動いたのは見とがめられずにすんだ。ダレルが狂乱したように跳びあがるのを察するよりも前に、その同じ男の叫びが耳に届いていた。「うわ、なんてことだ！　床の蛆虫を踏みつけてしまった！」

「ばかものめ！」カーステアズの刺すような声。「うかつなやつ。おまえたち、ダレルをつれだせ。つれだしたらまたここに戻って、虫たちを拾い集めるのを手伝え」

その後しばらくのあいだ忙しく小走りする足音が交差しつづけたが、やがてクロウは館の主と二人きりになっていた。先ほど聞いたのと同じゆったりした指示の声をまた浴びせられた。

「クロウよ、これはすべて夢だ。ただの夢。思いだすほどのことはなにもない。さしたることではないのだ。ただ、明日わたしのところにくるのを忘れなければそれでいい。そして、週末はここですごすつもりだと告げるのだ。そう、おまえは決して忘れない」

それだけいうと、主は寝所を出ていった。よみがえった死体ででもあるかのように、暗い館の奥へ大股で音もなく去っていった。あとに残されたクロウははっきりと覚醒していた。恐怖のあまり体は冷汗まみれだ。今し方のせりふもまた意志をあやつる術であることはまちがいない——これまでこのやり方にまんまとしてやられてきたのだ！

闇のなかで目を見開いたまま、エンジン音が聞こえて車が屋敷まわりから去るときを待ちつづけた——古い館に静寂が戻るときを。やがて遠くの教会の鐘が午前一時を告げると、ようやくむっくりと起きあがった。尋常とはとても思えない寒さに震えながら、明かりを点けスリッパを履いた。それから寝所の床を調べはじめた。書庫のほうの床まで調べると、こんどはベッドのなかを毛布からシーツにいたるまで剝がして調べた。這いまわるものがいはしないかと恐れていたが、ようやくこの場所はまったく無事だとわかって安堵した。書庫のドアは鍵がかけられていた。ということは、カーステアズは合鍵を持っているのだろうか、それとも——

ハリー・タウンリーの四十五口径を夜着のポケットに忍ばせ、書庫内をもう一度見てまわった。するとこのたびは、総毛立ちそうなものを見つけるにいたった。仕切り壁の一つに寄せつけられた荘重な書架の中央部を調べていたときのことだ。そんなところに回転軸——と思われるもの——が隠されていようなどと、だれが想像するだろうか。書架前の絨毯の上に並べておいた小さめの本が一山、いつのまにかわきへ動かされて半円形の列をなしていた。書架中央部の最下段と絨毯敷きの床とのあいだに、細い隙間があるのがはっきりと見える。仕掛けはたやすく理解できた。書架を動かすと、暗い空間がぽっかりと口をあけた。そこには傾斜の急な螺旋階段が地下へとうねりのびていた。あの倉庫室への通路をついに発見したのだ。しかし今のところはそれを見つけただけで満足とし、秘密の扉を閉じた。コーヒーをたっぷり沸かして一滴も残さず飲みほしたあと、ポットにもう一杯沸かした。

あとは夜更けまでコーヒーを少しずつ飲んですごした。異常な寒気にときどき体を震わせながらも、固く誓った——なにがあろうと、自分の身のうえを忌まわしいものに変えようとしているカーステアズの計略は必ず阻止してやると……

週末は悪夢の時と化した。

土曜日の朝、クロウはカーステアズのところにいき、今日と明日はこの〈古墳館〉にいてもよいかと頼みこんだ（あとで意識が完全に覚醒してから気づいたことだが、それはまさに自分の意志とはかかわりなく、カーステアズに指示されたとおりの行動となっていた！）。館の主はもちろん即答で承諾した。そのあと事態は急激に悪化していった。

三度の食事にカーステアズはつねに同席し、食欲があろうがなかろうがしつこくワインを勧めた。クロウは食事のあと必ず浴室に直行し、胃のなかのかんばしからぬ内容物を全部吐きだした。おかげで催眠術の効果は最小限にとどめることができたが、いかにも術にかかっているかのような演技をますますうまくやらねばならなかった。ワインを飲んでは浴室に駆けこむ儀式の連続のおかげで、日曜の夜までには、目は火のように熱いやら、喉は痛くて声がしわがれるやらという状態になっていた。

この地獄のような二日間、正規の〈仕事〉はまったくやらずにすごした。その代わり、機会あるごとに書庫の書物に目を通すよう努めた。あのオカルティストの真意を知るために少しでも光明はないものかと、必死に探しつづけた。夜はずっとベッドに横たわり、頭と体をにぶらせようとする薬物の効果とひそかに戦った。そしてはるか地下室からのものらしい不気味な呪文のうなりに耳を傾けた。そんなことをつづけているせいで、自分が癲狂院の住人のように思えてくるまでにそう時間はかからなかった。

月曜、火曜、水曜と、同じようにすぎていった。食べ物は少しでも体内に摂取するよう努め、ワインはできるだけ胃に入れないようにと図った。水曜日の夕食の席になって、やっと一息つくことができた。ありがたいことに、今回にかぎってワインがボトルに半分しか入っていなかったのだ。しかも、隙をついてカーステアズのグラスになみなみと注ぎ、自分には少しだけ注いですませることができた。〈古墳館〉の不気味な主人は考えごとをしていたらしく、クロウのその行動には気づかないようだった。どうやら今回だけは、あの憂鬱な浴室の儀式をしなくてもよさそうだ。

カーステアズがようやく考えをまとめたのか、話しかけてきた。「クロウくん、明日の朝は、きみが起きるころよりも早い時間に出かける予定だ。戻るのは午後になる。体調があまりよさそうじゃないから、独りにさせるのは悪いんだがね」

「そう見えますか？」と、しわがれ声を出した。「なんともないつもりですが」

「そうでもなさそうだぞ。仕事に没頭しすぎたせいかもしれんな」広いテーブルの向こう端から彼の顔を見すえながら、館の主は眠りを誘うような低く響く声で話しつづける。「明日は一日休んだらいい。早起きせずにゆっくり寝ていれば、回復して力も出てくるだろう」

クロウはわざと頭をこくりこくりさせながら目をしばたたき、坐ったままビクッと体を動かした。カーステアズは笑った。

「おい、きみ！」こんどは歓喜したような軽い声になっている。「だからいわないことじゃない。テーブルにつっぷして寝こみそうじゃないか。やはり疲れているんだ。明日は休みにしたまえ。金曜日からまた仕事をはじめればよかろう」

クロウはもうどうでもいいというように、ものうげにうなずいた——が、心は逸《はや》っている。きたるべき時はいよいよ近い。それを感じる。地の底から吹く熱風を感じるがごとく。カーステアズの目の奥には炎が燃え、その異臭すら嗅ぎとれるかのようだ……

意外にもぐっすり眠ることができ、朝はことさら早く目覚めた。半身を起こしていると、車が車庫から出たらしい音が聞こえた。が、勘が働き、ベッドからおりずにいた。まもなく寝所を仕切るカーテンが開き、カーステアズが音もなく入ってきた。その直前、足音が聞こえた瞬間から、頭を枕に戻し、寝入っているふりをしていた。

「それでいいのだ、タイタス・クロウ。よく眠るがいい」カーステアズがおだやかにささやく。「夢も見ぬほどに深く眠れ——まもなく夢どころか、おまえの脳からは思考さえも消え、代わってわたしの精神が侵入するのだ！　眠れ、タイタス・クロウ、眠りつづけよ……」やがてカーテンのこすれる音がして、オカルティストが出ていったとわかった。それでもクロウは待ちつづけた、車寄せの砂利を嚙むタイヤの音が遠ざかる時を。

そのあとでやっと起きあがり、急いで着替えた。外に出て家のまわりを確認し、さらに二階にあがって敷地の全域を眺めわたした。本当にだれもいないことをたしかめると、書庫にとって返し、書架の陰の秘密通路をあけた。階段をおり、地下世界へと身を沈めていった。螺旋状の石段がちょうど一回転したところで、地下にある倉庫室の一端をなす丸天井になった狭い一角にたどりついた。そこから二歩ほど進むと、倉庫室の主室空間に出た。壁のスイッチを見つけ、仄暗い照明を点灯すると——魔術師の隠れ家のありさまが初めて眼前に現われた！

内部を恐るおそる見てまわるうちに、クロウ自身の広範なオカルトの知識がしだいに頭をもたげてきた。つい最近この館の書庫で読み知った知識もまた。ここに秘匿されている数多の品品は、人類の神秘史における最暗黒の時代より伝わるものであり、それぞれの物品の意味することを察するごとに身震いを覚えずにはいられない。

床は中央部へ向けてきれいに掃き清められていた。そこに赤い塗料でつい最近描かれたらしきものは、ペルシャ魔術でもちいられる、交差する二つの円の図だった。片方の円のなかには白ペンキの上昇点が、もう片方には黒ペンキで下降点が描かれている。煉瓦壁の一つの面に緑と青のチョークで記されている暗号のような文様は、冒瀆的なナイハーゴ記号だとすぐにわかった。それは大きなアラビア文字風のシンボル群で、なにやら不気味なことを象徴するようにのたくっている。ほかの三面の壁は擦り切れた古いタペストリーでおおわれている。いずれも数世紀前の壁掛けで、歴史の黒々としたページに消えていった魔術師たちの儀式のようすがそれぞれに描かれている。つぶさに見ると、魔術師たちがまとっているのは古代アラビア砂漠の邪教の僧衣らしく、それが神々しいとも見える雰囲気を絵に与えていた。

蜘蛛の巣がわだかまる部屋の一隅の床に、五芒星形と十二宮図が描かれているのが見つかった。また壁の掛け釘にはタペストリーに描かれているのに似た僧衣がひっかけられていた。ソロモンの二重封印など、『レメゲトン』から採られたシンボルが僧衣に刺繍されていた。またガラスの小瓶がたくさん並び、毒ニンジンやヒヨスやマンドレイクやマリファナや、あるいはまた阿片とおぼしい薬物などがなかに入れられていた――あのワインに混入されていた含有物の正体を思い、クロウは身震いした……

見るべきものを充分見たところで、また階段をのぼって書庫に戻った。それからこんどはカーステアズの書斎へ向かった。過去二度鍵がかけ忘れてあったが、このたびもまたドアはたやすくあいた。さすがに期待していなかったことだ。おそらく魔術師はクロウが午前中ずっと眠っているものと予想し、いつもの警戒心がゆるんだのにちがいない。書斎のなかに入ると……

またしても幸運！　机の抽斗の一つに、鍵が挿《さ》さったままになっているではないか。

震える手で抽斗をつぎつぎにあけていった。なかなか目にとまるものがないが、さすがになかを掻き荒らす気にはなれない。左側のいちばん下の抽斗をあけたところで、見つけたかったものにようやく出会った。まちがいない。きれいに切りとられた本のページ。そこに付された木版画の図版。チャールズ・レゲットの手になるルートヴィヒ・プリンの十九世紀版の訳文。これこそ『妖蛆の秘密』のなくなっていた部分、すなわち「サラセン人の宗教儀式」の章だ！

部屋に一つだけある窓のブラインドをしめ、卓上の明かりを点けて、さっそく読みはじめた。読み進むにつれて、恐るべき知識が明かされてゆき、時間が止まってしまったような気がしてきた。驚きに目を見張りつつ、信じられない思いでさらに読みふける。一時間二時間がたちまちのうちにすぎ、無我の境をしばしば振り払って腕時計をたしかめねばならなかった。またすぐに乾く唇をときどき舌で湿さねばならなかった。そこにはすべてが記されていた――ようやくすべての謎がおさまるべきところにおさまりはじめた。

そして……閉ざされ禁じられてきた記憶の数々が、さながら水門が開かれたように、荒れ騒ぐクロウの脳髄に一挙に注ぎこまれてきた。催眠術によってかき消されていた夜ごとのカーステアズの来室が、忘れるように強いられてきた指示のせりふの数々が、急激に思いだされてきた。それらのピースが急速に寄り集まり、幾世紀もの時の彼方からの悪夢と恐怖が一つの図を形づくりはじめた。あのいくつもの肖像画に付された連続した年の謎が、今こそ解けた。三百五十年前にもさかのぼる途方もない昔のことをほのめかしていたカーステアズの言葉も、今納得がいった。あのオカルティストがいかなる魔術をもちいて生命をながらえようとしていたのかも、今得心できた。

クロウの体を、自分の生命を移し替える容器として使おうとしていたのだ。彼の若い肉体を容れ物としてもちい、死の灰のなかからよみがえるいにしえの黒き不死鳥の棲み家にせんとしていたのだ！　タイタス・クロウ自身の人格は地獄の淵に捨て去られ、一六〇二年にガリラヤ湖畔の闇の廃墟で生まれた最暗黒の魔術の怪物――それこそがカーステアズだ――がとって代わるのだ！　その時がいつなのかも、すでにわかっている。目の前の机上にある暦の、二重丸で囲まれた日付、一九四六年二月一日。

聖燭祭前夜。それがさだめられた日だ。

すなわち、明日の夜！

X

夜になり、日ごろは信仰心のさほど篤くないクロウも、さすがに内心で祈らずにいられない気分だった。どうにか眠りはしたものの、古い館がきしんだり音をたてたりするたびに幾度撥ね起きたか知れなかった。朝がきて鏡を見ると、いかにもこの最後の日々にふさわしいひどい形相を呈していた。だが見てくれなどもうどうでもいい。時が近づけば、カーステアズの監視下から逃げられはしないだろうから。

翌朝、館の主は四度も書庫にやってきて、そのたびに鋭いまなざしを浴びせていった。グロテスクな巨大カマキリが両の手をこすりあわせているような姿で。しかもクロウはこの人物の目的を知っているにもかかわらず——いや、知っているからこそ——おとなしく殺されようとする小羊のふりをしつづけねばならなかった。本来の風貌に似つかわしい若獅子のごときふるまいは決して許されない。

昼食時には見とがめられないようすばやく小わざを利かせ、ワインの摂取量を最小限にとどめた。午後六時の夕食時にもうまくやって、あまり飲まないように努めた。そのあいだにも、カーステアズの興奮が隠しきれないほど高まってきているのがありありと見てとれた。

夕食後のコーヒーをポット一杯分たっぷり飲みほしたあと、仄暗い照明のもとで独り黙して座し、「サラセン人の宗教儀式」から読み知った悪魔的儀式を記憶のうちにとどめるべく努めていた——そこへ午後七時半、カーステアズが書庫のドアをノックし、返事をする前にずかずかと部屋のなかに入ってきた。だが、もう肩を落として疲れたふりをしたりやつれを装ったりする必要すらなかった。術にかかった演技をするだけで精一杯で、それだけでおのずと疲れ、やつれざるをえないほどなのだから。

「クロウくん」カーステアズはいつになく陽気な調子できりだした。「じつは、今夜少しばかりきみに助力を頼みたいのだがね……」

「助力?」クロウは赤く充血した目で主の顔をのぞきこんだ。「なにかお手伝いを?」

「そうだ、さしつかえなければだがね。地下の倉庫室で仕事があるんだ。おそらく真夜中までかかると思う。それで、寝ているところを起こすのは心苦しいんだが、必要なときになったら呼ぶから――」主の声はそこで急に低く陰険になった。「地下にきてもらいたい。どうかね?」

「もちろんかまいませんとも」しわがれ声で答えた。オカルティストの燃えるような目を見すえていた。

「そうか、いいのだね?」相手はいちばん肝心なことをたしかめるように、ゆっくりといった。「どんなに遅い時間であっても、きっときてもらうよ。わたしが呼んだら、きみは必ずくるのだ。わかったね?」

「わかりました」とつぶやき返す。

「では、自分でいってみたまえ、タイタス・クロウよ。わたしが呼んだらどうするのか、答えよ」

「あなたについていきます」すなおに答えた。「呼ばれたなら、必ず」

「よろしい!」カーステアズの顔は今や髑髏のように不気味だ。「ではしばらく休め。じっと座して――呼ばれるのを待て。わたしが声をかけるときを……」そこまでいうと、きびすを返し音もなく部屋を出て、静かにドアを閉じていった。

クロウはすっくと立ちあがった。つかのま待ってから、書庫の電灯を消した。寝所に入って仕切りカーテンをしめ、明かりを点けた。急いでローブに着替えた。ベッドのマットレスの下からハリー・タウンリーの四十五口径リヴォルヴァーをとりだした。弾をこめ、ローブの大きめのポケットにしまいこむ。カーテンをわずかに引きあけ、書庫の主室に戻った。カーテンの隙間から洩れる淡い光の筋づたいに歩みを進める。

一歩進むごとに緊張が高まる。一度ならず逃げだすことを考えた。謎の真相に近づくにつれ、興奮しながらも恐れが高まり、たった今も逃走の可能性が頭をよぎってしまった。だが生来の負けん気がそれに歯止めをかける。最初は恐怖が勝つのを予想したが、今の感情はむしろ怒りの塊に近くなっている。自分があの怪物カーステアズの犠牲になろうとしているのだと思うと! 決意を固めてしまった今、勝利を見越しているこのとき、逃げだすことなどどうやってできよう? そんなことはもはや論外だ。逃げればやつは別の生け贄を探すだろう。悪は生き残ることになる。それに、逃げてもどんな追跡の手がのびてこないともかぎらない。

午後九時半、一台の車が、霊柩車かと思いまがうほど静かに屋敷の前で停まった。クロウはブラインドの隙間からのぞき、幾たりかの人影が館に入るのを見とどけた。それから、なにごとか話すささやき声と、床のきしみ。暗い書庫で耳を澄まし、それらを聞きとどけた。やがて物音が地下へおりていったらしいと察しをつけると、寝所の明かりをも消し、漆黒となった闇のなかで椅子に腰をおちつけた。体のまわりで夜はますます重くなるかのようで、頭に肩に鉛のようにのしかかってくる。

時が経つうちに、ポケットのなかで腿に重く押しつけられているリヴォルヴァーにわれ知らず何度となく手をやっていた。神経質に震える四肢をとどめるのに必死だった。どこか遠くで午後十一時を告げる大時計の音。それを合図とするかのように、呪文を唱えるかすかな声が初めて地下から響いてきた。クロウは額から冷たい汗が急激に吹きだすのを覚え、震える手でハンカチをとりだしてぬぐった。

妖蛆の儀式がはじまったのだ。

必死に自制心を働かせて興奮を抑えねばならない……これからなにが起こるのか、もはやわかっている身となってみれば！　自分のおちつきのなさを呪ううちにも――愚かさを呪ううちにも――時はすぎゆき、邪悪な呪文はリズムを速め、音声《おんじょう》はいよいよ高まる。クロウは不意に立ちあがってはまた坐り、冷たい額をハンカチで押さえ、拳銃をせわしなく指でまさぐった……突然響いた十一時半の時報に、思わずビクッとした。

館のなかの空気が急に冷たくなった気がした。まるで零度かと思うほどの寒さにまで。闇に満ちた冷気を呼吸するごとに、鼻孔のなかのこまかい毛まで鳥肌立つのを感じる。きつい臭気がただよってくる――明らかにヒヨスとケシを燃やして立つ煙の臭いだ。クロウが椅子にじっと身を固めつづけるうちに、またも倉庫室の呪文の声が高まってきた。こんどの高まりは熱狂的で、大伽藍のなかのように大きく響きわたっている。

午前零時が近づいているはずだ。だが腕時計を見る気にすらなれない。

最高潮の恐怖のときをすごしやると、なぜかまたおちつきが返ってきた。荒く息をつき、この機に理性をととのえようとした。今こそしっかりしなければ、精神の疲労に打ち負かされるだろう。まさに今こそ――

――その時がきたのだから！

呪文はクロウに語りかけていた。声は高まってはまた弱まり、新たな調子に変わった。夜のなかに聞こえてきたのは、彼の名前を呼ぶ声だった。予告されていたとおり、呼び出しがかかったのだ。

座したまま背筋をのばしていると、例の書架の秘密扉がゆっくりと開いた。仄明かりに縁どられた扉口に現われたのは、ゆったりとした僧衣に身を包み、細い腰をベルトで締めたいでたちのカーステアズだった。いつも以上に痩せているかのような、丈高く恐ろしげな姿で、オカルティストはこう呼びかけた。

「くるのだ、タイタス・クロウよ、時がついにきたからには。椅子より立ち、わたしについてくるがいい。そして妖蛆の神秘深き大いなる知識を会得するのだ！」

クロウは立ちあがり、あとにつき従っていった。ヒヨスとケシが臭うなか螺旋階段をおり、今や異様に明るく照らされている倉庫室に立ち入った。部屋の四隅に炉が置かれ、赤い燠が燃えている。その上では金属製の皿が熱せられ、薬草と阿片がくすぶって煙をうねうねと立ちのぼらせている。床の中央部にはくだんの交差する円形が描かれ、それをとり囲むようにして、頭巾僧衣をまとった姿の侍者十二人が立ち並んでいる。一様に真ん中を向いて顔を前かがみにしている。カーステアズ本人を含め、十三人で儀式の総員をなすらしい。

カーステアズはクロウを侍者たちの輪のなかへと導き、白い上昇点の円を指さして、「そこに立て。恐れることはない」と命じた。

いわれたとおりにした。ちかちかとまたたく火影と部屋に満ちる煙のせいで、居並ぶ顔はゆらゆら揺れる赤い靄に包まれているかのようだが、クロウ自身も体の震えを見つけられずにすんでいると思うと幸いだった。中心部に立つ彼の足は上昇点の円形のなかにある。カーステアズは交差するもう一つの円のなかに立った。二人の中間、つまり二つの円の交差部分が〈目〉を形づくっている位置には、大きな砂時計が置かれている。そのなかでは黒い砂がこぼれ落ちつづけ、上の器はもうすぐ空っぽに、下のほうはじきにいっぱいになるところだった。

砂の落下がまもなく終わろうとするのを見守りながら、カーステアズは己が僧衣の頭巾を後ろへ脱ぎやり、指示の声を発した。「わたしを見よ、タイタス・クロウ。そして妖蛆の英知に耳を傾けよ！」

クロウはオカルティストの目を、顔を、僧衣をまとった体を見すえた。侍者たちの呪文の声がまた高まってきた。だがその唱えのなかに彼の名前はもはや含まれていない。彼らは今、〈人を喰らうもの〉を――この冒瀆的な儀式の神たる邪悪なる存在を――召喚しようとしている。

「蛆《ワマス》、妖虫《ウオルミウス》、蟲《ウエルミ》、妖蛆《ワーム》！
蛆、妖虫、蟲、妖蛆！
蛆、妖虫、蟲、妖蛆――」

そしてついに砂時計の砂が尽きた。

「妖蛆！」侍者たちが沈黙する代わりに、カーステアズが大音声《だいおんじょう》を発した。「妖蛆よ、今こそ汝を呼ばわらん――出《いで》よ！」

クロウは魔術師から目を逸らすこともかなわず、われ知らず口を大きく開き、これからはじまろうとする悪の転移を思って、恐怖の絶叫を放った。カーステアズの体が恐ろしい痙攣にうち震え、眼球が顔からとび出すほど大きくせりだした。さながら熱く溶けた金属を浴びせられた者のように。口をかっと開き、大いなる哄笑をあげている。

その同じ口から――のみならず、耳から、鼻の穴から、はたまた髪の毛のなかから――薄桃色の蛆虫の群れが洪水のようにあふれではじめた。体じゅうのあらゆる開口部から虫を湧かせながら、オカルティストはおぞましい恍惚の境にあるかのように、のたうち悶えている！

「さあ、くるのだ、タイタス・クロウよ！」蛆虫をなおも吐きつづけながら叫ぶその声は、粘着性をおびて聞き苦しい。「わたしの手をとれ！」そういってさしだした手は、ぶよぶよと這いうごめく気味悪いものどもの塊だった。

「いやだ！」クロウはいい放った。「断る！」

カーステアズはうめき、がなりたてた。「なにをいっている？」身にまとう僧衣は今や気色悪くもぞもぞとうごめいている。

「きさまの失敗だ、魔術師」クロウはくいしばった歯の隙間から敵意を洩らした。

「ばかな……おまえの〈数〉を手に入れているのだぞ。従うしかないはずだ！」

「ぼくの〈数〉じゃない」と首を横に振った――その瞬間、囲んでいた侍者たちがあとずさりしはじめた。彼らのあげる恐怖の声が倉庫室のうちを満たした。

「嘘だというのか！」カーステアズが毒づく。体がちぢみだしているように見える。「あざむいたな！　……だがかまうものか。さしたることではない」と、片手の人差し指を空中に突きあげた。「妖蛆よ、この男は汝のものだ。わたしが許す——この者に憑け！」

人差し指をおろしてクロウをさし示すと——足もとの墓虫の群れが波のようにうねくりだした。が、クロウには向かわず、彼が立つ円からむしろしりぞいていく。まるで炎の輪から逃げるかのように。

「なぜゆかぬ！」カーステアズは叫ぶ。彼の体はちぢこまり、頭が激しく揺らぎ、頬が体内からの侵食で深くこけはじめている。「この男がなにを知っているというのだ？　ひるむことはない！」

「知っているさ、多くのことをな」クロウがいい返す。「彼らがぼくに憑くことはない——この体に触れることすら拒むだろう。そのわけを教えてやる。ぼくが生まれたのは一九一二年ではなく、一九一六年の十二月二日だ。きさまの儀式は、まちがった日付をもとに行なわれてしまったのだ！」

1916、12、2！　ためらいまどう侍者たちから唱和するような驚きの声があがった。

「〈二十二〉だ！」ささやく声がクロウの耳に届く。「新たなる導師《マスター》！」

「ちがう！」床に膝をつきながらカーステアズがわめく。「誤るな！」

魔術師の体は自身のいる円のなかにくずおれていった。それでも痩せ衰えた手をさしあげようとする。「ダレル、わたしを助けよ！」その声は風に吹かれる木の葉の音ほどにも弱まっている。

「できません!」ダレルはそういい捨てるや、僧衣を脱ぎ捨て、扉口へと駆けだしていった。

「わたしにはできません!」たちまち倉庫室から姿を消し、ほかの十一人の侍者たちもあとを追うように逃げだした。

「待て!」カーステアズがもう一度わめく。

クロウは一度とて目を逸らさず、魔術師をにらみすえている。その顔は今や溶けて流れだし、いくつかの顔に変化変遷したすえに、最後に——いや、最初の、もともとの容貌であったはずのアラブ人の浅黒い顔へと変わっていった。そして横ざまに倒れながら、変じ果てた顔をこちらへ向けた。すでに眼球は流れ落ち、赤い眼窩に蛆虫がうごめいている。虫の群れは退却するように魔術師の体をおおいつくしていく。その下の肉体はやがて溶けて消え失せ、流れゆく肉汁のなかで骨や筋だけが転がり渦巻くのみとなった。

クロウは逃げるように地下室をあとにした。体じゅう鳥肌立ち、頭は変調をきたす寸前だった。助かったのは、ひとえに自分の〈数〉のおかげだった。〈二二〉は導師《マスター》たる魔術師の数なのだ。もはやだれもいなくなった恐ろしい館を抜けだすべく、石の階段を必死によろめきのぼりながら、なぜかしら口をついて出たつぶやきは、忘れかけていたはずのあの文言《もんごん》だった。

「〈それすなわち、悪魔の購《あがな》いし魂は納骨堂の土より造られしものにあらず、翳りつくす妖蛆の意志とその脂より生み出《いだ》されしものとの古き言い伝えあればなり。ついには廃土より怪異なる生命生まれ出《いで》、地蠟を穿つものそれを巧みに攪拌し、毒を撒き散らすまで産出しつづけるものなり……〉」

後刻、おちつきをとり戻し、のみならず以後生涯にわたる変化をも獲得したクロウは、車を駆って〈古墳館〉を離れ、冷たい夜のなかへ走りだそうとしていた。あてのない人生はもう終わりを告げ、これからとるべき道はすでに心に決していた。砂利敷きの車寄せから敷地の門へと向かう途中、薄桃色の虫の群れがあたり一面に散らばっているのが見えた。這いだしたままみな死に絶え、白い霜におおわれている。だがクロウはさして意にもとめなかった。

車のタイヤすら、虫どもに弔意を表わしはしなかった。

THE CALLER OF THE BLACK

つぎの作品は、タイタス・クロウものの第一作である。この小説で初めてクロウという キャラクターを登場させた。じつのところ本篇は、初めてプロの作家として報酬を得るべく提出した数作のなかの一つなのである。今こうして読み返すと、なんたる若書きだったかとあらためて気づかせられる。だがなにかしら見るべきものがあったこともたしかだと思う。オーガスト・ダーレスは本作を、わが処女出版の表題作として採用してくれた。

黒の召喚者

太古の民　碑《いしぶみ》に戒めを刻みたり
冥界の力を用う者
おのずからに災禍《わざわい》を降らしめ
弔わんとて弔わるることなかれと……

――ジャスティン・ジェフリー

今からそう遠からぬある夜、わが住まいブロウン館にて、ひそかに自慢とする古い蔵書を繙《ひもと》いて研究にいそしんでいるときのことである。玄関をノックする者があり、わたしは読書を中断させられた。それはノックというよりも、狂乱してドアを強打しているといったほうが、正確に印象が伝わるほどの激しい音だった。耳にした瞬間に、なにか尋常ならざることにちがいないと第六感が告げていた――とはいえ、その予感にひるんだというわけではない。

風の強い夜で、ドアをあけると、夜風がどっと家のなかに吹きこむとともに、玄関口に立つぞっとするような容貌の訪問者の姿があらわになった。秋の枯葉までもが何枚か吹きこみ、訪問者は神経質そうにすばやく手を動かしてコートから葉を払い、髪を掻きあげた。なにかにおびえているようすが物腰にうかがえ、なにごとだろうかとわたしはいぶかった。そのわけはすぐわかることになる。客人はどこかぎごちない態度で、カボット・チェンバーズだと名乗った。燃えさかる暖炉の前の椅子にかけさせ、上等のブランデーを勧めた甲斐もあって、チェンバーズ氏はいくらか人心地がついたようだった。そこで身のうえ話をきりだしたが、尋常ならざる事例を数々耳にしてきたわたしにすら、にわかには信じがたいと思えるほどの話だった。聞きおよぶある方面の伝説によれば、その種のことはたしかに世界史の開闢《かいびゃく》以前には実在していたともいわれる。だが現代へつながる文明の夜明けとともに、そうした暗黒の知識は消え去ったはずなのだ。少なくとも聖書にある焚書のころには完全に。わが豊富な蔵書には幾多のオカルト文献や禁断の典籍が含まれている——フィーリーの『ネクロノミコン新釈』、忌まわしき書『水神クタアト』、エイマリー・ウェンディ＝スミス卿による『グ＝ハーン断章』（大幅に簡約された不完全な版ではあるが）、擦り切れ破れた『ナコト写本』（偽物である可能性がある）、文字どおり値段のつけられない『屍食教典儀』などなどのほかに、『金枝篇』やマレイ女史の『魔女信仰』など文化人類学の研究書もある——にもかかわらず、チェンバーズの語ったことはこのわたしの知識を以てしても、断片的もしくは漠然としか理解のかなわないものだった。

少し脇道に逸れすぎたようだ。ともあれ、この客人が相当におびえたようすを示しながら語ったことは、およそ以下のとおりである。

「タイタス・クロウ先生」と、体の冷えも去って気持ちが昂まってきたころ、彼はこうきりだした。「じつのところ、どうして先生のところにきてしまったのか、自分でもわからないんだ。はたして先生の力のおよぶことかどうかもわからない。わたしは命を狙われているんだ。黒魔術をあやつる輩に。じつをいえば、みずから招いた災厄だ。それに、これまで高潔な人生を送ってきたとは決していえない身のうえでもある。だが、やつらがシモンズに仕向けたような最期を迎えるのだけは、どうしてもいやなのだ」

シモンズという名前を聞いて、わたしは少し気色ばんだ。なにかあまり愉快ではない事件にその名の持ち主が巻きこまれたらしいことを、つい最近新聞記事で目にしていたからだ。心臓発作だったか脳卒中だったか、とにかくなんの兆候もなく説明のできない原因で死亡したということだった。だが今、このチェンバーズ氏はその出来事についてある程度説明できるもののようであった。

「あれは、わたしたちの共通の知人であるゲドニーという男のせいなのだ。あの男がシモンズを殺し、こんどはわたしを狙っているんだ。シモンズとわたしはともに資産もあって暇をもてあましている身で、ほんの退屈しのぎのつもりでゲドニーの主宰する悪魔教団に加入した。二人とも独身で、ナイトクラブやスポーツクラブや遊交クラブなど、クラブ通いに明け暮れていた。なにが退屈なのかと人は思うだろう。だがそんな暮らしばかりしていると、どれだけ贅沢や楽しみを味わっても、よほど興奮させてくれるものでもないかぎり、いつのまにか感覚が麻痺してしまうものなのだ。そんなところへ、あるクラブでゲドニーを紹介された。決して退屈しない興奮を味わわせてやるとその男にいわれ、わたしもシモンズも喜んで彼の教団に入ることを望んだ。

たしかに一笑に付すべきことではあるさ！　よくいる変人の一人だと思うのが常識かもしれない。事実、先行きになにが待っているのか初めはまったく予想できなかった。だが、ロンドンにほど近い郊外にあるゲドニーの邸宅に呼ばれ、入団儀式の第一段階を通過したとき——全段階終了までには二週間近くもかかる儀式なのだが——早くも真相に直面させられることになった。ゲドニーという男は、悪魔だったのだ——それも最悪の種類の。あの男の悪業に比べたら、最盛期のマルキ・ド・サドすら情けない弱虫と見えるくらいだ。ローマ帝コンモドゥスの所業を史書で読んだことがあるなら、ゲドニーの悪徳のおよそは推察がつくかもしれない。だがあいつの冒瀆的な精神の深淵までも知ろうとするなら、カラカラ帝の無法ぶりをも学ばねばならないだろう。近ごろ失踪者がどれだけ多いか、新聞の尋ね人欄を見てみるといい！

もちろん、なんとか教団を脱退できないものかと努めはした。もう少しでうまく抜けられそうにすらなった。ところがあのシモンズのばか者が、人前であれこれとしゃべり散らしてしまった。あいつの問題点はアルコールだった。ある晩彼はしたたかに酔って、ゲドニーとそのいんちき宗教のことをさんざんに罵倒した。そのときわたしたちは知らなかったのだが、話を聞いていた連中というのが、なんとあの教団のメンバーだった――それも最高位の者たちだった！　おそらく教主その人が、わたしたちを見張らせるために送りこんでいたのだろう。そのときから悲劇ははじまった。まずゲドニーから、いきつけのクラブで夕食をごちそうしたいという招待状が届いた。わたしたちは好奇心からのこのこ出かけていった。といっても、出かけていかなくても結果はさほどちがわなかったと思う。むしろもっと早くことが起こっていただろう。当然のことながらやつはそれまでにかなりのお布施をふんだくっていたが、そのときももっと要求するのだろうと思っていた。この予想はまちがいだった！　酒をあおりながら、最高に自信たっぷりの態度でやつがほざいたことはといえば、考えられるかぎりの最も恐ろしい嚇《おど》しのせりふだった。またふたたび自分を中傷することをいったらどうなるか、という意味の。するとこんどはシモンズが怒って、警察を呼ぶぞと彼らしいことをいい返した。ゲドニーは殺意もあらわという表情を見せた。だがそこではなにをするわけでもなく、やつは席を立ち、さっさと店を出ていった。ただ、立ち去る前に、〈黒きもの〉が訪れるだろう、というようなことをつぶやいた。あれはなんのことだったのか、いまだにわからない」

語りながらチェンバーズの声はヒステリックに高まってきたが、グラスに酒をつぎ足してやると、また自分をとり戻したようすで、おちついた調子に戻って先をつづけた。

「三日前の晩、シモンズがわたしのところに電話をかけてきた――そうだ、まさに彼が死ぬことになるその夜にだ。あのあとから、こんどはわたしが身の危険を感じることになった。そんなとき、先生、あなたの噂を聞いていたのを思いだした。こういった種類の知識にとても長《た》けたご仁とのことだったので、こうして訪ねてきたというわけだ。あの夜のシモンズからの電話はこうだ――宛名も差出人も書いてない封筒が、彼の郵便受けに投げこまれていたという。封筒のなかには、なんだが気味の悪い絵の描かれたカードが一枚入っていた。とんでもない邪悪さを思わせる図柄で、送り主はゲドニーとしか考えられなかったという。で、シモンズはわたしにすぐきてくれと懇願した。そこでさっそく車で出向いたが、彼の住まいまであと半マイルというあたりでエンストを起こしてしまった。だが思えば早く着いても結果は同じだったろう。とにかく車をおりて歩きだし、あと一ブロックで着くというところで、ゲドニーを見かけた。いつもぞっとするような風体をしている男だから、一目見ただけですぐやつだとわかるのだ。夜の闇ほども黒い髪を額のすぐ上から後ろへ撫でつけ、人を惑わす目の上には濃い眉毛が茂っている。いかにも強烈な個性の持ち主という風貌だ。ベラ・ルゴシの怪奇映画を観たことがあるなら、わたしのいう意味がわかるだろう。顔がルゴシよりは痩せこけて青白いが、ちょうどあんな雰囲気だ。

で、やつがいたのは、電話ボックスのなかだった。こちらには気づいていないふうだったが、わたしはあわてて近くの建物の奥まった玄関口に身をひそめ、ようすをうかがった。見つからなかったのは幸運というしかないが、やつは自分のやっていることに没頭しているようだった。電話でなにか話していたのだが、電話機におおいかぶさるようにしているそのようすは、まるでハゲタカが死骸にのしかかっているさまを思わせた。しかも、電話ボックスから出てきたときのやつの顔ときたら！　わたしが隠れていた戸口の前を歩いていったとき見つからなかったのは、奇蹟といってもいい。できるかぎり隅っこの暗がりにちぢこまっていたおかげでもあるが――とにかくやつには気づかれず、その代わりこちらからは向こうの姿をよく観察できた。邪悪な笑いを浮かべていたのだ――それがあの顔の動きをいい表わすのに適当な言葉だとすれば。邪悪な笑いだったかって？　あれほど悪辣な笑いは見たことがないね。しかも、やつの恐ろしい笑い声に応えるかのように、どこか遠くから悲鳴が聞こえてきた！

最初はほんのかすかだったが、耳を澄ますと急にかんだかくなってきて、最高音の絶叫になったところで不意にやみ、あとはこだまがはるかに響くだけとなった。聞こえてきた方角は、まさにシモンズの住まいのあるほうだった。

わたしが彼のところに着いたときには、もうだれかが警察を呼んだあとだった。それでも早いほうの目撃者の一人にはなれた。シモンズの死体は恐ろしいありさまだった。ローブを着た姿で床に倒れていた。彼の顔に貼りついていた表情は……その夜なにかとんでもないことが起こったことを物語っていた。

しかし、それに先立って目撃したものを考慮すると——つまり、あの電話ボックスでのゲドニーのようすを思いだすと——シモンズの住まいのなかでいちばんわたしの目を惹いたもの、いちばん恐怖を覚えさせたものは、電話機にほかならなかった。なにかが起こったのは、彼がそれを使ってだれかと話していたときにちがいない——というのは、受話器がフックからはずれたままで、ぶらぶらと垂れさがっていたからだ……」

以上がチェンバーズの話のおよそすべてである。客人に酒をボトルごと預け、新しいグラスも一つわたして一息つかせているあいだに、わたしは書架からある古い書物を一冊とりだした。いつかカイロで大枚をはたいて手に入れた本だった。タイトルを聞いてもよほど学問のある者でも耳に憶えがないと思われる、特殊な著作物だ。ありていにいえば、ある種の神秘的な呪文の数々について記した書ということになる。その記載内容はときとして、この書物を〈繊細すぎる読者には向かない本〉の一つに数えられるものとしている。ともあれ、ゲドニーが以前にチェンバーズとシモンズの前で口にしたという〈黒きもの〉に関して書かれていたように記憶していた。そこで、急いで調べてみた。保存状態がひどく悪くて、ページが散逸しないように補修をくりかえさねばならなかった本だが、それでもどうにか以下のような記述を見つけだすことができた。

光を盗むもの、気を盗むもの……
汝〈暗黒のもの〉よ——わが敵を汝に溺れさせよ……

ここである事実が思いだされた。シモンズの死因はまだ特定はされていないが、新聞記事によれば、少なくとも死体からは窒息死らしい兆候が数多く見てとれたという……

これは非常に興味深い。チェンバーズが警察に相談できなかったのも無理はない。官憲の対応など目に見えている。たとえ彼の話に関心を覚えていざ捜査に乗りだそうとしても、ゲドニーは被害者の倒れた時刻には百ヤードも離れた電話ボックスにいたのであり、しかもその目撃者がチェンバーズ自身とあっては……警察にいうのはやはりためらわざるをえまい。それに、ゲドニーのこれまでの所業を考慮するなら、その男の教団で入団儀式まで行なったことなど、とても人に知られたくはあるまい。それでもなにか手を打たずにはいられなかったのだろう。恐ろしかったのだ、シモンズの身に降りかかったのと同じ災厄にみまわれるのかと思うと。その予感が誤りではないと思うと。

その夜チェンバーズ氏は独り黙考するわたしをあとにして帰っていったが、その前に氏にはいくつか指示を出してやった。もしもシモンズがいっていたような奇妙な図の描かれたカードなり紙片なりが送られてきたなら、ただちにわたしに連絡すること。そしてわたしが駆けつけるまで、厳重に施錠して何者も立ち入らせないこと。加えて、わたしに連絡したあとは電話線をはずしておくこと。

独りになってから、わたしは客人の述べたことを反芻した。異常な事件について書かれた新聞記事のスクラップ帖をとりだし、例のシモンズの一件を探した。つい最近のことなので見つけるのに手間はかからなかった。そこに書かれていた検視医の所見がどうも気に入らなかったので、切り抜き記事に含めておいたのだった。第六感というか、妙な疑念があり、これは異常事にちがいないと判じたのだ。それを憶えていたのが幸いした。目にした瞬間におかしいと思ったその記事を、今また読み返してみた。警察の現場検証によれば、変に硬い紙でできたなにかのカードのようなものの破片がいくつか、被害者の手に丸めて握られていたという。それらの紙片には奇妙な記号めいたものが書かれているらしかったが、なにしろずたずたに破られていたため全容は把握できなかったということだ。証拠物件とするには不充分として除外されていた。

わたしの知識によれば、世界の未開地域に見られる呪術師のなかには、命を狙う相手に対し、死が近づいていることをわざと予告する慣習を持つ例がままある。これはつまり、犠牲者に邪悪な象徴図のようなものを突きつけ、激しい恐怖を与えることによって半ば死に近づけ、そののち——相手の目の前かもしくは声の聞こえる範囲で——悪魔を召喚してとどめを刺す、というやり方を意味する。ただし、このとき悪魔が実体となって現われるかどうかは場合により異なる。たしかなのは、狙われた者はほとんど確実に絶命するということだ……また、ことさら迷信深かったり無知だったりした場合、恐怖だけで息絶えてしまうこともある……

このシモンズとチェンバーズのケースはそれにあたるのではないかと、わたしは最初思っていた。一人は激しい不安のあまり死にいたり、もう一人も同じ運命をたどろうとしていると。事実、チェンバーズは見るからに神経がまいっているようすだった。ところがまもなく、その推測はまちがいだったと、考えを根本的に改めさせられることになった。わがブロウン館を去ってから何時間も経たないうちに、彼は電話をしてきてヒステリックにまくしたてたのだ。

「先生、送られてきたんだ、わたしのところにも！　あの悪魔めの贈り物が！　今すぐうちにきてくれ。先生のところを出たあとちょっと一杯ひっかけて、さっき帰ってきたばかりなんだ。そしたら玄関でなにを見つけたと思う？　封筒だよ。そのなかには、なんとも奇妙なカードが入っていた！　心底からぞっとさせられるカードだ。あの男、やはりわたしを狙ってきたんだ。この命を！　いわれたとおり、使用人は早めに帰らせて、厳重に施錠した。先生が着いたら、部屋から電気仕掛けで玄関ドアをあけてやろう。車はたしかメルセデスだったね？　この電話がすんだら、いわれたとおりすぐコードをはずすつもりだ。で、すぐきてくれるんだろうね？」

数分で着くからと答えて、わたしは電話を切った。大急ぎで着替えて車を出し、十五分ばかりかかってチェンバーズの住まいに着いた。郊外にある古いパーディー水車場の近くだった。近隣に人家のまったくないところだ。車寄せに入ると、驚いたことに家じゅうの明かりが点いていた――と思うと、玄関ドアがひとりでに開いた！　わたしは車をゆるゆる徐行させ、止めた。ほかに一台車が停まっていて、ヘッドライトがやけにまぶしかった。そちらもメルセデスで、いきなりエンジン音をあげて走りだし、こちらの車のわきをすぎて道路へと出ていった。わたしは急いで運転席からおり、出ていったもう一台の車のナンバーをたしかめようとした。ところがそのときものすごい悲鳴が聞こえ、注意を逸らされてしまった。

声は屋敷の二階からだった。格子窓を見あげると、黒い影が映っていた。普通の人影に比して妙にゆがんでいるようで、しかも人間離れした――まるでゴリラのような巨体に見えた。魅入られたように見守るうちに、人体の戯画とも見える黒い影は、自分自身をひっかくように手をさかんに動かしていた――それを見て、率然と思いあたったことがある。体を撫でさすっているような人影の動きが、わが家の玄関口でコートの枯葉を払っていたときのチェンバーズのしぐさにそっくりなのだ！

しかし、あれがチェンバーズか？　あの人物にしては太りすぎている。不自然なほどの肥満体ではないか！　身動きもせず戦慄のうちに見すえていると、悲鳴はまもなく耐えがたいほどかんだかくなり、よろめきながらみずからを掻きむしる人影はさらに大きさを増す。と、悲鳴が不意にげほげほという苦しげなあえぎに変わったかと思うと、それきり声はぷっつりととだえた。掻きむしるしぐさをやめ、こんどは体を激しく痙攣させはじめた。ふくれた両の腕を嘆願するように振りあげている。影はなおもふくれあがりながら、おそらくは目が見えないままふらふらと窓のほうへよろけていく。細い格子で区切られた窓ガラスにぶつかった。黒い色をした大きすぎる人体の戯画が窓を突き破り、ガラスの破片や折れた格子とともに外にとびだした。宵闇のなかを落下し、骨の砕けるぞっとする音をたてて、わたしの足もとの地面に激突した。

車寄せの砂利の上に横たわるその人影をのぞき見ると、まったく正常な体格に戻って息絶えているカボット・チェンバーズの死体だった！

わたしは衝撃に打ちのめされた神経をどうにかおちつかせ、なにかを握りしめている死体の右手を開かせた。そこには予想どおりのものがあった。固まった指が丸めてつかんでいたものは、ある種のカードをちぎったものらしい少し硬めの紙切れだった。大きめの紙片をいくつか検分したところ、カードに記されていたものは〈ゲフの折れた石柱〉に刻まれている象形文字によく似た記号であることがわかった。

匿名で警察に電話通報し、異様な死の臭いがただよう屋敷をさっさとあとにした。不運なチェンバーズ——と、車を走らせながら思った——あのもう一台のメルセデスがやってきたのを見て、てっきりわたしだと思ったのにちがいない。それにしても、あの窓の人影の奇妙さはなにを意味するのか——しかし今はまだ考えたくもないことだ。

その夜はよく眠れなかった。翌朝目覚めるとすぐさま、ジェームズ・D・ゲドニーなる人物について詳しく調べあげる仕事にとりかかった。各方面に友人が多いため、なにかを調査したいときにはいつも重宝している。このたびも彼らの骨折りにより、作業は楽に進んだ。電話帳に載っていないゲドニーの電話番号もわかったし、この男の趣味や嗜好まで把握できた。友人知己の名前やよく通うクラブまで記憶にとどめ、およその人物像を描いていった。すると、やはりチェンバーズのいっていたとおりであることがわかってきた。交際範囲から出没する場所にいたるまで、すべてがいかがわしい種類のものだ。しかも、目に見える収入源がないにもかかわらずきわめて裕福そうだ——多くの資産を所有し、とくに郊外の大邸宅が目立つ。なによりも、新品のメルセデスを乗りまわしているのがなんとも興味深い。ほかのあらゆる発見事項が色褪せるほどのおもしろい事実だ。
ゲドニー個人の調査が一応すむと、つぎなる研究対象はあの〈暗黒のもの〉という謎めいた言葉の正体だった。大英博物館の暗く古怪な書庫に足しげく通って同様に古怪な書物を渉猟し、あるいはわたし自身の所有する稀書類をも精読し、一週間を費やして探求に努めた。大英博物館では知人である稀覯書部の学芸員から許可をもらい、格別に秘蔵された禁断の書物以外は自由に閲覧することができた。だが成果はなかった。唯一参考になった本といえば――あとでわかったことだが、そこに記されている事柄はとくに重要なものであった――これまでの例に洩れず、またしてもわたし自身の蔵書の一冊だった。それはジャスティン・ジェフリーの狂的な長詩『碑の一族』で、問題の箇所はその第二節のなかの、以下に引用する四行の部分にほかならない。

太古の民　碑に戒めを刻みたり
冥界の力を用う者
おのずからに災禍を降らしめ
弔わんとて弔わるることなかれと……

そこで、アメリカはアーカム在住のある知人のことを思いだした。古伝説および暗黒のオカルト学にすばらしく秀でたこの人物はかつてミスカトニック大学において、世界じゅうの神話伝承に関して天才的な知識を持つことで知られるウィルマース教授の薫陶を受けた経歴を持つ。さっそく電報によって一、二度興味深い知識交換を果たした。そして初めてプテトライト族のことを知った――くだんの知人によれば、それは先史時代に生存したといわれる亜人類のことで、戦敵を討ち破るために悪魔を召喚して送りつける習慣を持っていた種族だという。ヒューペルボリアの伝説を信ずるとすれば、記録に残る歴史がはじまって間もない新石器時代以前のころ、後年北海と呼ばれるようになる海にエシピシュという島があり、そこを拠点としていたエドリル・ガーンビズ率いる地獄軍団に対し、プテトライト族が悪魔を送りつけた。だがそのとき、不幸にもプテトライト族は自らの戒めを忘れた。さらにさかのぼった時代に、長老たちによってつぎのごとき訓戒が〈ゲフの折れた石柱〉に刻まれていたという。

〈暗黒のもの〉を召喚せし者
凶事あるを肝に銘ずべし
滅ぶべき敵　流るる水により命護らる
喚《よ》び出《いだ》されし暗黒　喚びし者に報いぬ……

とすれば、ジェフリーのあの一節には驚くべき信憑性があることになる。プテトライト族に降りかかった災厄については、記録にとどめられなかったかもしくはその記録自体が破棄されたかして、解読の困難な書面にぼんやりとうかがえる程度に記されているにすぎないという。

現在わかっているところでは、チベットのある異教の僧侶たちのあいだにそれらの伝承が数多く残されているが、こと西洋においては、わずかに伝わっていたプテトライト文明壊滅のおよその輪郭すら、十六、七世紀の魔女狩りの時代に焚書に付されてしまったらしい。前述したいくつかの事項がわかっているだけで、大半の史実がこんにちでは残存していないのだ。

アーカムに住まう知人からの以上のような情報が唯一の収穫で、そのほかの調査結果はほとんどが失望させられるものだった。とはいえ、少なくとも一つだけ確信を得るにいたったことがある。あの二人の人物の死は、恐怖のあまりみずから招いてしまったものではないということだ。シモンズもチェンバーズもきわめて知性的な人格であり、呪術師による死へのいざないなどに軽々しく乗るとは考えにくい。加えて、窓に映ったチェンバーズのあの異様な影がなんとも気がかりだ。だいいちゲドニーという男はただのいんちき呪術師ではなく、きわめて現実的な破壊的武器をもちいて魔術を行なうすべを心得ているはずなのだ。くだんのアメリカの知人からの最後の電報が、この確信を強めてくれた。

アブドゥル・アルハザードは狂えるアラブ人などと呼ばれているが、この人物の著したものは信を置くに足ると考えている。わたし自身の所蔵するフィーリーの『ネクロノミコン新釈』は信頼できるガイドブックとはいいがたいが、ミスカトニック大学にあるアルハザード当人の手になる問題の著作自体は――じつのところはその翻訳版だが――まったく別物と考えねばならない。知識あるわが知人は、この『ネクロノミコン』本体のなかに有用な一節を見つけてくれた。〈黒きもの〉のことが記されていたのだ。それは以下のごとくだ。

……心得ある者かの呪文を唱えしとき、時代の如何《いかん》を問わず、宇宙ならざる宇宙より〈黒きもの〉喚び出さる。そはイブ－ツトゥルの血にして、生け贄を息詰まらせしめ、その生を奪い魂を喰らい、ときに〈溺れさすもの〉と呼ばる。この溺死より逃るるは、ただ水によるべし。水中に於いてのみ……

この一節を基礎として、わたしは計略を練らねばならない。危険な策だが――敵対する者に対してゲドニーがいかに悪意を剝きだしにする男かを考慮に入れたうえで――結果は期待できるはずだ。

ただちに計画を実行に移した。まず酔漢を装い、ゲドニーが退廃的な遊興を求める場所にわざと足しげく出入りした。あるナイトクラブで、いずれ知りあいたいからといって人に彼を指さしてもらった。これはじつをいえば不要なことだった。ゲドニーの容貌はチェンバーズが描写したのとぴったり一致しており、それだけでもこの男を見つけるのに充分だったからだ。もっとも、店が薄暗いうえにひどく混んでいたのが少々苦になったが。

つぎに、ゲドニーと直接的な関係があると目される者たちにわざと話しかけ、わたしは死んだ二人の男たちの知己だと吹聴してやった。彼らとの会話からゲドニーのことを聞きだしたうえで、じつに嫌悪感をもよおさせるやつだともいってやった。時がきたらその正体をあばいてやる、とまで。じつは今彼についての書類を作成しているところで、いずれ当局に提出してやるんだと、酔ったふりをしながら息巻いた。こうして酒癖の悪い男を演じつづけたが、実際はこれまでの半生でこのときほど醒めていたことはないほどだった。ゲドニーに対してあからさまな敵意のカードを突きつけるという策は、冷徹きわまりない精神を以て臨まねば成功しないと考えたからだ。

だがこの方法がようやく奏効しだしたのは、作戦開始から一週間以上も経ってからだった。わたしは薄暗い〈デーモン・クラブ〉のバーカウンターにもたれて、いかにも酔いどれ男というふうを装っていた。少し演技過多だったかもしれない。ゲドニーが肘のそばまで近づいていたことにもすぐには気づかないほどだったから。強烈な凶々しさを発散させている男であることはよく承知していたが、それでもこの唐突な出会いはまさに不意討ちだった。彼は不思議な威厳を身辺にただよわせていた。六フィートあるわたしですら見あげねばならないほどの長身に、派手な衿のついたよくあるマントをはおっていた。人を惑わす目に寛大さを示すかのようなにこやかな表情をたたえていた――が、それが演技であることは一目でわかった。

「タイタス・クロウくんだね？　わたしのことは、もちろん知っているね。知っているつもりでいる――いや、というべきかな。一ついいことを教えよう。きみは今とても危険な道を歩んでいる。この意味はわかるね。すなおに忠告を受け入れて、寝ている犬を起こすようなまねはやめることだ。きみの噂は聞いているよ。オカルティストらしいじゃないか。といっても道楽半分の研究家で、本来ならわたしが気にとめるほどの相手じゃない。だが不幸にも心がけが悪く、人を中傷してまわっている。そこで、こういっておこう――他人のことに首をつっこむのはよせ。さもないと痛いしっぺ返しにあうことになるぞ、とね。わかったかね？」

「ゲドニーさん」と、すぐいい返した。「もし聞いている情報が正しいとすれば、あなたは最悪の悪党で、しかもこの世界を狂気に陥れるほどの憎むべき悪徳の知識を手中にしているご仁だ。だがわたしは恐れているわけじゃない。これからあらゆる手をつくして、あなたが少なくとも二人の人間の死に責任があることを証明してやるつもりだ。そしてその責任をとらせるために、できるかぎりの努力を果たす」

ここで重要なのは、手のうちをうかがわせることなく、なにがしかの脅威を与えてやることだ。いうだけいうと返答も待たず、相手のわきをよろよろとすぎ、店から夜更けの街へと出た。夜遊びを求めてゆきかう人々にすばやくまぎれ、自分の車をめざした。そして一散にブロウン館に帰り、施錠して閉じこもった。

翌日の夜、独り暮らしのわたしは就寝前に家のなかを見まわり、郵便受けになにも書かれていない封筒が一つ投げ入れられているのを見つけた。予期していたことだった。封筒のなかになにが入っているかもわかっていた。あえてあけてみることはしない。ゲドニーの力が超自然的なものであると心の底から信じているわけではない。封筒のなかのカードの正体は、致死性の毒薬を高濃度でしみこませたものである可能性が高い。しかもきわめてすみやかに体内に浸透するものであるはずだ。

つぎになにが起こるかは充分予測していたものの、不意に電話が鳴り響いたときには一瞬凍りつかずにはいられなかった。受話器をとりあげた。が、架台から一インチばかり離しただけですぐまた戻した。こういう対応を向こう三十分ほどくりかえさなければならない。この点で誤りを犯した経験がこれまでに何度かある。それは——決して軽率であったり愚昧であったりしたとはいえないと思っているが——この種の電話にすぐに出てしまったときのことだ。シモンズもまた、かかってきた電話に応えながら死んだ。それがはたして、ゲドニーがあらかじめ彼に聞かせておいた催眠後に効果を現わすある種の引金になる言葉のせいなのかどうかは——あるいはもっと謎めいた種類の呪文なのかもしれないが——まだわからない。また、あえてその答えを知りたいとも思わない。

ともあれ、わたしはそのあと二十分ほど待ちつづけた。だが二度めの電話はなかなかかかってこない。そろそろ行動を起こさねばならないときだ。

ゲドニーは自分の戦法を悟られたと思ったのにちがいない。わたしが電話に出なかったということは、なにかに勘づいたからに決まっているのだから。といって、封筒を見つけてからすぐに電話線を切ってしまったとしたら、ゲドニーの電話にこちらのダイヤル音が聞こえなくなり、家にいないと思われるかもしれない。だからこそ、いったん受話器をとりあげてからすぐに戻すという手を使ったのだ。こうすればたしかに在宅していると知らせることができる。ひょっとすると、わたしが独り暮らしかどうかまでたしかめようとするかもしれない。とにかく、電話に出なかったせいで向こうが恐れをなし、手を引いてしまわないことを祈るばかりだ。

つぎにとった行動は、人に見られたらどうかしていると思われかねない手だった。わがブロウン館の正面玄関をわざと解錠したのだ！　ゲドニーを進んで迎え入れようというわけだ。

三十分ほどして、外に車の音がした。このときわたしは寝室に入っており、壁を背にして肘掛椅子にかけ、廊下へ通じるドアと向きあっていた。あの不吉な封筒は、右手のそばの卓上に置いておいた。ローブに着替えていた。左側のすぐわきには、天井から床まであるビニールのカーテンがおろされている。目の前には小さなテーブルがあり、今述べたとおり例の封筒と、それから一冊の詩集が置かれている。これでゲドニーの訪問を待つ態勢は万全だ。

広壮な平屋建ての邸宅であるブロウン館は、わたしのいっぷう変わった趣味にじつによく合致している。この家のユニークな設計そのものを、今は計略の一端に利用しているのであり、現在ここにこうしている態勢こそ、これから確実に起こる凶事から身を守るための最高の方法なのだ。

また車の音が聞こえ、こんどは家のすぐ前で停まったようだ。エンジン音がやむよりも先に、タイヤが砂利を嚙む音によって、敵が車寄せに入ってきたことをすでに察していた。数秒ののち、玄関ドアをノックする音。少し間があってから、再度のノック。わたしは微動だにせず、黙して椅子に座したままだ。ゆっくりと鳥肌立つのを感じながら、さらに数秒をやりすごすと、やがてドアがあけられるうめきのような音が耳に届いた。急に胸を締めつけられるような感じに襲われた。肺の空気が足りないのだ。集中するあまり、呼吸を止めてしまっていたのだった。

神経が沈黙の叫びをあげた。家じゅうの照明がともされているにもかかわらず、真っ暗な穴の底にいるような思いがした。ゆるやかな足音が廊下を近づく。書斎の前をすぎて寝室に迫り、まさにわたしが向きあっているドアの前で止まった。神経線が破裂しそうな緊張のなか、驚愕すべき唐突さでドアが開き、ゲドニーが姿を現わした。

訪問者が部屋のなかに入ってくるのに合わせて、わたしは椅子から立ちあがり、手にしていた詩集を置いた。この期におよんでも演技をつづけていた。といっても、酔っているふりはほんのついでであり、主たる芝居どころは心底からの驚きの表現だった。立ちあがりながら、こう叫んだ。

「ゲドニー！　いったいなんの……？」と、いかにもあわてふためいたようにテーブル上に身を乗りだし、「なんのつもりだ？　だれがおまえを招いた？」心臓が口から出そうな危機感のなか、懸命に演技する。

「いい夜だね、クロウくん。だれが招いたかって？　決まってるじゃないか！　きみだよ。忠告を聞こうとせず、電話をしても受話器をとろうとしないからだ。わたしのことをどれだけ知っているつもりだろうと、きみが今夜死ぬ運命は変えられん。ただし、推察がまちがっていなかったという点は認めてやろう。ゲドニーはつねならざる知識を持つ男にちがいないという、きみの洞察がね。そうさ、わたしはその知識を今ここで使うつもりだ。だから、もう一度いおう。いい夜だよ、クロウくん――いい夜には、いい別れを！」

ゲドニーはテーブルとドアの中間に立っている。ひとしきりしゃべり終えると、両手を振りあげ、割れるようなうなるような声で呪文を唱えはじめた。わたしよりわずかでも臆病な者なら、聞いただけで身がすくみそうな声だ。呪文なるものはこれまでも耳にしたことがあるが、これはまったく聞き憶えのないものだった。が、ゲドニーの高い声が不意にやんだとき、やつの目的が明らかとなった。呪文が唱えられているあいだ、わたしの体は凍りついていた。異様な声に文字どおり痺れてしまっていた。シモンズが電話を通じてやつの声を聞くことを余儀なくさせられたわけが、今わかった。呪文の最初の一言から、受話器を耳にあてたまま体が彫像のように固まり、動くことのかなわないまま、電話線を通じて死の証文にサインさせられてしまったのだ。

邪悪な声のこだままでが消え入ったころ、ゲドニーは両手をさげ、にやりとほくそ笑んだ。わたしの指先のそばにある封筒を、やつはすでに目にとめていた――突然、恐ろしい笑い声が部屋を満たした。そしてわたしは、〈暗黒のもの〉の意味を知らされることとなった……

これはもとよりただの呪術師の呪いなどではなく、数えきれぬ歳月を超えて伝えられてきたある古代魔術の一端であった。この地球の冥《くら》き太古に、未知なる不可思議な宇宙よりきたる奇怪な生命が始原の混沌のなかに誕生したときにまでさかのぼる。その恐怖とは……

わたしの上に降りかかってきた、ひとひらの黒い雪片だった！　それは雪片としかいいようのないものだった。冷たくて黒い色をした雪の一粒が、わたしの左手首にくっついてしみのように広がっている。よく見きわめようとする前に、また一つがこんどは額に貼りついた。と思うまもなく、ありとあらゆる方角から降り注ぎだした。どことも知れぬ虚空から、しだいにすみやかにしだいに勢いよく、わが身に降りつづける。恐怖の雪片はわたしを盲《めし》いさせ、息詰まらせようとする……

盲いさせる？……息詰まらせる？

ジャスティン・ジェフリーの詩のなかの、あるいは『ネクロノミコン』の、あるいは『イビギブ書』のなかの言葉が、叫ぶように、きらめくように、わたしの心の目に映しだされた。〈光を盗むもの――気を盗むもの……〉またゲフの碑文曰く、〈……流るる水により……〉またアルハザード曰く、〈……溺死より逃るるは……〉

敵は餌に喰らいついた。あとは罠を発動させるだけだ。だがもしわたしがまちがっていたら？

まだ力が残っているうちに、左側のカーテンをすばやく引きあけた。そして封をあけていない封筒をゲドニーの足もとへはじきとばした。ローブを脱ぎ捨てて素裸となり、カーテンの向こうのタイル床へととび移った。そこのタイル地は今、客人の目にも一部なりとも見えているはずだ。恐怖に身をつかまれる思いの狂乱のなかで、わたしは必死に蛇口の栓をあけた。水道管のなかを水が流れてくるほんの一、二秒間が永遠にも思えるうちに、不気味な雪片は幾千となく降りつづけ、この体を黒く厚く押し包んでいく。

が、水は慈悲深くもすぐにわたしの上にしぶきをかけてきた。すると、〈暗黒のもの〉はただちに消えはじめた！　それは洗い落とされるわけではない。文字どおり消えてなくなるのだ。いや、消えるというのも正しくはない――なぜなら、すぐにまた別のところに現われだすのだから！

ゲドニーは巨犬のように、吠えるがごとく笑っていた。だがわたしがシャワーの下にとび移って水を浴びはじめたとたんに、黙りこんでしまった。口をあんぐりとあけ、戦慄したように目を見開く。わけのわからないことをつぶやきだし、なにかを拒むかのように手を激しく振りはじめた。あまりの急展開に、なにが起こったのかすら彼にはわからなかったようだ。仕掛けた罠から獲物が逃げおおせたのをまのあたりにして、自分の目が信じられないといったふうだ。だがもう信じざるをえまい、黒い雪片の最初の一ひらが彼自身に降ってきたからには！　わけを悟った目の下がたちまち黒ずみ隈をなし、顔色が病的な灰色に変わっていくうちに、わたしはシャワーの下の安全地帯からつぎの文言を唱えていた。

「〈暗黒のもの〉を召喚せし者
　凶事あるを肝に銘ずべし
　滅ぶべき敵　流るる水により命護らる
　喚び出されし暗黒　喚びし者に報いぬ……」

　だがそれだけではまだ不満だった。このゲドニーには、まもなくやつが落ちゆくことになる地獄でもなお、わたしのことを思いださせてやりたかった。プテトライト族によるこの古き警告を今また述べたあとで、こうつけ加えてやった。

「いい夜だ、ゲドニー――いい夜には、いい別れを……」

　非情なせりふ？　よかろう、非情といわばいえ――だがゲドニーのほうが先に、これと同じ最期をわたしに与えようとしたのだ。しかもシモンズやチェンバーズはじめ、この男の信じがたい魔術のために何人が犠牲になってきただろうか。

彼は叫びはじめた。驚きのあまり身動きもせずにいるうちに、体のほとんどが雪におおい隠されようとしている。その恐ろしい事実を理性がやっと迎え入れたのか、あわててシャワーのほうへ向かって駆けだそうとした。それが唯一の助かる道と知って、よろよろとテーブルのわきをまわりこみ、わたしのほうに近寄ろうとする。だがこちらも同じオカルティストの端くれ――敵がどう反応するかはあらかじめ計算していた。シャワーのそばに置いておいた窓閉め棒をひっつかみ、やつがかんだかい悲鳴をあげて向かってくるのをくいとめてやった。

イブ＝ツトゥルの邪悪な血とも呼ばれる〈暗黒のもの〉をさらに大量に浴びるうちに、ゲドニーはやがて狂乱して体から雪を払い落とそうとした。わたしの目にはよく見憶えのあるその動きをつづけながら、窓閉め棒と争ってでもこちらへこようと必死だ。雪はもはや数インチも彼の体に積もり、頭から爪先までを黒い外套のようにおおいつくしている。見えているのは片方の目と悲鳴をあげている口だけで、体の輪郭はどんどんふくれあがり、まさにあの夜に見た死にぎわのチェンバーズの影そっくりになってきた。

今や黒き死が文字どおり雪と降り積もってわが寝室を満たし、最期のときは刻一刻と近づいてくる。ゲドニーの見開かれた片方だけの目もその悲鳴も、また泡吹く口も、すべてがふくれゆく暗黒に呑みこまれていく。やつがたてる不気味な物音も完全にとだえてしまった。そして奇怪な踊りに興じるようにふらふらとよろめいている。その光景を見るに耐えがたくなったわたしは、棒で脚を払ってやった。この過程をすみやかに終わらせて最期を迎えさせようとのわがもくろみは、まもなくかなえられた。やつの体は脈打っていた！　そうだ、雪に包まれた彼の肉体の反応は、拍動しているとでもいうしかないものだった。しばらくうごめきつづけ——やがてぴくりとも動かなくなった。一瞬部屋の明かりが薄暗くなったような気がしたかと思うと、一陣の突風が家のなかを駆け抜けていった。わたしはつかのま気を失ったようだった……目覚めてみると、部屋の絨毯の上に長々と倒れ伏していた。後ろのほうではシャワーがまだしぶきを降らせていた。〈暗黒のもの〉は現われたときと同様の不可思議さで、とうに消え失せていた。ゲドニーの魂を奪い、彼の死骸のみを残して、出所たるべき他次元へでも去っていったものか……

後刻、強めの酒をあおりながら、わたしはあの封筒をようやく開いてみた。予想していたとおり、薄くもろい雪のかけらのようなものがいくつか入っていた。そのあと、急速に硬直していくゲドニーの遺骸を彼自身の車の助手席に乗せ、郊外の邸宅近くまで運んでやった。道はずれの木立の陰に車を駐め、徒歩でもさほど時間のかからない距離をブロウン館へと戻っていった。しだいに明るむ道すがらの空気が、奇妙に甘やかであった。

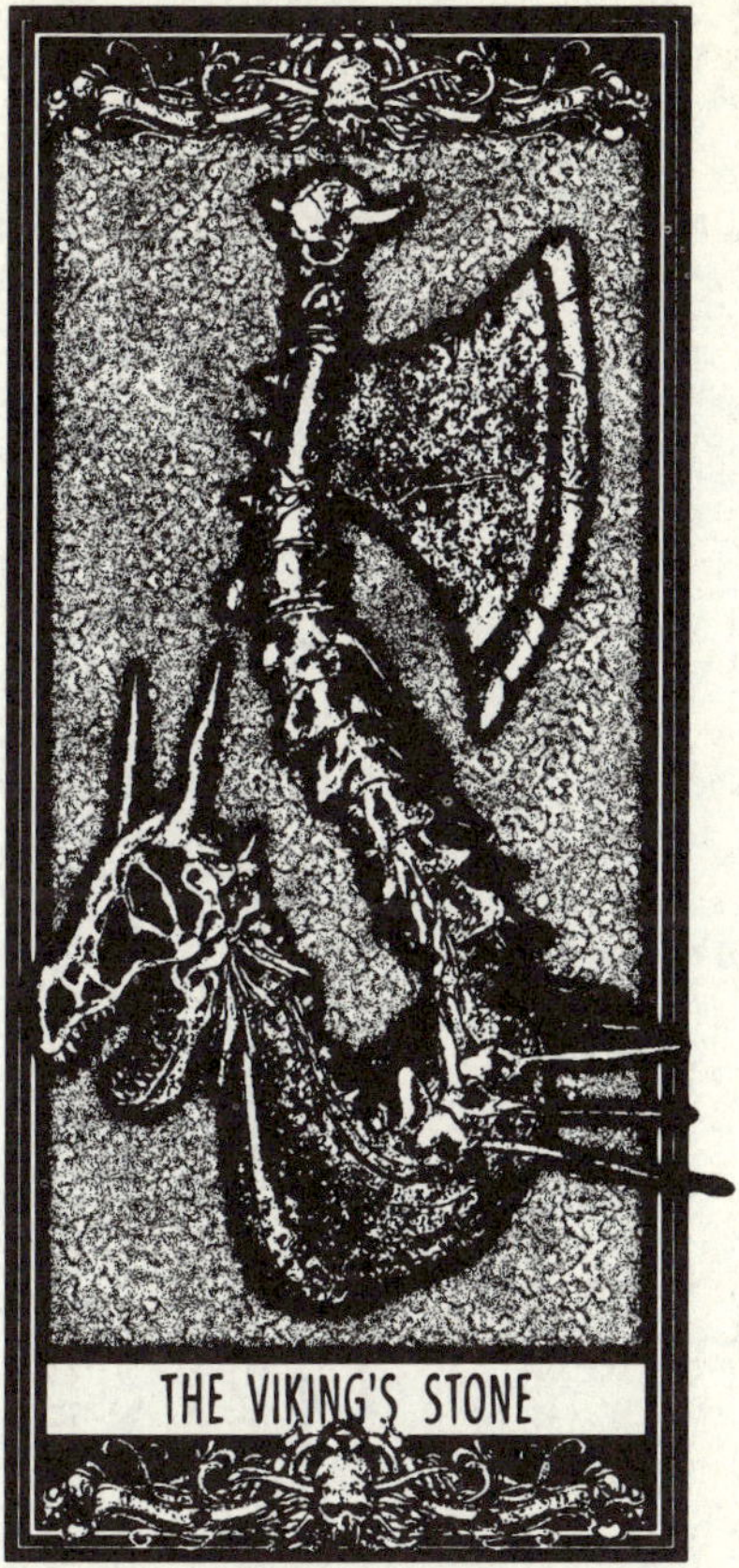
THE VIKING'S STONE

「海賊の石」もまた、おのずから紡ぎだされるかのようにして書かれた一篇だ。書きはじめると、ストーリーが勝手に動いていくかのようだった。そういうことがもっともっと頻繁に起こってくれればどんなにいいか！　これはもちろん、〈幽霊譚〉の一種である——が、タイタス・クロウが月並みな幽霊と出会うタイプの男ではないことをまず思いだしてほしい。というより、なんにせよ月並みなこととは無縁な人物なのだ！

海賊の石

「ド・マリニーか！」電話の向こうのタイタス・クロウの声は張りつめ、せっぱつまっているようすだった。「きみ、ひょっとしてあの本をベンジャミン・ソールソンに貸したんじゃないか？　ロフトソンの『英國海洋傳』のことだが」

「ああ、貸したとも」わたしはあくびをこらえ、眠い目をこすりながら答えた。「——だがもう返してもらった。ソールソンはなかなかいい男のようだった。きみ、彼のことは知っているんだろう?」

「知ってるさ」どなり返すクロウの声が妙にかんだかい。「優秀な考古学者であると同時に、論争好きな問題児でもある……わたしにとっては、まあ友人の一人といってもいいだろう。だがそんなことは今はどうでもいい。アンリ、力を貸してくれないか――ソールソンを、あの本のことから手を引くように説得したいんだ」

「あの本から手を引かせる?」わたしは無感動なだるそうな声で、おうむ返しにいった。「タイタス、そういうめんどうな用事を聞かされるには、少し時間帯が早すぎやしないか? だいたい、こんな朝っぱらからきみはいったいなにをしているんだ?」そういったのは、クロウは毎夜遅くまで仕事をしていて朝はいつも遅いと知っていたからだ。

「時間ならもう朝の九時だ――郵便をたしかめようと起きてみたら、ソールソンからの手紙を見つけたんだ。彼が書きよこしたところによると、近ごろスカルダボルグへ赴き――〈血まみれ斧〉ラグナールの石を見つけたというんだ!」

血まみれ斧? スカルダボルグ? いったいなんのことだ――眠気に曇ってぼんやりとしたわたしの頭は、クロウのまくしたてることについていけなかった。昨夜はロンドン怪奇作家協会のある会合に顔を出したのだが、夜も更けるにつれて俗悪な趣向になっていく集まりで――到底クロウの趣味ではない――結果が今朝のこの二日酔いだった。そのことを手短に説明した。

「コーヒーでもがぶ飲みすることだな」とたんにいい返された。「少なくともマグで三、四杯は飲むことを勧めるね。ただしブラックで！　それで頭がすっきりしたら、ロフトソンの本を持ってキングズクロス駅まできてくれ。北行きの朝一番の列車に乗るんだ。詳しいことは会ってから話す」

タイタス・クロウからの呼び出しは、軽々しくしりぞけていいことではない――わが父の命を受けて勉学のためアメリカからこの地に移り住んで以来、かの人物はよき友人であり助言者でありつづけているから――そこで、すぐ立ちあがって着替え、急いで朝食をすませると（勧められたとおり、ブラックコーヒーもポットにたっぷり沸かして飲み）、頼まれた本をブリーフケースに入れ、タクシーをつかまえてキングズクロス駅へ向かった。

タクシーのなかで『英國海洋傳』をとりだし、〈スカルダボルグ〉なる記述を探した。付されている前書きによれば、この書物はラテン語原典からの英訳写本とされ、非常な稀覯書ということになっている。クロウは四年前の夏ごろにわたしからこの本を借りていったことがあるのだが、そのときの彼の言によれば、これはジョン・ロフトソンの著したラテン語本の英訳書にまちがいなく、内容は古代ノルウェーの王たちにまつわる英雄譚およびイギリス海賊の冒険談を書き綴ったものであるとのことだった。この一冊以外に残存しているものがあるかどうか疑問だともいっていた。以来、彼はこれを〈ロフトソンの本〉と呼んではばからない。たしかにラテン語原典が実在することは事実のようだが、しかしわたしとしては、わが蔵書になるこの本がその著作を原本とするものだというクロウの言明にひそかに疑義をいだいているのも事実だ。

い。スカルダボルグか！　その地名にはたしかに思いあたる。〈スカーボロ〉のことにちがいない。あのベンジャミン・ソールソンが――海賊および古代ノルウェーに関しての異端的ながらも有数の碩学と呼ばれるあの人物が――スカーボロに赴いたのはそういう事情だったわけだ。とすれば……〈血まみれ斧〉ラグナールとは何者だ？

さらに本を読み進もうとするうちに、タクシーはキングズクロス駅に着いた。本をしまいこみ、運転手に代金を払って車をおり、切符売り場に急いだ。切符を買うときうっかりして、「スカルダボルグまで」といってしまったが、すぐいいまちがいに気づいた。まもなく北行きのプラットホームに立ち、友人タイタス・クロウを探した。

彼の姿は見誤るはずもなかった。長身を黒のスーツに包み、獅子のような髪をした堂々たる体軀の男で、どんな人混みでも目立たずにはいない。だがわたしが彼に近づいたとき、〈ロンドンで最も進んだ二人のオカルティスト〉であると気づいた者がどれだけいただろうか。揶揄《やゆ》をこめてそんなふうに呼ばれることには（事実、新聞記者にそうした呼称を使われたことが過去に何度かあった）異論を唱えたいが、といってオカルトの分野に関心があることを否定するものでもない。近代神秘学の泰斗の一人といわれたエティエンヌ－ローラン・ド・マリニーを父に持つ身が、どうして否定できよう？　つまりいいたいのは、わたし自身は大それた学者ではないということだ。もしそれほどの大物なら、超自然的な力を自分自身のために使ったりすべきではないだろう。

クロウもまた、〈黒魔術師〉に類するような呼ばれ方を快く思ってはいないはずだ。たしかに彼は神秘や驚異の発見や探求につねに邁進しているかに見えるが、それはあくまで彼の避けがたい冒険行の方途としてついてまわったことであるにすぎない。そのおかげで彼は、常人には知りえない世界を見知ることができたわけではある。つまりクロウは、オカルティストであると同時に、そのほか種々の分野においてもきわめて知識の秀でた人間であるということだ。

わたしたちは列車に乗り、なんとか個室《コンパートメント》を一つとった。ソールソンを追ってスカーボロへ向かう目的をクロウがやっと明かしたのは、旅がはじまってからのことだった。それも、わたしが少しせっついてからようやく。

「きみ、たしか、ソールソンが〈血まみれ斧〉ラグナールの石を見つけた、といっていたが……？」

「そうだ」と彼はうなずいた。「愚かなことに、墓碑をロンドンに持ち帰ろうとしているんだ！」

「それがいったいどうしたというんだ？　なにがそんなに重要なんだ？」

「石のことか？　そうか、悪かったな。きみの本に書いてあることだから、てっきり知っているものと思っていたよ。問題の石というのは、バウタ石もしくは立石《メンヒル》の一種で――後者については、ケルトの遺蹟について使うのが一般的だが――墓碑のわきに置かれており、死者の霊が夜にそこに座って休むためのものとされ、また、さまよいでた霊が朝になって墓に帰るときの目印でもあるといわれているものだ」

「ずいぶんと親切な配慮だな」といいつつ、わたしはかすかに身震いした。「それなら、歴史的にも考古学的にも重要な発見なんだろう。ソールソンは博物館かどこかに寄贈するために持ち帰ろうとしているんじゃないか？」

「いや、彼は自分のものにしようとしている」クロウは憮然としていった。「それこそが問題なんだ。あの石は現代人が干渉してはいけないものだ！　八百年前の海賊戦争時代に、ある呪いがかけられている——しかも、呪いは今も生きている！」

やや間をおいてから、クロウはまたつづけた。「わたしたちとは異なって、ソールソンはこの種のことにあまり恐れをいだかない。三ヵ月前、石とそれにまつわる呪いについてわたしが口をすべらせたとき、彼は笑いとばした。石の実在を証明することになる彼の発見を、わたしが反古にする気だと思っている……少なくともそう受けとれた。だが彼自身、〈血まみれ斧〉ラグナールについては以前から多少なりとも知っていたはずだ。だから、きみの所蔵する例の本のことをわたしが口にしたとき、思い立ったんだろう。問題の石と本当に関連があるかどうかは怪しいにせよ、とにかく調べてみる価値はある、とね」そこで顎を撫でさすり、「で、ソールソンが本を借りていったのはいつのことだ？」

「ちょうど六週間前になる。借りていた期間はほんの一週間だった。ところがそのあと、金ならいくら出してもいいから譲ってくれというので、断ってやった。きわめてめずらしい本だときみがいっていたのを、思いだしたんでね」

「めずらしいどころか、またとないものだ！　一週間借りていたといったな？　それだけの時間があれば、必要な情報を書き写すのには充分だったろうさ」

「情報？」

「本が指示していること、というべきかな。そうさ、たしかに重要な情報が書かれているんだ、とくにあの詩に関する記述のなかに――」

「ちょっと待ってくれ、クロゥ」わたしがさえぎった。「話が早すぎてついていけない。きみはいったいいつその石のことを――メンヒルのことを――知ったんだ？」

「四年前さ。まさにきみからロフトソンの本を借り、それにもとづいて海賊の墓を現地調査したときのことだ。そういえば、あの本を持ってきてくれたんだろうね？　そうか、よかった！よこしてみたまえ、説明してやるから。第一の手がかりは、ここに書かれている詩のなかにある。この種の戦士古譚にはいつも興味をそそられるんだ。アマチュアであることを忘れ、本物の考古学者になったつもりになれる。だからこそ、読解に挑戦する誘惑に抗しきれなかったというわけさ。もっとも、今は後悔する気持ちもあるが――それはまあいい。とにかく聞きたまえ」クロゥは本をめくり、詩を読みはじめた。

スカルダボルグに対し我ら情けは掛けず、
奪い焼きつくすに容赦はせず。
ホイットビィめざし波越えゆき、
敵の戦艦一艘目に留まりき。
そこにスカルダボルグの者らの罠あり。

我が大いなる船団、潜《ひそ》みし網に掛かり、
自軍の櫂、たちまち縺《もつ》れ乱る。
是非もなく、いざ敵をば薙ぎ刈る。
怖気づく我が兵《つわもの》一人とてなく、
楯振りあげ、つがえる矢怒気に戦慄《わなな》く。
かくて激戦の火蓋切られ、
戦斧《せんぷ》も剣《つるぎ》もことごとく血に濡られ……

クロウはそこで中断し、顔をあげた。「こうして海戦がはじまった。詩はこのあとしばらく流血と略奪のもようを綴る。王エイスティンは戦闘の渦中にあって、配下の戦艦の一艘がきわめてよく戦っているのを目にとめる。血が目に入って自軍の有利を見きわめていないこの王は、またも矢をつがえながら将の一人にこう問いかける。

『血に染まりし鎧纏《まと》いて立ちはだかり、
我が兵《へい》の骨肉を浴びて不敵に嗤《わら》う輩《やから》あり。
彼奴《きゃっ》こそ海賊の長《おさ》ならん。
グドロッドよ、あの者名をなんと云わん？』

将、答えて曰く、

『魔女ヒルドゥルスレイフの子、ラグナールと聞く。
長として海蛇丸に指揮をば敷く。
人呼んで〈血まみれ斧〉の悪名轟けり。
而《しか》して、艫《とも》に女人一人立てり。
あれこそラップランドの妖術極めし魔女にして、
ラグナールの母なり。今立ちはだかりて、
〈血の海を越えて我が子の許に来《きた》れ〉
と、アサの神々に力を請うものなれ』
『魔女もその子も余は知らぬ。
なれどグドロッドよ、相手には足らぬ。
彼奴《と》めが十足り、血染めの斧で寄ろうとも、
余が直ちに薙ぎ倒してくれようとも！』

「ここからわかるとおり、〈血まみれ斧〉ラグナールは王エイステインにとって、少々手ごわいだけの一海賊でしかなく、スカーボロのこの海戦以前には見も知らない相手だった。そしてもしこの本の記述を信ずるとすれば——あの石が発見された以上、もちろん信じるほかはない

のだが――この海賊はそれまでにも数多くの戦を経てきたのであり、そのたびにつねに母たる魔女ヒルドゥルスレイフがそばにあったということになる。詩はやがてラグナールの死におよび、エイステインの勝利の歓喜、そしてヒルドゥルスレイフの嘆きまで述べている。ちょっと待て――そうだ、ここだ」

流血淋漓《りんり》たる海蛇丸の艦上にて、
兜を脱ぎて甲板に投げ打ちて、
若きラグナール猛々しく雄叫びす
竜頭の船首、敵陣を目指す。
なれど勇者の金色《こんじき》の髪なびき、
一筋の矢、海面《うなも》の上を飛び来りき。
天地も凍てつく恐ろしき苦鳴あがらん。
鉄《くろがね》の鏃《やじり》、勇者の頭蓋をば貫かん――

「気づいているだろうが」と、クロウはまた朗読を中断し、「スカラグラムやスョドルフの作に比べたとき、この詩が水準に達しているとは到底いえない。だがその一方で、この原詩にせよ翻訳にせよ、どうしようもないほどの大きな欠点があるというわけでもない。婉曲語法なども少なく、気になるほどではないし。まあそれはともあれ、エイステイン王は戦いに勝ち、詩は以下のようにつづく。

竜頭を船首に海蛇を艫に戴《いただ》き、
血に盲いし王エイスティン、憤激を擁《いだ》き、
港に入りて市《まち》をば奪いたり。
而してスカルダボルグを焼き尽くしたり。
灰色魔女ヒルドゥスレイフ、アサの神々を喚びて、
己《おの》が声を天空にまで轟かせて、
嵐を起こし雷神トールに稲妻の刃を光らせしめる。
その渦中にて魔女、森の原野に陣をば占める。
岩の裂け目に土にて墳《つか》を盛る。
バウタの石を墓として、ラグナールの霊を守る。
その石に北方の古き魔法文字を刻まん。
魔女、己が子の墓を護りて呪わん。
石は森の四阿《あずまや》に囲わる。
時を経ずして魔女自らもみまかる。
海蛇丸の手下らは嘆きうろたえ、
亡き子のわきに魔女たる母を横たえ……

「――というわけだ。もちろんわたしはこの本をさらに詳細に読んで、アラーストンの森のなかにくだんの墓が実在しているのをついに発見した」

「墓とは、〈血まみれ斧〉とやらのか？」前夜の酒がまだ体に残ってけだるいわたしは、わかりきったことを訊いた。

「当然さ、ラグナールの埋葬地のことだ」わたしの愚問に、クロウはため息をついた。「むろんバウタ石も見つけた。幾世紀もの苔の下に、ルーン文字がたしかに刻まれていた。そして今、ソールソンも同じものを見つけたというわけだ――わたしの落ち度だよ、遺憾ながらね！」

ここで急に興味がつのってきた。「で、きみはその呪いがまだ生きているというのか？　つまり、ソールソンの身が危ないと？」

「そのとおりだ、アンリ。あの石をどこかに持っていこうなどとすれば、それどころか動かそうとしただけで、彼は災厄にみまわれるだろう。近在の人々は、森のなかのそのあたりに立ち入ることを何百年ものあいだ忌み嫌ってきた。亡霊に憑かれているといって――事実、憑かれているのだが――だれも近づこうとしない。かの海賊の霊魂があたりをさまよい、墓を侵す者に禍いをもたらすことをあのルーン文字が警告しているのだ！」

「というと、〈北方の古き魔法文字〉がすでに解読できているということか？」

「ああ、しかし簡単なものじゃなかった。まず拓本をとり、ウォームズリーの『記号暗号および古代碑文の解読に関する注解』をもちいて翻訳していった。それでやっと解読できた」

「ラグナールの霊魂というか、亡霊というのを、きみ自身は見たのか?」

「わたしは文字を写しただけだ。石そのものを動かしたりはしていない。ただ、奇妙な夢を見た」

「夢とは、どんな?」

「ちょっと一口にはいえない」クロウは眉根を寄せた。「ラグナールの墓を忌避させるに充分な夢ではあった。だから、あの墓についての情報をソールソンに洩らしたことがひどく後悔されてね。しばしば思うことだが、あの人物はまったく、かのバニスター・ブラウン-ファーレイにも似た蒐集の鬼だ! 彼が遺物を集める目的は、金のためでも名声や権力のためでもない。純粋な所有欲なんだ」かすかに笑って、本をわたしに手わたした。「きみも読んでみることを勧めるね。すぐれた文物を単に所有欲のためにのみ所有しているというのは、わたしにはどうも理解できない!」

たしかに一理ある。われ知らず、ブラウン-ファーレイに自分を比較していた。海外の古物を盗んではイギリスに持ちこんでいたあの悪名高い冒険家に! 恥じ入る思いで席に身を沈め、ロフトソンの本を膝の上で開いて、読み耽りつつ残りの旅路をすごすことにした。血と肉のとび散る世界に没頭して……

ヨークで列車を乗り換えたあと、スカーボロに午後七時ごろ着いた。駅からタクシーに乗り、ソールソンが滞在しているはずのクイーンズ・ホテルへ向かった。目あてのご仁はホテルのバーにいて、すでに五、六杯ほどきこしめしているらしかった。どうやらあまり機嫌がいいようすではない。わたしたちが近づいていくのにも気づかず、クロウがいきなり腕に触れると法外な驚き方をした。

「タイタス・クロウか！」いっとき間をおいたのちに、ソールソンはそう叫んだ。「アンリ・ド・マリニーも一緒とは。いやあ、これはじつにうれしいね」

小柄で太っていて、古くからのノルウェー人のイメージにはそぐわない男だ。目は灰色で髪は砂色、腕はやけに長い。彼はわたしたちをバーカウンターに招き寄せ、酒を注文してくれた。長い腕の先で手が震えているのがわかる。クロウもこの人物が神経質になっていることには一目で気づいたようだった。だが懸念は表に出さずに尋ねかけた。

「ベンジャミン、問題の石というのを――きみは本当に見つけたのか？」

「もちろんだ」ソールソンは答えた。「見つけたさ！　アンリの本に書いてあった指示は、きみがいっていたとおりじつに的確なものだった」無理としか思えない笑みをわたしに向けてから、クロウに尋ね返した。「で、タイタス、わたしをどうするつもりだね？　王立考古学協会かどこかに告発するか？　そんなことしてもむだだぞ。〈見つけたものはわがもの〉と諺にもいうだろう」

「事態がよくわかっていないらしいな。告発ならすでにされているんだ――考古学協会などよりはるかに力のあるところにね！」クロウは相手の顔を見すえながら目を細めた。「まあ、事態をわかっていないというのは早とちりかもしれないな。ひょっとするときみはもう理解しはじめているのかもしれん」

「はるかに大きな力？なんのことだ？」

「ほう、このバーはまだ開店前らしいが、きみはもう酔っているのか。そんなに酒好きとは思わなかったな。それに、まんまとうまくやった以上もっと得意顔でもいいはずなのに、妙に心配顔をしているね。なにか悪い夢でも見たんじゃないか？」

「夢？」その一語に、ソールソンはあからさまにひるんだ。「よく察したな。そうだ、ここ二、三日いやな夢を見る――じつはあの石と出くわしてからだ。だが驚くにはあたらないさ。呪いだのなんだのと、たわごとをいろいろきみに吹きこまれたせいだろう……」

「そんなのは三ヵ月も前の話じゃないか」クロウが物静かに諭す。「ところで、石に刻まれていた文字を調べたんだろう？　なにか読みとれたかね？」

「翻訳はこれからだ。かなり時間がかかるな。もしもその――呪いとやらが本当に読みとれたら、どうするね？」ソールソンは小ばかにしたように、手をのばしてクロウの肩を叩こうとした。「まったく驚かされるね、きみのような知的な男がそんなものを信じているとは――」

「その感想なら前に聞かされたよ」と、クロウが鋭くさえぎった。「なんといおうと、この呪いが本物で、しかも今も生きているという事実に変わりはないんだ！　そういうことをわたしは感覚で察知することができる。ここにいるド・マリニーも同様だ。だから、わたしたちのいうことをすなおに聞くのが身のためだと思うがね。石を動かそうなどとはしないことだ、ベンジャミン――そして二度と近づかないことだ！」

ソールソンは目を逸らした。「もう遅すぎるね」

「どういうことだ?」わたしが割って入った。「もう遅いとは?」

「まさか……きみはもう——?」クロウの質問の声は最後までつづかずにとぎれた。

「そうさ——わたしはもう石を動かした!」

「いったいどうやって?」クロウは全身のエネルギーをいちどきに使いはたしたような疲れた声を出した。「あの石は高さが八フィートもあって、しかも土に埋まっている部分がかなりあったはずだ。重さにすると——四トンはあったんじゃないか?」

「三トン半と少しだ。作業員を三人雇い、軍払い下げのトラックと滑車とロープを使った。石のまわりの地面を掘って、吊りあげた。今日の午後五時半ごろのことだ。今はロンドンへ向かっているところだ」

タイタス・クロウは急に血の気の失せた暗い顔になりながらも、重ねて尋ねた。「で、きみは墓の内部も荒らす気か? まだこのスカーボロに居残っているのは、そのためじゃないのか?」

「いや——たしかに、石を動かしたあとの土室《つちむろ》のなかに横穴を見つけはした」やや間をおいてから、「だが——」

「だが、なにかがきみを思いとどまらせた。そうだな?」

「じつは……そういうことだ。夢についてのきみの洞察は正しいよ、タイタス。あれのせいで……不安にさいなまれた。とても自然の夢とは思えない、奇怪なものだった……」

ソールソンは口ごもり、グラスを手放してカウンターから振り向いた。「とはいっても、今すぐに発掘する気はないというだけだ。埋葬品は逃げだしはしないからな——〈血まみれ斧〉の骨も、鎧も、武具も」話すあいだにも、考古学者らしい貪欲な光が目にぎらついていた。

「ベンジャミン」クロウがおごそかな調子でいいだした。「今やっとわかったよ。長いあいだきみのことを親友と思ってきたが——ぼくが尊敬していたのはきみの心根のほうで、考古学者としてのきみじゃなかったんだ。その心根も今は怪しくなってきた。まるで墓泥棒か、略奪者か、屍骨を喰らう悪鬼じゃないか——」

「それは誤解だ」ソールソンがさえぎった。「きみがそこまでいうなら、石はもとの位置に返してもいいさ。遺蹟自体を囲んで博物館を造ることはよくあるからな!」

「本気でいってるのか?」わたしが口をはさんだ。

「本気だともさ、アンリ。だが、なにも良心がとがめたからそんなことをいうんじゃないぞ。わたしを買いかぶるなよ——石とそれに付随するものの一切の権利を自分のものにするという条件付きでの話だ。ただ、森のなかであれを見つけて以来、なにかが妙なぐあいになってきたようだといっているだけだ」と、クロウのほうへ顔を戻し、「で、今夜は何時の列車に乗るつもりだ?」

「列車?」クロウが驚いたようすで問い返す。「今夜?」

「そうだ。わたしたちが早くロンドンに帰れば、〈血まみれ斧〉もそれだけ早く石をとり戻せるというものだろう。運送業者は今夜はロンドンに宿をとる手筈だからな。で、明日の朝わが家に石を運んできたところで手間賃を支払う予定だ。かなうならうちの倉庫にあれを置いてみたいものだよ。そしてそれと一緒に――」またも口ごもり、身震いした。「だが忘れよう、今はとりあえず」

ソールソンがノートや鞄やオーヴァーコートをとりにいっているあいだ、わたしとクロウはバーで待っていた。

「間に合うといいのだがな」沈黙ののち、親友が口を開いた。「石に刻まれていた文字は、行ないを改めたら報復を先のばしするなどとはいっていないんだ!」

わたしたちはそれ以上は話さなかった。まもなくソールソンが戻ってきた……

列車がピーターボロあたりを通過しているとき、わたしは仮眠から目覚めを余儀なくされた。席の隅でうつらうつらしていたクロウも起こされたようだ。恐怖のにじむソールソンの悲鳴が個室内を満たしたからだった。

「いったい……なにごと……?」わたしがいいかけた。

眠りからはね起きたソールソンが、座したままクロウと向きあっていた。大きく見開いた目はおびえの色に染まっていた。

「どうしたんだ、ベンジャミン?」クロウが自分の眠気を払いながら身を乗りだし、考古学者の肩を押さえた。

「また夢を見た――それも、恐ろしいやつを」ソールソンはあえぐようにいった。「今までで いちばんひどい。まさに悪夢だ！ 出てきたのはまたしてもラグナールだったが、こんどはただ威嚇するだけじゃない。わたしを――追ってくるんだ！ 血に濡れた大斧を振りあげてな。海賊のなりをして……顔が髑髏で、眼窩には業火が燃えていた！」

「ド・マリニー、きみはあれを感じたか？」クロウが不意にわたしに問うた。灰色がかった顔はこわばり、声はかすれていた。それまでなにも感じていなかったが、彼の言葉とともに異様な感覚が骨の髄にしみいってきた。それは冷気のようでもあり、北風が運びくる大海のしぶきを思わせもした。

「だからいっただろう、ベンジャミン」クロウの声は今、なぜか遠くかすかなもののように聞こえる。「わたしのいうとおりだとわかっただろう！」

列車の揺れが弱まり、車輪のまわる音も低くくぐもってきたような気がした。つながる客車の周囲を、霧が巨大な壁のようにとり囲んでいる。とくに左手の霧が濃い。すなわち沼沢地に向いているほう、その彼方のウォッシュ湾、さらにあちらの北海に面しているほうが。

ソールソンはなにかつぶやいている――だれかにというより、独りごちるように――目を見開き、個室の内部を、あるいは灰色の霧が渦巻く窓の外を見まわしている。「これはトリックだ！ なにかの悪ふざけだ、そうだろう？」奇妙に小さくなった声には必死な調子があった。

「トリックじゃない」クロウが答えた。「だが、そうであればどれだけいいか！」

ソールソンは立ちあがり、恐ろしい予感でも得たように外の霧をのぞきこんでいる。わたしは身を乗りだし、クロウの肘をつかんだ。「タイタス、いったいなにが起こっているんだ？」自分の声まで遠くからのもののように響く。

「わからない……今までに経験のないことだ」クロウが答えるうちにも、ソールソンは窓のそばに立ちつくしていた。わたしは彼の横顔を見あげた。声もないまま、魚のように口をあけたりしめたりしている。手を弱々しく震わせ、窓の外のなにかをさし示しているかのようだ。「タイタス！」わたしはソールソンのそばに寄って窓ガラスに顔をくっつけ、思わず叫んでいた。「見てみろ！」目に映ったものをクロウに説明してもらわずにはいられなかった。それほど自分の目が信じられなかった！

窓の外では、一艘の巨大な竜頭をそなえた海賊船がおぼろな姿で霧に乗り、われわれの客車と並行するようにただよっていた。甲板では水に濡れしたたる楯が舷側に沿って並び、その背後では数多《あまた》の槍が厳格な敬礼を意味するようにさしあげられている。それらを持つ者たちは鎧に身を固めた骸骨の兵団で、船長に畏敬の念を示しているのだ！

船長？

船の舳先の、竜の巨大な鎌首の付根あたりに、丈高い堂々たる姿の人影が霧に包まれて立っている……だがその人物の体には肉がついておらず、またそれに従う死せる兵団も同様であった！　怪人は傲岸なそぶりもあらわにゆっくりと振り向いた。肉のない頭のまわりで、わずかな金色の髪が不気味な風に揺れている。嘲笑を浮かべる口の上の黒い眼窩のなかでは、ふいごの風に吹かれる石炭のような赤い火が燃えている。その目が悪意をみなぎらせるかのように、ベンジャミン・ソールソンの恐怖にゆがむ顔へまっすぐに向けられた！　骨の手につかんでいる濡れ光る斧を、怪人は振りかぶった。

そのときには列車はすでに尋常な動きをやめ、中空に浮かぶ海をたゆたうかのように、ゆっくりとした上昇と下降をくりかえしていた。しかも窓がしっかりとしめられているにもかかわらず、波音とそして海賊船の艤装のきしむ音をわたしはたしかに聞いた。

八百年の時の彼方から響く音にも似たかすかなクロウの声が、指示をどなった。「伏せろ、アンリ――頭をさげるんだ！」彼自身はすでに床に伏せ、個室のドアおよび窓に寄りかかって立っているソールソンの脚を押さえつけていた。「窓から離れろ、ベンジャミン！」百万マイルの彼方からまた叫ぶ。「早く！」

わたしはみずからの身を必死で伏せながら、たしかに見た――ラグナールの骨ばかりの腕が勢いよく前方へ振りおろされるさまを。その奇怪な手から巨大な斧が投げ放たれるところを。クロウと並んで床に身を預けながら、わたしは耳にした――窓があけられる音と、伏せているわたしたちのそばを後ろざまに突きとばされていくソールソンの恐ろしい悲鳴を。考古学者の太った体は個室のドアにぶつかり、そのまま座席の上に崩れ落ちた。そのほうを一目見やっただけで、なにが起こったかを知るには充分だった。ソールソンの左の胸板から突き出ていたものは、海賊の斧の柄の部分だった。魅入られたようにわたしが見守るうちに、その凶々しい武器の鋼鉄の刃はゆっくりと溶けだし、空中へ雲散霧消してしまった……あとに残ったソールソンの上着の胸は、傷痕一つとどめてはいなかった！

つぎの瞬間には、もとどおりの尋常な列車の音と振動が返っていた。波の音と風の泣く声とは、それらの本源たる暗黒の虚空へと消えはてていた。開かれたままの窓から濃い霧が注ぎこんでくるが、クロウはそれを浴びようとするかのように立ちあがっていた。竜頭船の姿もすでにない――港たる地獄のいずこかへ帰ったか、あるいは神殿ヴァルハラへ漕ぎ戻ったかは知るよしもない。

「間一髪だったな」クロウが息をつきながらいう。声とものごしに理性と力が戻ってきている。「とくにわたしは幸運だった。だがラグナールの石に――もちろん墓にも――手出ししていない身であってみれば、当然だったのかもしれない」

「では、ソールソンは?」返事を聞く前に答えのわかっている質問を、わたしはした。

「そういうことだ」クロウはうなずき、くずおれている死骸をのぞきこむように見やった。「もうことされている。心臓発作。所見はそうくだされるだろうさ、おそらくな!」

そしてもちろん、彼のいったとおりになった。

二日後の朝、誘いを受け、市の郊外に建つ広壮な平屋建ての邸宅ブロウン館を訪ねた。彼は不思議な出来事や超自然的な事件を記した新聞記事のスクラップ貼りをしているところで、邸内に入ったときには数多いファイルに新たな一枚をちょうど貼り終えたところだった。その記事に関しては、わたしもすでに読んでいた。前日の新聞のほとんどが報じていた事件だ。

M1路上にて奇怪な自動車事故により三人死亡

昨夜午後九時十五分ごろ、ヘメルヘンプステッドのM1路上において、軍用トラック一台が大破し、三車線全域にまたがる残骸となって炎上しているのを、北上中の車の運転手が発見した。トラックは同路線を南下中になんらかの事故にみまわれたものと見られるにもかかわらず、その残骸が北上用の反対車線に移動しているのが不可思議である。地元警察は消火作業を終えたあと、トラックの破壊状態のひどさに当惑させられたもよう。トラックの燃え残りを調べたところ、他の車両が事故に関与した形跡は見つからなかったにもかかわらず車体および車台が強烈な力によって切り裂かれていた。現場検証を担当した警官の一人は、「まるで何者かがトラックを一刀両断しようとしたかに見える」と述べた。残骸のなかから三体の死体が発見されたが、身元はなお調査中。警察はひきつづき事故原因の究明に……

ラグナールの石のことはなにも書かれていない。その点に関してわたしにはずっと気になっていたことがあり、クロウに問い質してみた。彼はつぎのように答えた。

「石に刻まれていた文字のことか？　ああ、書きとめておいたとも。翻訳すら試みた。原語に倣って、脚韻までつけてみた。婉曲語法も入れたが、こちらはさしたる効果はなかったようだね」

〈魔女の血に濡れし大斧《たいふ》ここにあり
刃は鋭く狙い正鵠なり
戦《いくさ》起こりしときつねに
大斧自らを染める　緋色の血流に

この墳墓　侵さんとする者あらん
そのとき海蛇丸の影　黒々と迫らん
ラグナールが霊　侵犯者に災禍《わざわい》もたらさんがため
己が呪いの渇き　癒さんがため！〉

クロウはこうもつけ加えた。いつかアラーストンの森をもう一度訪ねてみるつもりだ――ラグナールが本当に自分の墓碑を奪還したかどうかをたしかめるために、と。わたしはといえば、その旅には同行しないほうがいいだろうと考えている……

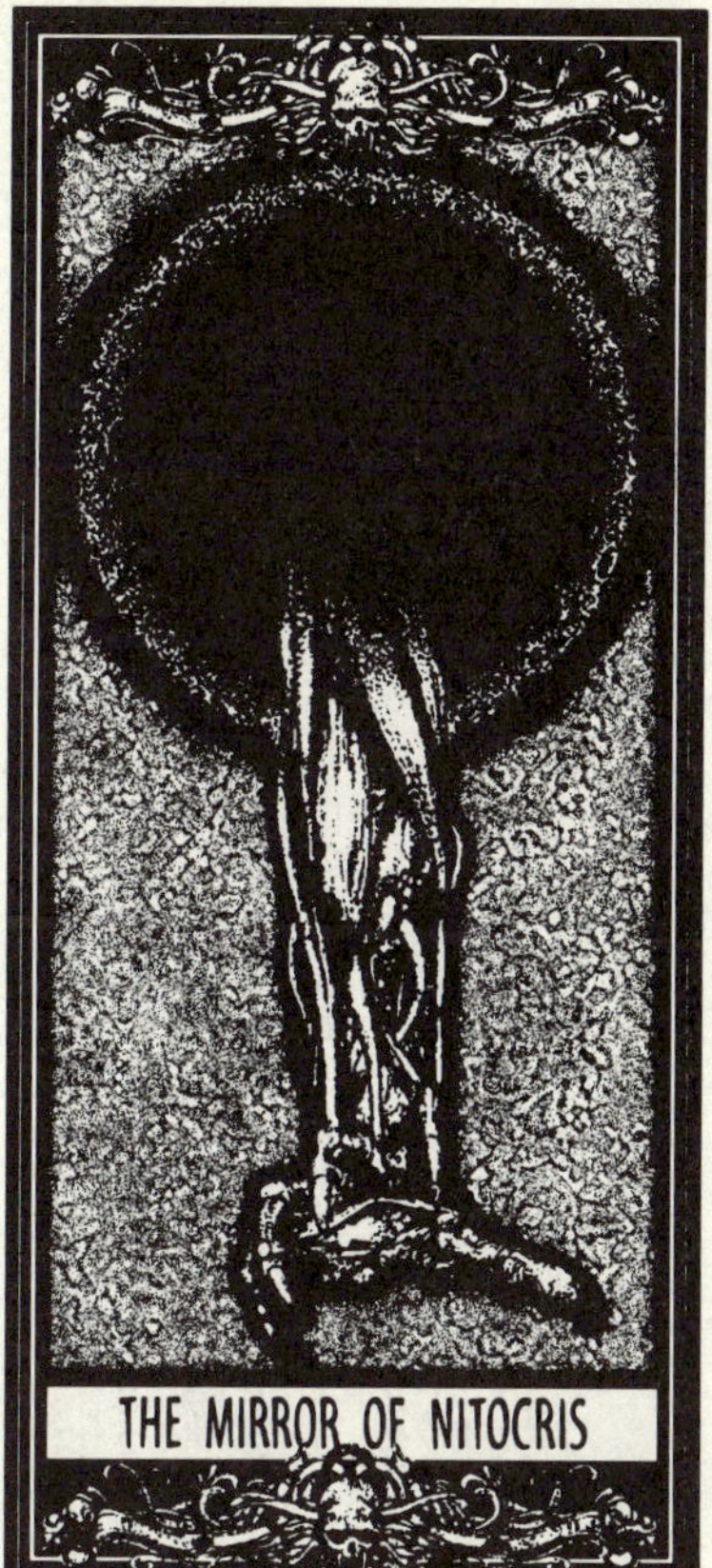
THE MIRROR OF NITOCRIS

タイタス・クロウの友人であるアンリ－ローラン・ド・マリニー（クロウを名探偵ホームズとすれば彼はワトソン博士の役割と見ることができる）については、クロウの不思議な冒険の証言者か、ときには関係者の一人とするのが通常の設定だった。しかし今現在の彼は、みずからが奇怪な時空間のいずこかに――もちろん、あの時空時計に乗って――赴き、クロウのあとを追って旧神の棲む地イリュシアへの道を探す旅をつづけている。ただし、いうまでもなくそれはまた別の物語であり、別の小説に書いたことだ。あのいとしき時空時計――時間と空間への門といわれる装置――に乗りこむ前に、ここでの彼はまったく異なったもう一つの次元にみずからを投げこもうとしている――

ニトクリスの鏡

（アンリ－ローラン・ド・マリニーがクロウ抜きで登場する唯一の作品である）

おお　女王よ　生きながら廟に閉ざされ
その玉座　もはや呪われることもなからん
女王の秘密　ピラミッドの下に埋められ
沙漠の砂　跡形もなく覆いつくさん

〈鏡〉もともに葬られ
深き夜に異界よりの〈魔〉を映さん
かくて〈魔〉とともに囚われ
女王　恐怖のうちに――死なん！

――ジャスティン・ジェフリー

女王ニトクリスの鏡！
このわたしも、もちろんその名を知っている――それについて聞いたことがないというオカルティストが、はたしてこの世にいるだろうか？　ジャスティン・ジェフリーの狂的な長詩『碑の一族』で言及されていたことも憶えている。夜な夜な怪しげに集う紳士たちが、わたしのいないところでそれについてささやきあっていることも承知している。くだんの鏡の魔力については、あの禁断の書『ネクロノミコン』のなかでアルハザードがほのめかすように書き記していることも識《し》っている。またある砂漠部族はこんにちでも、その鏡の起源にまつわる伝説について深く問われると、幾世紀も前の異教の象徴を描くしぐさをして拒絶するという。

とするならば、いったいどこの愚かな競売人が、かのニトクリスの鏡ここにありなどと堂々と宣言できるだろうか？　かくも臆面もなく。

とはいえ、問題の鏡はかのバニスター・ブラウン‐ファーレイのコレクションのなかにあったものだという。ブラウン‐ファーレイといえば最近になって失踪が伝えられた探検家にして考古学者であり、またとくに稀少な古美術品をめぐっては世に知られた目利きでもあった人物だ。この鏡もたしかに、非常に変わった因縁話が伝えられている品であるとともに、往古の工芸品としてきわめてめずらしい部類のものでもある。またこれをオークションにかけた当の競売人はというと――愚かか否かはさておき――たしか一、二年前にカント男爵の銀の拳銃をわたしが競り落とした際の立会人と同一人物であるように思う。あれはいやはや、付属していた奇妙な弾薬ともども、魔女狩りに精を出したというかの男爵のものである証拠などないにひとしいしろものだった。銃把に〈K〉の装飾文字が刻まれてはいたが、そんなものはだれの頭文字でもありうるのだから！

しかしいうまでもなく、くだんの鏡を競り落としたのもまた、じつはこのわたしなのだ。ついでにバニスター・ブラウン‐ファーレイの日記も手に入れた。「あなたがド・マリニーさんですな？　落札決定です！　みなさん、本品はアンリ‐ローラン・ド・マリニーさんが購入され、落札額は……」額はといえば、ばかにならない数字だった。

父の指示でアメリカからこの地にわたってきて以来の住まいである総石造りの暗灰色のわが館に急いで戻りがてら、われながらあきれざるをえなかった。こういうくだらない買い物にしばしば大枚をはたいてしまう自分のばかげた夢想癖に。これは神秘や不可思議や古代の驚異への愛着のためであるのはもちろんだが、世界的に知られたニューオーリンズの神秘家にしてわが厳父であるエティエンヌ－ローラン・ド・マリニーから受け継いだ血の烙印が、この人格に消えることなく焼きつけられているからであるにちがいない。

しかし、もしもこの鏡が本当にかの恐るべき女王の所有物であったとするなら——これはすごいことだ！　わがコレクションにすばらしい新顔が加わったことになる。ジェフリーやポオやダレット伯爵やプリンなどの秘典が並ぶ書架のきわの壁に、彼らの仲間として掛けておこうとわたしは考えた。つまり、この鏡をめぐっての伝説や神話はあくまで伝説や神話にすぎず、それ以上のものではないということだ！

だが異貌の神秘にまつわる知識を日々集めている者としては、もっと正しい推測をくだすべきであった。

しばらくのあいだ椅子に身を沈めて、壁に掛けた鏡を眺め愛でた。磨かれた青銅の縁取りには、怪蛇や悪鬼や屍鬼の姿が壮麗に彫りつけられている。まさに『千夜一夜物語』のページから抜けでてきたかのような図柄だ。また鏡の表面はじつになめらかで、窓から透かし入る晩《おそ》い日射しにすらいたずらにぎらつくこともなく、やわらかな光を照り返らせ、書斎を夢の世界のような光彩で満たしてくれる。

これぞまさにニトクリスの鏡だ！

ニトクリス。かつてその名の女人が——あるいは女怪と呼ぶか意見の分かれるところだが——たしかに実在していた。エジプト第六王朝の女王にして、この世ならぬ鋼鉄のごとき意志を持ってギゼーの玉座を占め、臣民を恐怖に打ちひしぎつつ支配した人物——あるときナイル川河畔の寺院に敵対者をあまねく招いて酒宴を開き、水門を開いて客をみな溺死させたという——その人物こそ、かの鏡を眺め、軟泥のごときショゴスをはじめとする怪物どもが陰惨淫猥に酔い痴れる暗黒の地獄のごとき世界をそこにのぞき見ていたのだ。

生きながら霊廟に閉じこめられた女王の副葬品といわれるこの鏡が、もしも正真正銘の本物だとすれば、ブラウン‐ファーレイはいったいどうやってそれを手に入れたのか？

答えを見いだせるわけもないまま、時間は午後九時となり、鏡も壁の隅からにぶい金色の微光をきらめかせるだけとなった。書斎の明かりを点け、ブラウン‐ファーレイの書き記した小型の薄い日記帳を手にとって読もうとした。すると、日記はみずからの意志でもあるかのように、開き癖のついたページがぱらりとめくれでた——読みはじめるや、繰り広げられる物語にわたしはたちまち夢中になっていた。まるでひどく吝嗇《りんしょく》な書き手の筆になるかのように、こまかな文字がページの端から端まで、また上から下までいっぱいに書きこまれ、行間すら八分の一インチほどの隙間しかない。ひょっとするとページをめくる時間ももどかしいほど急いで書いたのかもしれず、それで小さな字をなるべくたくさん詰めこむようになったとも考えられる。

わけても真っ先にわたしの目をとらえた言葉こそ——ニトクリスという名前だった！日記によれば、ブラウン-ファーレイがその名を初めて耳にしたのは、あるアラブの老古物商がカイロの市場で現地の警官に逮捕されるのを目撃したときだったという。その老人は相当に値打ち物の骨董品を商《あきな》っていたのだが、商品がたいへんな宝物であるのに、その出所を明かすのをかたくなに拒んだため、怪しまれて捕まったのだった。老人は留置場のなかで夜ごとに、まもなく災いが官憲どもの身に降りかかってわしをここから出さざるをえなくなるぞ、とわめいたという。そしてニトクリスの名を以て彼らを呪った！ところがこの老人アブー・ベン・レイスは、意外にもくだんの往古の女王を崇める部族の者ではなく、といって逆に女王を敵視する輩でもないとわかった。そもそもギゼーの地元民ではなく、それどころか浅黒い肌を血に受け継ぐカイロ人ですらなかった。彼の出自は、大砂漠をはるかに越えて東の果てまでもさすらいゆく盗賊団にあった。ではそのような男がなぜにニトクリスの名前を知っていたか？邪悪な呪いをだれに教わったのか——あるいは、どこで読み知ったのか？というのも、老人はその数奇な生い立ちと遍歴のゆえに、未知の言語を会得するのに侮りがたい勘のよさを持っていたからだ。

さかのぼること三十五年前、ムハンマド・ハマドなる男が突然に財をなしたことに端を発して、ハーバート・E・ウィンロックをはじめとする多くの考古学者たちが競って発掘に乗り出し、ついにはトトメス三世の妃たちの霊廟が発見されるにいたった。ブラウン-ファーレイはその例に倣《なら》い、アブー・ベン・レイス老がほのめかした古代王朝の知られざる埋葬地は――なかでもかの呪われた女王の廟は――実在するのにちがいないと確信し、宝の発見をめざしてカイロに乗りこんだ。

もちろん、手がかりもないままに出かけたわけではなかったようだ。日記にはくだんのいにしえの女王にまつわる伝説や神話からの引用が多数見られる。どうやらウォードルの筆になる『ニトクリス雑録』を丹念にノートにとっていたようだ。とくに「魔法の鏡」の章については詳細に。「……ナイル流域最古の文明の発祥よりも前に、内地球の邪悪な神々からその教派の神官たちに伝えられたものという。鏡の形をとっているが、じつは地獄めいた恐るべき未知なる世界への〈門〉であるといわれる。人類が地球をようやく支配しはじめたころプタトリアの原イメル－ナイアハイト族によって崇拝され、やがてはネフレン－カによってシベリ川河畔の窓のない暗き地下神殿に祀られ、〈輝くトラペゾヘドロン〉とともに並べて納められた。そのような鏡の深みに映るものを見ることができる人間が、はたしてこの世にいるだろうか？　暗闇をさまよう幽鬼すら、これを前にしては恐怖におののくのではなかろうか！　後代には盗掘され、蝙蝠《こうもり》巣食うキスの地下迷宮に秘匿されて、幾世紀ものあいだ人目に触れぬこととなるが、ついには女王ニトクリスの悪辣な手のなかに落ちた。女王は鏡を牢内に掛け、多くの政敵をそこに幽閉した。閉じこめた翌朝には死の牢獄のなかから捕囚の姿が消え去り、忌まわしい鏡だけが壁に光っていたという。その青銅で縁取られた地獄への門から暗夜にのぞく恐ろしき顔貌について、ニトクリスは不気味な笑いとともにほのめかすことがしばしばあった。だが彼女自身さえ、鏡に封じこめられた妖異に対してまったく安全を保証されていたわけではなかった。深夜になると、女王はそれをまっすぐには見すえぬように用心しつつ、いつもちらちらとのぞき見るにとどめていたという……」

深夜か。おお、もう十時ではないか！　この時間帯になると、いつものわたしなら就寝の準備をはじめるところなのだが、日記に心底没頭している今夜はそれどころではない。こんなことに心を奪われないほうがよかろうとは思うのだが……

それでもなお読みつづけた。ブラウン－ファーレイはアブー・ベン・レイス老の所在を探しあて、この証言者に酒と阿片を与えたすえに、官憲当局が口を割らせることができなかった真相を訊き出すことに成功した。老アラブ人は彼に秘密を暴露したのだ——ただし、それを引きだすのが到底容易ではなかったことを日記はほのめかしている。ブラウン－ファーレイは翌朝さっそく、ピラミッド群の先の原野に位置するニトクリスの第一の埋葬地めざして、通る者とてない駱駝道を進んでいった。

ところが、日記にはここから先に脱落箇所が頻出する。数ページがそっくり破りとられていたり、あるいは黒インクで濃く消し去られていたりする。まるで書き手があまりに多くを明かしすぎたことを悔いたかのように。また死と死後の世界の神秘について述べた箇所があるが、そこなどは語っている趣旨が妙に首尾一貫せず、きわめて判読しづらい。この探検家が異常なまでに熱心な古物蒐集家でもある（彼が自分のコレクションからオークションに出した物品は驚くほど多岐にわたっていた）ことをもしわたしが知らなかったなら、あるいはまた、彼がニトクリスの第二の墓の探索に先立って数多《あまた》の未知なる辺境や謎に満ちた遺蹟に赴《おもむ》いたことを承知していないままに日記の最終部分を読んだならば、この男はきっと狂っているにちがいないと思ったことだろう。そうした予備知識があってさえ、本当に半ば狂っていたのではないかと疑ったほどなのだから。

ともあれ、ついにはニトクリスの最終的な永眠の地を見つけるにいたったようだ――とはいえ、その点に関する記述はきわめてそっけなく、書かねばならないから仕方なく書いたとでもいったふうだ。アブー・ベン・レイスがはるか以前に埋葬品を盗掘したのはまさにその墓廟であったわけだが、老人はかの伝説の鏡にだけは手をつけていなかった。ブラウン‐ファーレイは悪鬼の棲まうごとき廟内からこの最後の一品をまんまと持ち去ったが、その直後から彼の身を災禍が襲いはじめた。わかりにくくなってきた日記の記述からどうにか読みとったところでは、どうやら鏡に目を惹きつけられたまま離れられない悪癖に悩まされることになったようだ。だからわたしもそうなるのを恐れ、夜には鏡を布でおおい隠すことにした!

だがそれも効き目がなかった。ついには日記の通読をつづける前に、フィーリーの『ネクロノミコン新釈』を書架からとりださざるをえなくなった。なにかの記憶が背筋をぞっとさせたからだ。アルハザードが書き記していた知識がなにかをほのめかしていたことを思いだした。書フィーリーの本を棚からおろしたそのとき、たまたまあの鏡と面と向かいあってしまった。書斎の夜灯は煌々と明るく、夜気は妙に生暖かかった――息苦しいような空気の重さは嵐の前触れを思わせた――にもかかわらず、鏡に映った自分の顔を見たわたしは、激しく震えあがった。

映っている顔が、こちらを見て一瞬にやりとほくそ笑んだように見えたのだ。

身のうちに率然と湧き起こってきた恐怖を振り払い、鏡について書かれているページを急いで探しにかかった。どこかの大時計が夜闇のなかで午後十一時の時報を打ち響かせ、西の空の彼方で稲妻が光るのが書斎の窓から見えた。〈深夜〉たる午前零時まであと一時間だ。

わが書斎はなおも心騒がせる気配をただよわせつづけている。書架に並ぶ異形の典籍の数々。革や象牙からなるそれらの背表紙が部屋の明かりににぶくきらめくありさま。そして、わたしがここで文鎮として使っているある物体。それは、この整然たる秩序ある宇宙では比肩しうるものとてない物質なのだ。いわんや、魔の鏡と、そしてこの日記。気がつけば、かつて覚えたことのないほどの狼狽に襲われていた。自分がこんなに不安に陥ってしまうとは、なんとも驚きであった！

フィーリーが想像力豊かに『ネクロノミコン』を再構築した書物をなおもめくりつづけ、ようやく関連のある文章を見つけだした。編者はこの部分に関しては、原著者たる〈狂えるアラブ人〉による古い時代の言葉遣いをいくばくか現代ふうになおしてはいるものの、そのほかの点については原典の文章をまったく変更していなかった。まさにアルハザードその人の文を読んでいるかのようであった。そして、手がかりはたしかにあった。午前零時になると起こるであろう現象についてほのめかされていたのだ。

……日の高きうちは、鏡の表はイース＝シェシュの水晶池の水面のごとくなめらかにして、あるいは溺れる者のおらぬときのハリ湖のごとく静まり返りて、門は固く閉ざされぬ。されど深き夜の魔の刻限、秘密を知る者は――あるいは秘密を慮《おもんぱか》る者もまた――必ずや見るであろう。暗黒の深淵にわだかまる異形の影を、その鏡のなかに。それはかつて鏡をのぞきし者らの顔を具《そな》う。また、いかに鏡がとこしえに忘れられようとも、その魔力は滅びることなく、いつのときにかまた人の知るところとならん。

久遠に臥したるもの死することなく
怪異なる永劫の内には死すら終焉を迎えん……

この不気味な一節と、その末尾に置かれたさらに奇怪な二行連句を見つめて、わたしはしばらく考えこんだ。あのアスペン山脈での静寂をもうわまわる不気味に森閑たる気配のなかで、ただ時のみがすぎてゆく。

午後十一時半の時報が遠く聞こえて黙想から覚め、ふたたびブラウン-ファーレイの日記を手にとってつづきを読みはじめた。鏡からはわざと顔を背けるようにして、椅子の背にもたれ、推理をめぐらせながら丹念に読んでいった。やがて一、二ページを残すのみとなったが、日記は相変わらず支離滅裂な語り口で、以下のように綴っていた。

〈十日。ロンドンでは悪夢がつづいた。のみならず、アレクサンドリアからリヴァプールまでの夜ごとに。熟睡できたためしは一晩もない。いわゆる〈伝説〉というやつは、人が思うほど空想でばかり成り立っているわけではないようだ。それともわたしの神経がまいっているせいか！　ひょっとすると、良心のとがめがこだまを響かせているためかもしれない。あの愚かな老人アブーがあれほど口の堅いやつでなかったならば――もしあいつが阿片とブランデーだけで満足し、現金など要求してこなかったならば――あんなことをしていったいなんになった？あれほど手荒いことをする必要もなかったものを。やつはただ、自分の身を守りたいがために出まかせを口走っていただけだ。老いぼれめ！　あの強欲じじいは、鏡だけを残してあとはすっかり盗み去っていたのだ……あのいまいましい鏡だけを！　仕方なく、それを持ち帰った。夜になるとこの鏡を布でおおわねばならないとは、いったいわたしはなにを血迷っているんだ？　『ネクロノミコン』の読みすぎではないのか！　この本に書き殴られているでたらめに惑わされたのは、わたしが最初ではないはずだ。アルハザードというやつも、ニトクリスと同様気が狂っていたのだ。こんなものはみんな空想の産物だと思ってまちがいない。麻薬でも同じ効果が得られるだろう。この鏡も、どこかからときどき有毒な粉かなにかが出てくる仕掛けになっているんじゃないか？　だがそうだとすれば、そんな仕掛けが何千年経ってからも動きつづけるものだろうか？　しかも決まって午前零時というのはどういうわけだ？　なにもかもが奇妙だ！　そしてあの夢の数々！　あとはもう、道は一つしかない。もう何日か辛抱して、事態が好転しないなら――まあいい、まもなくわかることだ。

十三日。いよいよ今日だ。今夜こそすべてが明らかになる。わたしは自分の頭がおかしいとわかっている。これで健全だなどと診断する精神科医はお人好しすぎるというしかない。その災いのすべての裏にあるものこそ、あの鏡だ！　「困難から逃げるな」とどこかのばか者がいった。「立ち向かえばすべて解決する」と。わたしが今夜しようとしていることこそ、それだ。十三日、夜。わたしは独り座している。すでに十一時だ。時計が零時を打つまで待ち、そして鏡に掛けた布をとり除く。見るべきものが見えるはずだ。神よ！　こんなとき、わたしのような男は震えをこらえねばならない。ほんの数ヵ月前まで岩のようにしっかりした男であったなど、だれが信じるだろうか？　このいまいましい鏡め。まずは煙草と酒でおちつこう。それがいい。あと二十分だ。いいぞ――もうじきなにもかも終わる。今夜こそ少しは眠れるだろう！　あたりが急に静かになったような気がする。なにかが起こるのを家全体が待っているかのようだ。執事のジョンソンを帰らせたのはやはりよかった。わたしがおかしくなりそうなところを彼に見せたくはない。おお、なんという事態に自分を追いこもうとしているのか！　今すぐにでも鏡の布をとってしまいたい！　おお、零時だ！　今こそ布をとるぞ！〉

日記の記述はまさにそこで終わっていた！

もう一度この部分を読み返した。いったいこの記述のなかのなにがこんなにも胸をざわつかせるのかといぶかりながら。なんという偶然だろうか。そうやってふたたび同じところを読んでいる最中に、街をおおう霧にくぐもったどこか遠くの時計の音が、午前零時を告げたのである。

そのはるかな響きを神が贈ってくれたことに感謝した。それを耳にしたおかげでふと顔をあげ、部屋のなかを見まわしたことは、神の指示による所作としか考えられなかったからだ。なぜというなら、そのときわたしが見たあの鏡の表面が――いつもイース＝シェシュの水晶池の水面とも見まがうほどになめらかに静まっている鏡の面が――もはやそのようになめらかに静まり返ってはいなかったからだ！

　狂気が生んだ地獄めいた悪夢の産物としか思えぬ冒瀆的な形状をしたなにものかが――そのぶよぶよとした体表が――鏡の表面からこの部屋のなかへとせりだしてきたのだ。しかもその物体には、顔がある位置とは思えぬところに一つの顔をそなえていた。

　記憶がさだかではないが、わたしはわれ知らず机の抽斗をあけ、なかに入れておいたものをとりだしていたと思う――それ以外には考えられないから。思いだせるのは、汗に湿る手のなかで、銀張りの回転式拳銃が耳を聾する轟音を放ったことと、不意に鳴り響いた雷鳴に混じって、鏡の面が砕けてとび散る音と、地獄で鍛えられたに相違ない青銅の縁取りが壁からはずれてとんでいく音が聞こえたことであった。

　そしてもう一つ憶えているとすれば、ブカラ織りの絨毯の上から、異様にねじ曲がってしまった銀の弾丸を一つ拾いあげたことだ。その直後にわたしは気を失ったのにちがいない。

　翌日の朝、わたしはテムズ川の遊覧船に乗り、砕け散った鏡面の破片を甲板の手摺越しに水中へと投げ捨てた。鏡の縁はといえば、火に溶かして青銅の塊に変え、庭の土中深くに埋めた。日記帳も燃やして、灰を風に散らした。すべてがかたづいたあとで主治医を呼び、睡眠薬を処方させた。服《の》まずにいられなくなるはずだからだ。

現われたなにものかは顔を持っていたと、前に記した。

それは事実だ。地獄に棲まうあのぎらつくぶよぶよとした巨大な肉の塊には、てっぺんのところにたしかに人の顔がくっついていた。ただしそれは、到底相容れるとは思えぬ二つの顔の合成体であった！　その二つのうち一つの要素は、気高くも冷酷非情な古代エジプトの女王の肖像であり、もう一つの要素は――こちらは新聞に掲載されていた写真からたやすくそうと認められた――狂気と恐怖に変わりはてていたとはいえ、最近になって失踪が伝えられた、かの探検家の顔にまちがいなかった！

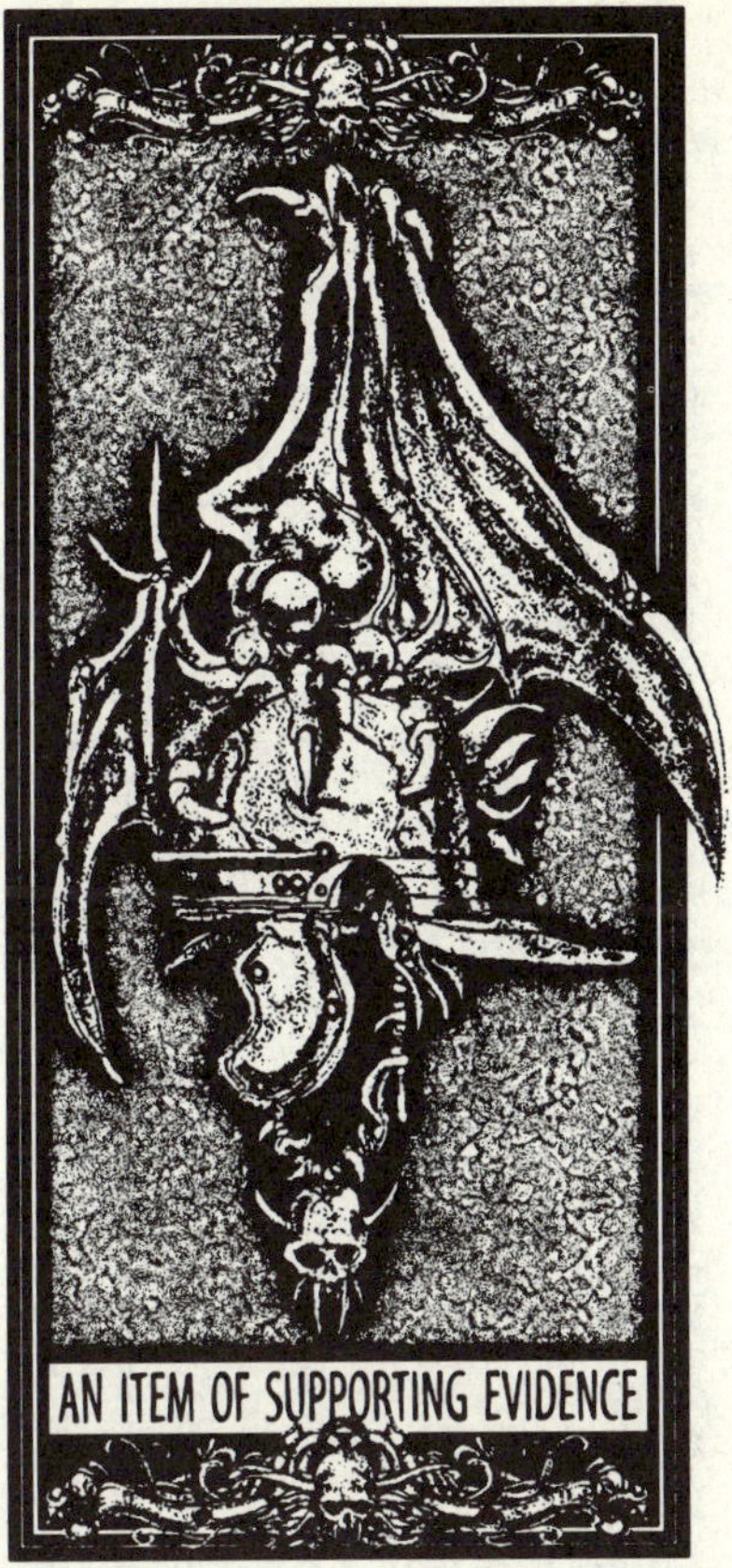

AN ITEM OF SUPPORTING EVIDENCE

つぎの二作品は、オーガスト・ダーレスが主宰する『アーカム・コレクター』誌の求めに応じて短期間で書きあげた掌篇である。同誌はパンフレットともいえるような薄手の雑誌で、長いものを載せられるスペースがないため、落ちの効いた小粒のものをというのがダーレスの要請だった。

さて本篇については、二十年ほど前にさかのぼったところから語ってみたいと思う。

わたしの父はイングランド北東部の海岸に近い炭坑で働く坑夫だったが、非常に読書好きで、きわめて知的好奇心に富んだ魅力的な人物だった。磁石に引かれる釘のように博物館にしじゅう惹きつけられていて、古代文明や太古の遺跡といったものに愛惜を覚えてやまず、それが必然的に——もちろん彼の知識欲一般も含めてだが——わたしに強い影響をおよぼした。サンダーランドにはじつにすぐれた博物館があり、父につれられてよく訪れた。また、そう遠くないところにハドリアヌスの長城があった。じつのところわたしと父はそこで、タイタス・クロウに一度出会ったように思う。二人で長城の下を散策していたときのことだ。

そして、以下に記すあるものを父が拾って持ち帰ったのも、同じ日ではなかったかと思うのだが……

魔物の証明

怪奇画家チャンドラー・デイヴィーズが手紙を送ってよこし、わたしが書いた短篇小説「イエグ－ハの王国」が自分の画風によくない影響を与えたと憤懣《ふんまん》を表明してきた。そこで、この絵描きをブロウン館に招くことにした。デイヴィーズ画伯の糾弾に対して謝意を表わしたいからではない――もとより万人の意に沿うものなど書けるわけもないのだから。むしろ彼の誤解に満ちた書信に対して反論を述べたいがためだった。画伯によれば、いわゆる神話的世界に材を採る幻想小説の時代はすでに終わっているはずだという。クトゥルー神話によくある架空の地名やら邪神やら、はたまたキンメリアの輝く宮殿やら暗黒の悪鬼やらといった素材は、それらの偉大な発明者たちとともに、悲しくもふさわしい死滅の道をたどったと考えるべきだというのだ。そうした作品群からの孫引き小説をいつまでも書きつづけるのは――このわたしの作のみならず、ほかの多くの先輩作家たちの諸作をも意味しているのは想像にかたくない――オリジナルの持っていた衝撃力を弱めることになるという。明らかにラヴクラフトの創造した世界を基にし、ローマ帝国領時代のイングランドを舞台として、いわゆる蕃神《ばんしん》信仰を材としているわたしの問題の小説もその一つだというわけだが、しかしデイヴィーズ画伯をいらだたせているのはどうやらその点だけではないようだった。英国史上あまりにもよく知られた時代を背景として、あまりにも荒唐無稽な魔物がさも実在したかのように書いている点こそ、彼のとくに大きな不満原因であるらしかった。わが国の古代史を学ぶ学生なら、わたしの創った逸話があまりにあからさまなでっちあげであることは、優等生ならずともすぐ見抜けてしまうというのだ。

デイヴィーズ氏が『グロテスク』誌の投書欄に意見投稿したりせず、直接手紙を書き送ってくれたのはせめてもの救いだった。同誌がくだんの作品の掲載誌であり、もし氏が批判文を載せればこちらも文章で反駁せざるをえず、そうなれば史学界のそこここに要らぬ波風を立てることになる。わたしの作品はすべて、程度の差こそあれ史実を一応の基礎にしているのだが、彼がその点をまったく認識していないのは明らかだ。なかにはかなりの部分が事実に即している作品もあるのだ。まったく起こるはずのないことや、いかに興味深い怪事件だとしても、自分自身が直接関係していないものは、小説に採り入れてはいないのだ。

ともあれ、デイヴィーズ画伯は当方からの招待を受け入れ、今から数週間前の日曜の午後に、わがブラウン館を包む不気味な気配をものともせずに来駕を果たしたのだった。この人物がわが家に足を踏み入れたの初めてのことだった。書架に並ぶ自慢の書籍の数々を羨望の目で眺めるのを見て、わたしはいささか鼻が高かった。

客人はジェフリー著『碑の一族』の初版本の背表紙にちょっと指を触れて、これほど数多くの稀覯書を所有しているとはたいへんな財産ですな、とつぶやき、タイトルのいくつかを読みあげた。そのなかには、フィーリーの『ネクロノミコン新釈』初版や、忌まわしき書『水神クタアト』や、文字どおり値段のつけられない『屍食教典儀』や、あるいは『金枝篇』やマレイ女史の『魔女信仰』などの文化人類学上きわめて貴重な著作類も含まれていた。わたしはそこで口をはさみ、あまり世に知られていないロリウス・ウルビクスの『国境の要塞』の翻訳本も持っていることを知らしめた。西暦一三八年ごろに原典が著されたとされる書物だが、歓迎のブランデーをふるまう前に、まずその本を書架からとりだして見せた。

「あなたがご招待のお手紙のなかで触れておられた、魔物の存在の証拠となることがらが書かれている本というのは、このことですな、クロウさん？　でしたら最初に申しておいたほうがいいと思いますが、わたしはウルビクスの述べていることにはさしたる信憑性がないと考えています。ただ、バルバラのミトラ神殿についての描写だけはきわめて正確だと認めますがね」

こちらは反論を頭のなかで組み立て終えたところで、にやりと笑みを浮かべてみせ、客人の先制攻撃に対する返報をきりだした。「わたしがいいたかったのは、あの本に書かれていることのいくつかが、魔物の存在の証拠となるものとかかわりがある、という意味でね――あの本自体が証拠であるとはいっていない」

「誤解しないでいただきたいが、クロウさん」と、デイヴィーズ氏は煙草を一本とりだし、これからいよいよ激しさを増すであろう議論にそなえるように、椅子に悠然と身を沈めた。「あなたの作品は娯楽小説としては非常によいものだと――すぐれていると――思っているのですよ。通常の読者なら、いくつかのショッキングな場面のじつにうまい描写を読んで、心底からの戦慄を経験することでしょう。しかし、歴史学的もしくは考古学的に様相が明快にわかっている時代を背景としている点に関しては――その時代とはもちろん、あなたがネタ本にしているウルビクスのあの著作が書かれた時代のことであるわけですが――残念ながら失敗というほかありません。そんな設定を抜きにしても、充分成功していたはずだと申しあげているのです。ご推察のとおり、わたし自身そうした小説のファンでありまして――いや、通といってもいいほどで――いたずらにきびしい批評などするつもりはありませんが、それでも瑕瑾についてはいらだちをあらわにせずにいられないのです……」そこで客はようやくブランデーで口を湿らした。

画伯が話しているあいだに、わたしはくだんの『国境の要塞』をそっとめくり、あらかじめ印をつけておいたページを開いた。そして話がいったん区切りにきたところで本を相手のほうへ向け、テーブルの上をすべらせてやった。彼はふっと笑みを洩らして、選んでおいた段落を読みはじめた。軽視の気持ちがこめられた笑みだったように感じた。あからさまな否定の意が見えるしぐさで本を閉じたのを目にして、その感想は当たっていたとわかった。

「プラトンのアトランティスに関する記述や、ボレルスによる、その――生命蘇生でしたかな？――をめぐっての研究を読んだときも感じたことですが、クロウさん、恐怖に錯乱した百人隊の一兵卒の剣によってイェグ＝ハが殺されたとするロリウス・ウルビクスのこの主張についても、わたしとしてはまったく信用する気になれませんな。申しわけないことですが」

「デイヴィーズさん、プラトンとボレルスに対しての今の否定的見解は、いささか皮相的にすぎるね！　ガリレオ・ガリレイの学説を異端と断罪した者たちの心理と同様に、あなたはウルビクスをも含めた彼ら先哲たちの業績に内心で驚嘆しているからこそ、否定的な態度をとってしまうのだろうとわたしには思える。たとえば、もしも小アジアおよび北シリアに散在するヒッタイト人の遺蹟をサイスが発掘しなかったならば、あなたは彼らが実在したことすら今なお否定なさっていたことだろう！」そういってわたしはほくそ笑んでやった。

「これは鋭い！」と、客人が賛じた。「しかし、今まさに遺蹟といわれましたな。そう、あなたのいうとおりなのです！　史実の証拠は、結局遺蹟・遺物にしかないのです。そこでうかがいたい――ウルビクスの荒唐無稽な想像の産物が実在したことを示す遺物が、いったいどこにあります？」

「あなたは、イェグ＝ハが彼の空想にすぎないというのかな？　彼が草稿に書き残した、顔に目鼻のない、身の丈十フィートの怪物というのは、まったくのイマジネーションからでっちあげられたものにすぎないと？」

「いやいや、そこまでおこがましい見方をしているわけではありません。ウルビクスとて、地域伝承や伝説のたぐいからアイデアを得たものではありましょう。蛮族の攻撃によって数多《あまた》の兵を失った屈辱的な事実をそのまま書くよりも、この顔のない巨軀の邪神に滅ぼされたと潤色するほうを選んだのでは……」

「ううむ――抜け目のない答えだな。では、最近ブリドック砦で発掘された共同墓地についてはどう考える？　四百八十体におよぶローマ兵の、なにものかによって生きながらずたずたに引き裂かれたらしい凄惨な遺骨が、山と積まれていたというが。あるものは鎧を着たままであり、いかにもあわただしく埋め隠されたふうだったとか」

これにはデイヴィーズも少し動揺したように、「そのことは失念していました」と認めたうえで、「しかし兵士の死体などは、歴史の記録から洩れた無数の小規模な戦役があったことを意味するものにすぎないでしょう！　しかもクロウさん、皮肉にもあなた自身そういう見解を持っていることを、小説のなかで示しているんですよ——まるでそれこそが真実だといわんばかりにね！　すなわち、残忍にして狂暴な巨軀の怪物を地獄から喚《よ》びだしたのは、そいつにローマ軍を蹂躙させようとした蛮族のしわざであると、はっきり書いているじゃありませんか！　あたかも明確な証拠をつかんでいるかのようにね——しかし、そんな証拠などあるはずもない。つまり、あの作品は歴史小説として書くべきものではなかったのです。あなたのせいで、どれだけの数の影響されやすく信じやすい純朴な読者がブリドックやハウスステッズの地を訪れたか知れないでしょう。それらの同じ地でローマ軍が恐るべきイェグ＝ハと勝ちめのない戦いを演じたのだなどと想像しつつ、彼らは戦慄にうち震えたことでしょう！」

わたしは息巻く客人にまたブランデーをついでやり、ふっと笑みを洩らしてみせた。「これはどうやら、あなたとわたしは文学上の論敵同士になってしまったようだな。残念なことだ。このつぎに出す本の挿絵をあなたに依頼したのは、わたし自身の要請だったのにね。それはさておき——大英博物館のローマ時代遺物部に、高さ十フィートにおよぶ御影石造りの恐ろしい形の彫像が安置されているが、あなたはご覧になったことがあるかな？」

「ええ、見たことはありますとも。ライムストーン古墳から発掘されたものでしょう。翼が生えたずんぐりした姿の怪物像で、あなたの小説に出てくる例の邪神を思わせるものでしたな。そういえばあの像も、顔面の目や鼻が欠け落ちていましたが……」客人はそこで口ごもり、「それが、いったいどうしたというんです？」

「わからないかね、デイヴィーズさん――あんな巨石像の顔面が、あんなにもなめらかに、まるで人為的でもあるかのように、欠け落ちることがあるものだろうか？　もっとつぶさに見ればあなたとて気づくはずだ！　あの像が、まるで最初から顔を持っていなかったかのように見えることに……」

客人はブランデーに咽《む》せた。わたしはグラスを受けとってやり、それにまたつぎ足してやった。相手は咳きこみながらハンカチで口もとを拭き、どうにか自制をとり戻した。

「またしてもたわけたことを！　我田引水もいいところじゃ――」

「じつは隠していたことがあってね」と、わたしはさえぎった。「そのせいで、あなたを必要以上にいらだたせてしまったかもしれない。まずは、ブランデーを……」

「隠していたことですと？」

「酒で喉をうるおすとよろしい。あとあとのためにも」と、わたしはくりかえし勧めてから、かたわらの整理戸棚の扉をあけ、ティーポット用の掛け布をかぶせておいたあるものをとりだした。それをテーブルの上に置き、めんくらった体《てい》の客人の前に開いてある本を指さした。

「三十四ページの第二段落を……」

デイヴィーズ氏が疑わしげな表情でぎごちなく本をめくり、指示されたページを開こうとしているあいだ、わたしは掛け布のかかった証拠物件をそっと撫でさすっていた。

氏は指定の段落を読み終え、ようやく顔をあげた。「ここには、ウルビクスがくだんの怪物を退治したすぐあと、原野のただなかに出向いていったことが記されていますが。腕の立つ兵士六名を従えていったと。これがどうしたというんです？」

「ウルビクスはなにかを埋める場所を探していたのだよ。そのなにかをかつがせるために、六人の部下をつれていった。それを地に埋め、蛮族どもが魔術をもちいることができないようにした。あなたはなんという言葉を使っておられたかな？——そう、生命蘇生の魔術を、そのなにかに対して使うことができないようにしたのだ」

デイヴィーズ氏は反論すべく口を開こうとしたが、わたしはまたさえぎった。「じつはハドリアヌスの長城の下の地面を調べてみた。ハウスステッズからブリドックにいたるまでのあいだをずっと。そしてついに、目当ての地点を発見した。多少は考古学の素養があるのでね。いや、考古学の知識など抜きにしても」と、客人がテーブル上に手放した本を目で示し、「ウルビクスによるバルバラの神殿に関する記述が、問題の地点を確実に教えてくれた。驚いたことに、あたりの風景は千八百年前の描写とほとんど変わっていなかった。あとはもう、自分がウルビクスだとしたら怪物の死体をどこに埋めるだろうと考えるだけで充分だった。五週間かかったが、とうとうその場所を見つけることができた」

「あなたは、いったいなんの話を――」

わたしは掛け布をとり去り、ラグビーボール大の物体をテーブル越しにデイヴィーズ氏に手わたし、信じられないという表情でためつすがめつ検分するにまかせた。

客人には口外無用を約束させた。世間に知られれば科学者どもが押しかけてきてプライヴァシーを乱されるばかりだし、またこれだけの証拠物件を人に売り払うつもりなど毛頭なかった。画伯に約束させたことはそればかりではなくて、わたしのつぎの本の挿し絵を担当することも結局引き受けてもらえたのだった。

わがブロウン館には数々の奇矯な品々が保管されている。針が四本ありそのすべてが不規則な時を刻む奇妙な時計。背表紙にタイトルのない『水神クタアト』。人目にさらさないよう秘匿保管してある奇怪な水晶球、などなど。だがなかでもとくに自慢としている一品は、文鎮として利用している――そのような使い方をするにはいささか奇妙すぎるものだとは思うが――あるものだ。もう明らかだろう、それは、眼窩を持たない、かなり大きな髑髏なのである……

別に一対の翼の骨もあり、それには鉤付きの針金をくくりつけて、ちょっと洒落たハンガーとして使用している。

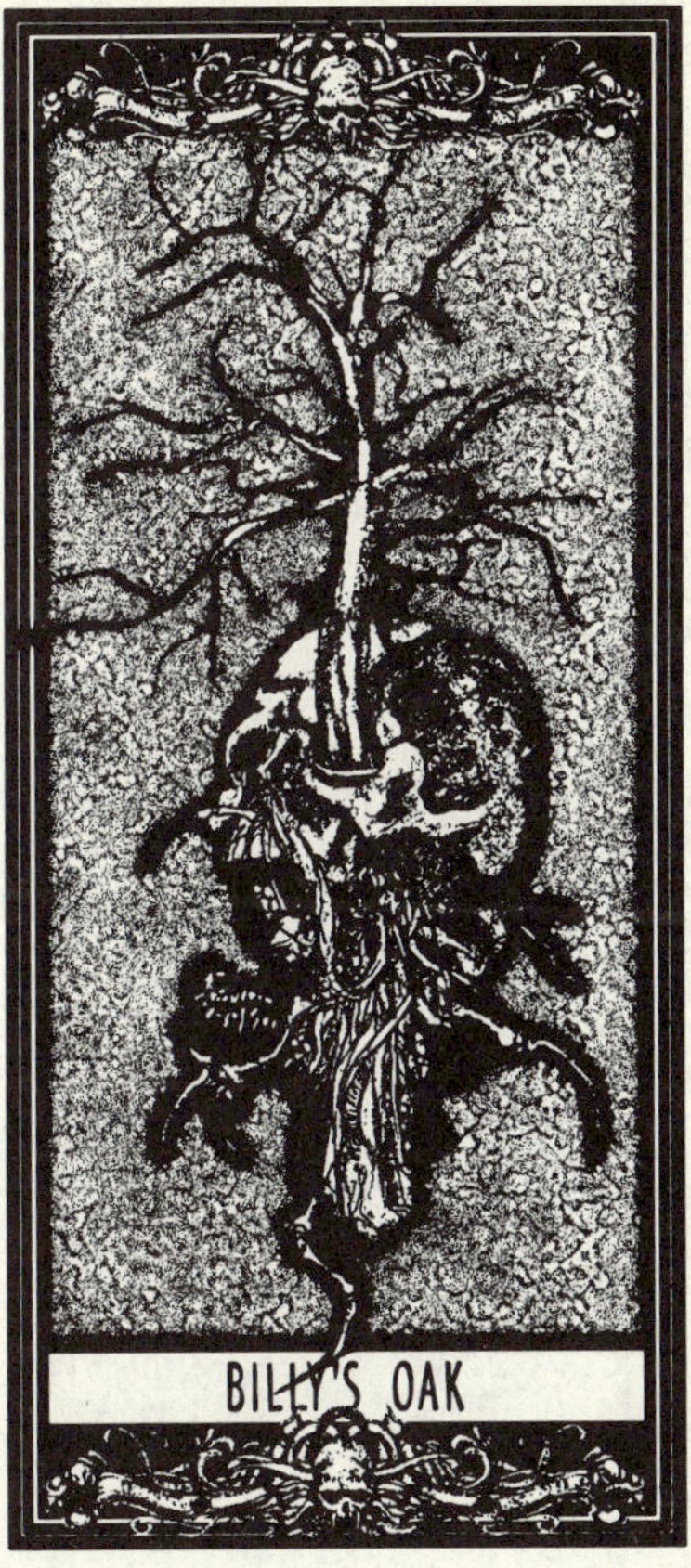
BILLY'S OAK

これまた通例からは逸れた幽霊譚の一つである。それ以上のことは、ここではつけ加えずにおこう……

縛り首の木

わたしの近著『魔女は蘇る！』が驚くほどの好評を得たのは、じつに喜ばしいことであった。ところで、この実話集の取材調査中に、ある異端の書物の名前に出くわすことが数多くあったので、その実物を探し求めようと考えたのである。名を『水神クタアト』といい、主として水棲精霊を召喚する呪文や祈禱を集成した伝説的な書だ。ところが非常に苦労して探したにもかかわらず、結局大英博物館にすらただの一冊も所蔵されていないことがわかったのであった。いや、ひょっとすると所蔵されているのかもしれないが、あれほど大きな博物館の管理者でさえ一般者に閲覧させることをためらわざるをえないような、なにかの理由があるのかもしれないとも考えられた。それで是非目にしておきたいという願望が強くあった。というのも、『魔女は蘇る！』の姉妹編とする予定の『禁断の書！』の執筆に欠かせぬ素材であり、版元から早く書きはじめるようにと強く催促されていたからだ。

大英博物館稀覯書部の学芸員はわたしの閲覧要求には応じなかったものの、それほどいうならタイタス・クロウという人物に連絡をとってみたらどうかと勧めてくれた。その人物については噂を聞いていたが、ロンドン在住の古書希籍蒐集家で、わたしが閲覧を切望しているまさにその本をも個人蔵書に持っているとのことであった。

そこでさっそくこのクロウ氏に手紙を出すと、早々に返事がきた。たしかにくだんの書を所有しており、しかもある条件にさえ従うなら読ませてやってもかまわないから、自分の住まいであるロンドン郊外のブロウン館に来駕されたしとの応諾の書状であった。条件というのは、訪問を夜の晩《おそ》い時間帯にしてもらいたいということであった。というのは氏自身現在ある研究に没頭している最中で、夜間でないと精神集中できない性質なので昼すぎに起きて夜晩く床に就く生活をしており、また午後はほとんど日常雑務に割かれるので、仕事と来客の応対は夜でないとままならないとのことであった。また手短に付記されたところによれば、もともとは訪問者のすべてにいちいち応対などしない主義で、わたしの過去の業績について多少とも知識がなければ即座に申し出を断るところだったという。行儀の悪い好事家たちに隠棲生活をじゃまされることが多々あったかららしい。

是非もなく、とある爽やかならぬ夜にブロウン館を訪ねていった。雨が帳《とばり》のごとく降りつのり、ロンドンの低い空を灰色の雲が重くおおっていた。クロウ氏の広壮な平屋建て邸宅の長い車寄せに、わたしは車を駐めた。コートの襟を立ててしのつく雨を防ぎつつ短い玄関径を進み、重々しいドアをノックした。家の主人が応えて出てくるまでの三十秒足らずのあいだに、体はずぶ濡れになっていた。ジェラルド・ドーソンと自己紹介するが早いかすぐなかに入れてもらい、濡れそぼつコートと帽子を脱いだ。書斎に通され、体を乾かすようにと勧められて、燃えさかる暖炉の前の椅子に腰を落とした。

クロウ氏の容貌は予想と異なっていた。丈高く肩幅広く、若いころは美男であったにちがいないと察せられた。今は髪が灰色となり、目には長年におよぶ神秘の領域への困難な探究が――しばしばの発見をも経つつ――痕跡を残しているが、それでもなお眼光は炯々としている。燃えるような赤い夜着をまとい、机わきの小卓には最上等のブランデーボトルを置いていた。

しかしわたしの目を惹いたのはなによりも、机上に置かれているクロウ氏の目下の研究対象とおぼしき物件のほうであった。それはどこか棺に似た形をした縦長の巨大な掛け時計で、文字盤には象形文字のようなものが記され、針が四本ある。それが大きな机いっぱいに、表を上にして横たえられていたのである。ところで、ノックに応えて出てきたときのクロウ氏が本を一冊たずさえていたのが、早くから目にとまっていた。氏は今、気付けの一杯を注いでくれながら、わたしの坐る椅子の肘掛けにその本を置いたのである。ちらりと目を落とすと、よく読みこまれているらしいウォームズリーの著作『記号暗号および古代碑文に関する注解』であった。どうやらこの書をもちいて、奇怪な時計の文字盤に記された不可思議な象形文字の解読を試みていたところらしい。ふと立って机に近づき、時計を間近に見てみると、大きな音をたてる針の刻みの間隔が奇妙に不規則であることがわかった。しかも四本の針の動き方が、知るかぎりのどんな時間の計り方にもそぐわないものであった。いったいいかなる尺度にもとづいてこんな奇妙な時計をつくったものであろうか。

客の顔に当惑の色を読みとったのだろう、クロウ氏は笑った。「これにはわたしも悩まされていてね。しかしあなたまでが首をひねるにはおよばない。この仕組みを本当に理解できる者がいるかどうか疑わしいほどなのだからね。そこで、ひまさえあればこうして解明を試みているわけだ。このところ何週間も調べつづけているが、いまだになにひとつわからない！　しかしまあ、あなたが今夜ここにいらしたのは、このド・マリニーの時計にかかわるためではなかったな。ある書物をご覧になりたいということで、わざわざこられたとか」

わたしはそうだと答えたうえで、ある本を書こうとしていることをうちあけた。『禁断の書！』で言及する予定の書名『水神クタアト』を一、二度口にした。クロウ氏はそれを聞くと、机のわきの小卓に手をかけ、わたしの坐る椅子の近くまでどかした。すると暖炉わきの壁があらわになり、その壁板の一枚をずらした。その向こうに隠されていた秘密の書架からとりだしたものは、まさにわたしが求めていたくだんの書物にほかならなかった！　と思うと、氏は世にも嫌悪に満ちた表情を一瞬浮かべて、早々に本を小卓の上に手放し、まとっている夜着で両の手をぬぐった。

「この装丁は……」とつぶやく。「いまだに汗ばみつづけている。驚くしかないな、四百年以上前に死んだ人間のものであるかと思うと！」

「人間ですと!」わたしは思わず声をあげ、恐れつつも惹かれて書物を見すえた。「というと、この革はまさか……?」

「そのまさかだとも! 少なくとも、この一冊に関するかぎりはまちがいなく」

「この一冊!……すると、ほかにも何冊かあると?」

「わたしが知るかぎりは、これを含めて三部しかないはず――ほかの二部のうち一つは、やはりここロンドンにある。あなたはそれをご覧になろうとして許可されなかった、ちがうかね?」

「さすがに鋭いですね、クロウさん。まさにそうです。大英博物館で閲覧を希望しましたが、認められませんでした」

「『ネクロノミコン』と同じことだよ。必ず断られる書の一つだ」クロウ氏のこの言及に、わたしはまたも驚かされた。

「なんですって? 今おっしゃった本が、まさか実在するといわれるんじゃないでしょうね? 『ネクロノミコン』とは架空の書物にすぎないと、幾度となく聞かされてきましたが。小説世界上の神話大系をつくりあげるためにうまくでっちあげた、空想の産物にすぎないと」

「さて、どうでしょうか」氏は悠然と切り返し、「それはともかく、あなたが関心をお持ちなのはこの本なのだろう?」と、忌まわしい装丁に包まれた卓上の書物を示した。

「ええ、もちろんです。しかし、拝見して大丈夫でしょうか、保存状態などは?」

「保存にはよく努めているつもりだ。ただ、なかほどのある二つの章については――かなり重要な章であるため――万一にそなえて切り離し、別綴じの冊子にしてある。そちらは残念ながらお見せできない」

「重要な章？　万一のため？」と、わたしはおうむ返しにいった。「それはまた、どういうことなのでしょうか？」

「いうまでもないだろう、邪《よこしま》な者の手にわたるのを防ぐためだとも！」クロウ氏は当然という顔をした。「お考えにはならないかな、あのような本を博物館がどうしてあれほど厳重に管理しているのかを？」

「しかし、保管に気を遣っているのはそれほどの珍籍であるからだと思っていましたが。それほど高価なものだからだと！　あるいはまた、なかには相当に人目をはばかるものもあるからだろうと。たとえば名高いサド侯爵の著作物のような、異常なほど好色残虐な描写を含むものがあったりするからではないのですか？」

「それはいささかちがうぞ、ドーソンさん。『水神クタアト』のなかに書かれているのは、純然たる魔術妖術の使用法なのだ。たとえば〈ナイハーゴの葬送歌〉に関する記述、あるいはたツァトグアの儀式にかかわる四ページにおよぶ詳説、さらにそのほか数多くのまがごとが記〈旧神の印〉の創り方についての教示、あるいはまたサトラッタ秘術にまつわる解説、はたまされているのであって――もしも国家権力がこの書物の実在を嗅ぎつけていたなら、現存する三冊ともとうの昔に廃棄されていたかもしれないほどなのだよ」

「しかし、まさかあなたは、そんな記述内容を本当に信じているわけではないのでしょう？」

と、わたしは疑念を口にした。「もちろんわたし自身としては、そうした神秘奇怪なものがあたかも実在するかのように書き著すつもりではありますが——そうしなければ売れ行きにつながりませんからね——しかし本心をいえば、まったく信じていないわけなのです」

クロウ氏はまるで哀れむように笑った。「ほう、信じておられない？　このわたしがこれまで見聞してきたことをもしもあなたが追体験することができたなら、必ずや驚かずにはいられないだろうね。さよう、わたしは信じているとも。幽霊、精霊、悪鬼、魔神、その他あらゆる迷信的なことどもも、加えてアトランティスやルルイエやグ＝ハーンの実在にいたるまで、たしかに信じているよ」

「しかしですよ、あなたが今いわれたものも場所も、実在するという証拠はなにもないのではありませんか？　たとえば幽霊一つにしても、いったいどこにいけば確実に出会うことができるというのです？」

クロウ氏がつかのま考えるようすを見せたので、わたしは勝利の予感を覚えた。つまり、これほど知的なご仁が、迷信じみたことに本心から心を捧げているとは思えないのだ。ところが氏は予想に反して、答えられるはずのない質問にこう切り返してきた。

「つまりあなたはわたしのことを、全能の神の実在を子供に教え諭す聖職者になぞらえておられるわけだな。で、その神の実体を見せてみよとおっしゃりたい。さよう、残念ながらこのわたしにも、幽霊をただちにお見せすることはできない——少なくとも、かなりの難儀をしなければお答えできないご要望だ。ただし、幽霊の実在を表わす手がかりならば、示してさしあげることができる」

「ほう、手がかりときましたか。いったいどういう……」

「しっ、お静かに」とさえぎり、「耳を澄まして！」指を唇にあてて沈黙を要請し、みずからも耳をそばだてるそぶりを見せた。

外ではいつのまにか雨がやみ、屋根からしたたる雫の音がときおりする程度で、室内は静寂に満たされている。ほかにはあの大時計が刻む時の音だけだ。と、それに混じって、なにかがきしむような物音が、長く尾を引きながら耳に届いてきた――かなりはっきりと。ちょうど、家の梁がきしむような音だ。

「聞こえるかね？」クロウ氏がにやりと笑いながら問う。

「ええ、聞こえますが」とわたしは答える。「あなたとお話しているあいだにも何度か聞こえていました。お宅の屋根裏部屋に、乾燥のゆきとどかない梁があるのでしょう」

「この家には特別な垂木が使われていてね」と氏がいい返す。「とてもよく乾燥させたチーク材を使った垂木だ。というより、チーク材というのはもともときしまないのだよ！」と、またにやりとした。あたかも〈きしむ〉という言葉の響きを楽しんでいるかのようだ。

わたしは肩をすくめた。「では、外の立ち木が風にたわむ音でもあるのでしょう」

「さよう、たしかに立ち木なのだ。しかし風にたわんでいるわけではない。風があるならその音も聞こえているはずだからな。じつのところは、あれは〈縛り首の樫の木〉が、ビリーという男の目方でしなってたてる音なのだ」氏は庭に面した窓に近寄り、それをおおい隠しているカーテンに顔を向けて立ちつくした。「『魔女は蘇る！』のなかに、あなたは書き落としているね、ビリーことウィリアム・フォヴァーグのことを――そう、一六七五年、魔術をもちいたとして恐れられ、農民たちによって絞首刑にされたあの人物のことだ。彼が裁判のために連行される途上を襲っての私刑だったが、農民たちはあとで、ビリーが恐ろしい術を使って空中に奇怪な化け物の姿を浮かびあがらせたので、耐えきれずに襲撃におよんだのだと主張した。忌まわしき災いを招く前に自分たちの手でかたをつけねばならなかった、とね……」

氏のいいたいことがわかった。「なるほど。つまりあの音は、ビリーの吊された木の枝が、二百八十年後のこんにちでもなお、彼の目方できしんでいるためというわけですね？」と、思いきり皮肉な調子をこめていってやった。

だがクロウ氏は少しも動じない。「そのとおり。この家の前の所有者はその点がどうにも気に障ってならず、ついにわたしに売り払った。のみならず、さらに一つ前の所有者は音の原因をつきとめようとしたあげく、発狂してしまった」

ここでわたしは氏の誤りにすぐ気づいた。この話の一部が真実でないことを自分で明かしてしまったのだ。「ははあ、つくり話にとうとうほころびが出たようですね。その発狂した所有者は、とにかく音の原因をつきとめたわけなのでしょう？」

氏がなにも答えないのは、この指摘が正しいと認めたからだろう。わたしはすっくと立ちあがり、しめきられたカーテンの前に立つ氏のそばに足早に近寄っていった。そのとき、また聞こえた。たしかに庭の立ち木がたわむ音のようだった。さっきより大きい。

「正体はやはり、樫の枝が風にしなる音だったわけですね」と念を押してやった。「なんら怪しいことではなかったわけです」

不気味に響いてくる音をさらにもう一度耳にしながら、わたしはカーテンをさっと引きあけ、夜の庭に視線を注ぎこんだ。

そうしながら、われ知らず一歩後ろへ足を引いていた。ひょっとすると本当に怪しいものを見てしまうのではないか、という思いが頭をかすめたからだ。ここが肝心なところだ。怪しいものはたしかになにもなかった。だがわたしの頭には疑問が渦巻きはじめた。すばやく考えをめぐらせたのち、どっと笑い声をあげてやった。小ざかしいやつめ。一瞬なりともまんまとひっかかってしまったではないか。急に湧いた怒りを胸にクロウ氏へ向きなおると、相手はなお笑みをたたえたままだった。

「ということは、真相は結局垂木のほうだったのですね?」と問い迫るわたしの声は、少しばかりしわがれていた。

クロウ氏はなおも微笑を顔に貼りつかせている。「そうではない。さっきいった以前の所有者がおかしくなったというのは、まさにこの点によるのだよ。よろしいかな、〈ビリーの縛り首の木〉は、七十年前にこの家が建てられたときに伐り倒されたのだ——木の根が家の基礎にまで侵入しかけていたのをくい止めるためにね……」

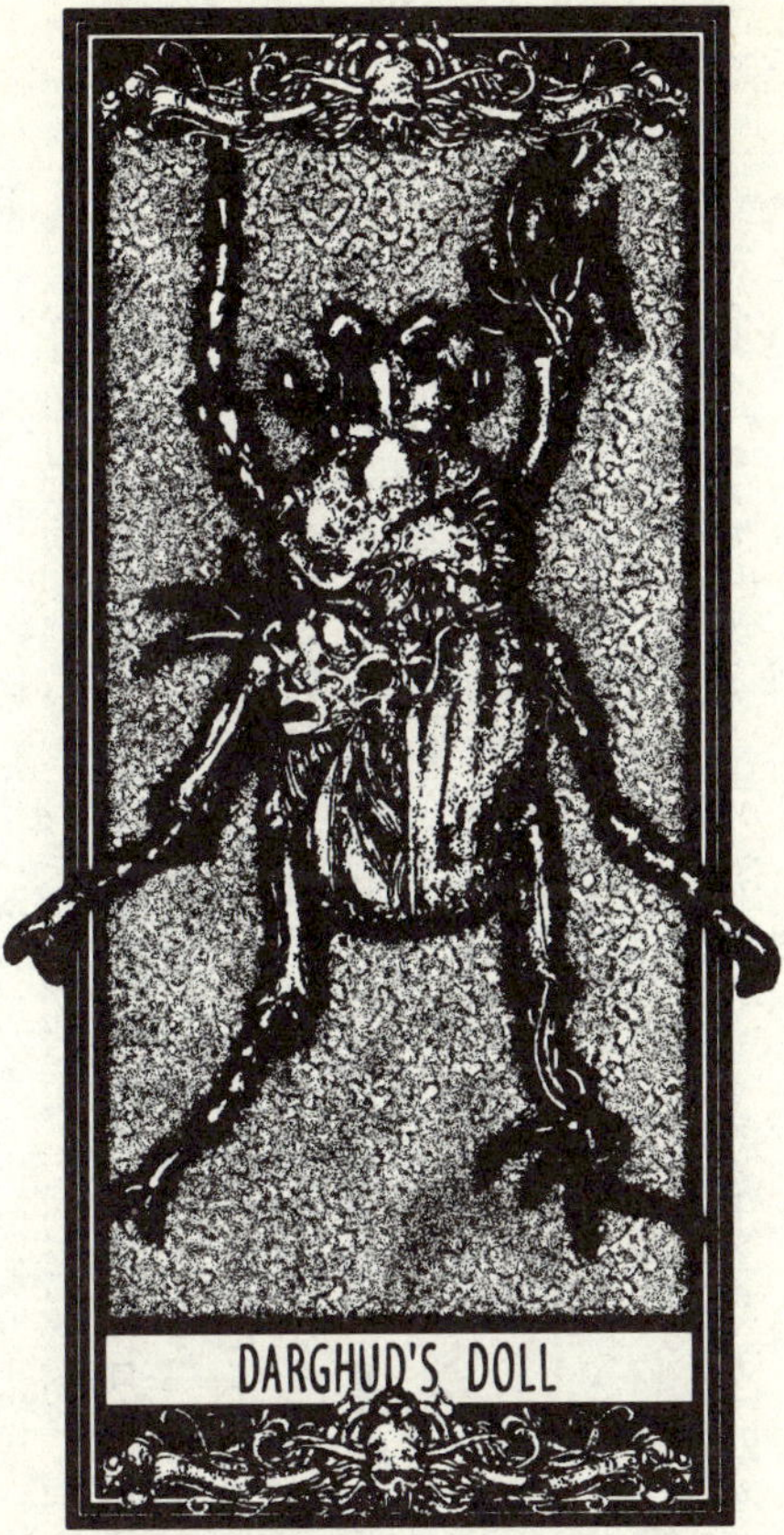
DARGHUD'S DOLL

幽霊、クトゥルー神話の怪物、ローマの廃墟と、このタイタス・クロウ・シリーズではこれまでにいろんな素材を試してきた。そこでここではひとつ、いわゆる共感魔術（遠隔地に現象を同時生起させる術）という題材を試みることにした。もしかすると、この日クロウ邸を訪れたのはジェラルド・ドーソンではなくて、ある意味で作者であるわたし自身かもしれない。そのときクロウがわたしに直接語った話が、この一篇かもしれない。

呪医の人形

「ところで、ドーソンさん、あなたは近ごろ、基本魔術についての本を執筆しているとのことだが？」

上等なブランデーでいつものように歓待してくれながら、タイタス・クロウはこのように話題をきりだした。これまでに幾度か面談する栄を得てきたこのオカルティストのすばらしく調度のゆきとどいた書斎を羨望の目で見まわしてから、わたしはこう答えた。

「そうなんです。じつのところ、良質な資料何冊かを参考にして、すでにかなりの分量を書き進めています。しかしある章のところで、少々手こずっていましてね」

「ああ、電話でもそんなことをいっておられたね——たしか複写魔術に関する章だと？」

わたしはうなずいた。「そう。複写魔術が効果を発揮する理由については、一応心得ているつもりです——どのように機能するかについてもね。ただ、よく記録された実例があと二つ三つないと、どうも説得力がいまひとつで。つまり、セオリーについては充分なんだが、具体的側面が足りないというわけです」

クロウは少し考えるようすを見せた。室内の静寂を破るものといえば、カーテンのしまった窓の向こうで庭木の枝がときおり夜風に揺れる音と、部屋の隅に置かれた象形文字のある四本針の奇妙な大時計が時を刻む不可思議な音だけだ。

「複写魔術——もしくは共感魔術というやつだな」とようやく口を開いた彼は、考えをさらに重ねるように頭を片側へかしげた。「悪いが、あなたには少しばかり運がないというしかない。たしかにわたしは実例をいくつか知っているし、うち一つはかなり詳しく実証できるものだ。しかしここで認識しておかねばならないのは、この魔術の実例で信頼にあたいするものはごく限られているという点だ。もっと単純にいえば、百パーセント事実と証明されたもの以外は、複写魔術とされている現象の多くは単なる偶然の所産なのだよ」

やや間をおいてから、クロウは急いでつけ加えるように先をつづけた。「だからその点ではあまり力になれないにしても、あなたのいう資料本についてならば、もっと数を増やせるように書名を挙げることはできる。そう……たとえばマクファースンの『北東スコットランドの原始信仰』や、トラヒテンベルクの『ユダヤの魔術と迷信』などはのぞいてみる価値があるだろう。ほかにはオマーンの『インドの秘教と秘伝と迷信』も有用だし、E・モーシャン博士の『マロクの妖術』も役に立つ。それから――」

「ちょっと待ってください！」と、わたしは声を大きくして彼をさえぎっていた。「急いで話を逸らそうとしてやしませんか？　その〈かなり詳しく実証できるもの〉というのは、いったいどんなものです？　ぼくには話せないような種類のこととか？」

「そういうわけではないが……事件に関係した人々を個人的に知っているということもあってね」と、クロウは一度唇を引き結んでから、「仮に話すにしても、事実関係を少し変えたりとか、人名を変えたりしなければならなくなる。おわかりだろう？　そうなればもう〈実例〉とはあまりいえなくなる。事実を追い求めているあなたにとって、物語化された話ではしようがないんじゃないかね？」

「資料として使えるかどうかはともかく」わたしは必死にくいさがった。「今はその話が聞きたくて仕方ありません。あなたが火を点けたんですよ！　いつもそうじゃないですか、わかってるでしょう。聞かせてもらいましょうか――いったいどんな事件なんです？」

「それほどいうなら」と、クロウは観念したように、「だがその前に、もう一杯つがせてもらおうか」

彼は椅子を近くに持ってきて腰かけ、わたしも自分の椅子を火のそばに寄せた。異様に静まり返った部屋のなか、大時計の不気味な音だけを伴奏として、館の主は語りはじめた。

「今から九年前のこと、医師モーリス・ジェイミスンはわが英国を発ち、南アフリカで病を患う弟のもとへと向かっていった。弟デイヴィッド・ジェイミスンもやはり医師で、同地にあるンガミ湖の南岸で小さな病院を営んでいた。

このデイヴィッド・ジェイミスンは子供のころから、未開地域の人々を助けたいといういわゆる使命感に燃えた人物だった。仮に医学の道で才能を開花させなかったとしても、いずれアフリカに命を捧げたにちがいなかった——たとえば聖職者になるなどして。現実には医者として、十五年の長きにわたって現地人のあいだで声価を高めていった。多くの部族から、さながら神のように敬われてすらいた。

しかしリヴィングストンからランドローヴァーを駆ってくだんの病院にたどりついた兄モーリスは、弟デイヴィッドにはいささか自分を酷使しすぎる性癖があることを見てとった——しかも十五年におよぶ酷使だ。かくてデイヴィッドは疲労に倒れ、兄モーリスの手によって自身が営む病院のベッドに寝かせつけられることになった。そうやってしばらく静養するようにとモーリスは弟にいい聞かせ、代わって自分が患者たちを診はじめた。

ところでモーリスのこの処置は結果的に正しく、デイヴィッドをすぐに静養させたのは決して大事のとりすぎではないとわかることになる。というのは二、三日としないうちに、日に焼けていながら体の弱ったデイヴィッド・ジェイミスンの病状はひどい腸炎をともなう熱病へと進行していったからだ。指示に従ってすぐ静養に入らなかったならば、完全に命とりになっていたと思われた。兄モーリスはおおいにがんばって現地での医療をこなしつづけていたが、弟のこの容態によってますます苦闘を強いられることになった。病院に勤める二人の熟練した現地人看護士にとっても事情は同様だった。もちろん、この熱病はディヴィッド・ジェイミスン一人を襲ったものではない。ンガミ湖の細い湖峡の対岸に広がるオカヴァンゴ盆地の湿地帯では、モーリスがアフリカにやってくる前の週あたりからすでにこの悪性熱病が猛威を振るいはじめていたのだ。以後十日あまりのあいだ、これに罹患した人々を積んだカヌーが日に一、二艘ずつ毎日湖をわたって病院にやってきた。

それから三週間ほどをどうにかやりすごすと、デイヴィッドは病院のベッドに横たわりながらもようやくゆっくりと快復しはじめ、体重も増えはじめてきた。現地人の患者たちも多くが立って歩けるようになり、湖のあちらの湿地帯の村へと帰っていきはじめた。モーリスもこのころにはやっと自分の時間を少し持てるにようになった。

じつは、モーリスにはある趣味があった。それは昆虫の収集だ。弟のためにアフリカにいくことを決意したときから、熱帯種の昆虫をコレクションに多数加えられる絶好の機会だとひそかに思っていた。だから採集用具をいろいろと用意してきていた。捕虫網やピンセットや種名を書きこむカードやノートなどなど——なかでもいちばん重要なのは、さまざまなサイズの型《かた》枠《わく》一揃いと、そのなかに流しこむための速乾性の合成樹脂だった。

これらをもちいた簡便な方法のほうが、昔ながらの台紙に虫を固定して保存するやり方よりもずっと重宝だった。樹脂で固めてしまえば、どの方向からも仔細に検分できる利点もある。原始時代の昆虫をとりこんで固まった琥珀を博物館でよく見かけるが、あれに似た頑丈なできあがりになる。ひとたび固まってしまえば、ガラスのように硬くて透明になる。

夜が訪れて医療の仕事がかたづき、残っている患者たちがおおむね就寝したころになると、モーリスは毎夜病院付属の大きな庭園に出ていった。そしてなによりの楽しみとする昆虫採集に没頭した。たくさんの虫を捕らえては分類整理する日々を送るうちに、やがて弟もほとんどよくなって歩きまわれるようになった……それが問題のはじまりだった。

まず断っておかねばならないのは、彼らの病院で治療を受けて熱病から快復した現地人の大半が、ムブルス族の者たちだということだ。そのあたりで最も未開で、しかも文明人にきわめてなじみにくい部族だ。以前は白人の医者に診療してもらうことなどまったくなかった者たちだった。病気の治療はもっぱら、部族専属の呪術医《ムガンガ》ダルフドがやっていた――この人物は現地伝統の医術に精通しているのみならず、暗黒魔術にも秀でているといわれていた。しかしこのたびの熱病ばかりは、このダルフドの手にも負えないものだった。折しもムブルス族の酋長ノトカは以前から、ほかの部族が白人の診療を受けていることをひそかに羨望しており、なんとかジェイミスンの病院と良好な関係を持ちたいと考えていたところだった。ところがこのノトカその人がくだんの熱病に倒れてしまい、ダルフドがほどこす治療も効を奏す気配がなかった。そこで酋長は自身の長子にダルフドをともなわせ、湖をわたってデイヴィッド・ジェイミスンから熱病をなおす薬をもらってくるように命じたのだった。

これこそが問題の発端だった。デイヴィッドは兄が故国から救援にくる以前に、この悪性腸炎に対する最良の治療薬がペニシリンであることを解明していたのだが、そのころには病院の薬局に残っているペニシリンの量はわずかに注射二回分のみとなっていた。兄モーリスはこの二回分を弟の最終治療のために使うつもりだった。そこで病院の看護士の一人にいいつけて、獣骨の飾りをまとう呪医と父の身を案ずる酋長の息子に対してその旨を説明させた。

考えてもみるがいい。体に紋様を描いた呪医が、部族の長の命令により自分の意志と見立てに反して、白人の医師から薬をもらうべく頭をさげねばならないのだ。しかもその結果が無礼な拒絶であったとなれば！　ダルフドにとってはがまんできないことだった。だがある意味では、待ち望んでいた瞬間ともいえた。白い肌をした異教の呪医たちに思い知らせてやり、うまくすればこの地から追い払ってしまえる絶好の機会かもしれない！

ところは病院の前庭、己が部族の長の子息の面前で、黒い怒りに燃えたダルフドは、モーリス・ジェイミスンの足もとの地面に唾を吐き捨てた。そして奇妙な白い粉末をとりだしたかと思うと、あいだに立つ看護士兼通訳の男の顔にそれを振りかけた。と、こんどはまた別のなにかをとりだし、当惑して見守るばかりのモーリス（当然ながら彼にとっては、拒絶の決定はきわめて理にかなったものだった。ペニシリンといえども注射二回分では湖の向こうの酋長を救うにはとても足りず、さりとてそれ以上の持ちあわせはなく、ただ彼自身の弟の快復には欠かせないというだけのものだったのだから）の鼻先にさしだした。受けとってみるとそれは、もそもぞとうごめく一匹の大きな甲虫だった。と思うまもなく蛮族の呪医は、黙して従うのみの二人の配下に——じつのところカヌーの漕ぎ手たちだ——かしずかれながら、すたすたと歩み去っていった。

白い粉をまぶされた現地人看護士は思わぬ襲撃物をやっと顔から払いのけたが、モーリス・ジェイミスンが手にして不思議そうに見入っているものを——すなわち、硬い鎧に包まれてうごめく昆虫を——目にするやいなや、あわてて後ろへとびすさった！

なにを恐れているのかとモーリスが問うと、甲虫は悪しき呪物なのだという答えが返った。それを受けとった者に禍いをもたらす呪いがかかっているのだという。だからそんなものは投げ捨ててしまいなさいと看護士は教えた。できるだけ遠くへ投げよと——そして心から神に無事を祈るべし、と。だがモーリスはこの教唆を一笑に付し、これは今まで見たことのない種類の甲虫だから捨てるわけにはいかないといい放った。あまつさえ、神の助けがいるというのならきみが祈っておいてくれとうそぶいた！　そしてすぐさま自室にひきこもった。ばたつく虫をさっそく型枠に入れ、まだ口を切っていない液状合成樹脂の瓶を開封して内容物を流しこんだ。固めるためにそのまま放置し、あとはしばらくのあいだ虫のことは忘れ去ってしまった……やがてくる後刻まで。

その日最後の患者数人の診療が終えて夕刻が訪れると、モーリスはまた庭に出て、コレクションに加えるに足る新種の虫がいないかといつもどおり茂みのなかを探索しだした。しかしいつものように熱中するまでにはいたらず（少し頭痛がしていた）、しかも湖の向こう岸からなにやら不気味な太鼓の音が鳴り響いてきて不安を誘っていた……

　自室に戻って真っ先に思いだしたのは、ダルフドなる男からもらったあの呪われているという甲虫のことだった。さっそく見てみると、これがどうしたことか、透明に凝固した合成樹脂のなかで永久に動けなくなっているはずの虫が、姿を消していた！　この奇妙な出来事に唯一考えられる原因は、樹脂が固まる前に虫が自力でどうにかして逃げだしたということだ。だがそれ以前には例のないことでもあった。そこでモーリスはこうも考えてみた――開封前の樹脂が暑さのせいで劣化していたためではないか、と。こういう素材は本来もっと気温の温暖なところで使うものなのだ。しかし翌朝になってみると、ほかの虫たちに注いだ樹脂はイギリスでやっていたときと同様に、ちゃんと硬く凝固していることがわかった――同じ瓶から出したものであるにもかかわらず。

　それから三日が経つと――ちなみにモーリスはこの三日のあいだ、虫が消えた日以来の頭痛にますますひどく悩まされていた――弟デイヴィッドもようやく起きて動きまわれるようになった。さすがに肌の日焼けは褪せたものの、元気さは以前以上になっていたので、モーリスはこれなら自分は安心して故国に帰れると心に決めた。アフリカの暑さには閉口するばかりだったし、おまけに昼夜なく響く向こう岸からの太鼓の音にもいい加減うんざりしていた。当初いだいていた弟の使命感への共鳴も、難儀な病院運営への情熱も、いつのまにかすっかり萎えていた。それよりも苛酷な気候への厭悪《えんお》が勝ち、あの呪術医が訪れた日から四日めにはついに帰途に就いた。案内人の運転するランドローヴァーの助手席に乗りこんでリヴィングストンまでの長い道のりを戻り、さらに五日をかけてようやく英国にたどりついた。

さて、すでに触れたことだが、モーリス・ジェイミスンはいっこうにおさまらない頭痛の原因を、アフリカの強烈な陽光を浴びすぎたせいだと考えていた。とはいえ、今になっても治らないのはどういうわけか？　いやそれどころか、ますますひどくなっていた——イギリスに戻ったというのに！　しかも通常の処方など役に立たなかった」

ここでクロウはいっとき息をつき、自分とわたしのグラスそれぞれにまたブランデーをつぎ足した。そして椅子の背に身を預けて一口傾けると、話を再開した。

「モーリス・ジェイミスンがイギリスに一応無事帰れたところで、ふたたびアフリカのほうに物語を戻すことにしよう。

デイヴィッド・ジェイミスンは兄が病院をあとにしてからほどなくして、ンガミ湖の彼方から聞こえつづける不快な太鼓の音はいったいなんなのだろうといぶかしみはじめていた。彼の疑問にすぐ答えてくれたのは、呪医ダルフドに粉を浴びせかけられたあの黒人看護士ヌウボだった。ヌウボがこのとき語ったことは、かの呪医が訪れたときに起こった出来事の真相を明らかにするものだった。

このアフリカ大陸には文明世界にいまだ知られていない無数の秘密が隠されていることを、デイヴィッド・ジェイミスンは長年の滞在ですでによく感知していた。とくに原始的な黒魔術の力など、文明人に知られていようはずもない。このとき彼が思いだしたのは、呪医の一件の直後から兄モーリスが妙に頭痛を訴えだしていたことだ。そしてもちろん、あの太鼓敲《たた》きが有害な黒魔術の力を鎮めるための儀式の一部であることも！　それらすべてからの洞察にもとづいて、デイヴィッドは早々に二人の信頼できるカヌー漕ぎの手を借り、ンガミ湖をわたって密林と沼地のなかのムブルス族の野営地へと向かっていった。このとき、リヴィングストンから輸送されてきたばかりのペニシリンをたずさえていくことを忘れてはいなかった」

クロウはここでまた一息つき、ほんの一瞬眉根をしかめてみせてから、すぐまた物語の続きを述べはじめた。

「話の舞台がたびたびあちこちにとんで悪いのだが、ドーソンさん、できるだけ時系列に従って語っていきたいのでね。そこで――またイギリスのモーリス・ジェイミスンのところに戻ることにしよう。

モーリスは妻ミュリエルとともにブレントウッド郊外の田舎家に住み、その町で自分の医院を開業していた。しかし例の症状はいまだおさまらず、ついに帰国後四日めにして、医療業務を支障なくつづけるのは困難だと判断せざるをえなくなってしまった。ずん、ずん、ずん、と頭を悩ませつづける痛みはさながらあのンガミ湖を越えて響いてくる太鼓を思わせるようで、このままではそのうち巨大な万力に絞められるようにして脳がゆっくりと砕けてしまうのではないかとすら案じられた。翌日には苦痛のあまりベッドに身を横たえたきりとなり、さらにその翌朝には医師仲間に頼んで診てもらうことにした。ところがまさにその日のこと、頭痛はそれがはじまったときと同様の急速さと不可解さでもって、たちまちのうちに弱まりついには雲散霧消してしまった。結局痛みがつづいていたのはちょうど二週のあいだだった。

その後はあのひどかった痛みが嘘と思えるほどなにごともない日々がつづいた（事実モーリスは死の予感にさえおびえたのだが）。快復から八日めの朝のこと、アフリカはソールズベリ消印の妙に重い小包みが彼のもとに届いた。いったいなにが送られてきたのかと包みを解いてみると、なかに入っていたのは弟デイヴィッドからの長い手紙と、そして——一体の奇怪な人形だった」

「人形？」わたしは思わずおうむ返しに問い、クロウの語りを中断させていた。「奇怪とは、いったいどういうことです？」

「つまり、あの呪医ダルフドのつくった人形だったのだ」と、彼はわたしのじゃまだても気にとめぬようすで、「だがそのことはあとまわしにして、順に話していこう。

まず奇妙だったのは、この小包みそのものだった。通常の梱包用の箱とは少しちがっていて、通気孔のような小さな穴がいくつもあいており、どこか昆虫採集に使う標本箱を思わせた。箱のなかにはさらに包みがあって、それを解いてみると、脱脂綿に念入りにくるまれた人形が出てきた。固めて焼いた泥土と麦藁からつくられたもので、頭の部分だけが綿から出ていた。青色のガラス玉が眼球にもちいられ、頭部のてっぺんには赤い彩色がほどこされていた。ここでつけ加えねばならないのは、モーリス・ジェイミスンは赤い髪と青色の瞳の持ち主であるということだ……

同封されていたデイヴィッドからの手紙が、この奇態な郵便物について驚くべき説明をなしていた。弟は兄モーリスが呪医ダルフドと相対したあの日以降の真相をさぐりだし、その内容を詳しく伝えていた。兄が出立した三日後に彼はカヌーを漕ぎだし、さらに三日をかけて湿地帯を探しまわり、放浪の民ムブルス族をついに見つけだした——太鼓の音を頼りに探索しての結果だった。そして病身の酋長を診療し、わずか一日二日のあいだに奇跡的とも見えるほど快復させることに成功した。湿地帯に暮らす人々は信じがたいほどに頑強な肉体を持っているという。

その後にデイヴィッドはようやく肝心な質問をきりだした。呪術医ダルフドのこと、また奇怪な太鼓の音が意味することについて。酋長ノトカが気まずそうに答えたところによれば、ダルフドは救援を拒絶した白人医師の命を奪うべく、呪術の儀式を行なっているのだという。酋長はデイヴィッドの要請にただちに応じ、危害が完遂されないうちに儀式をやめさせた。ダルフドは怒り落胆しつつも、呪いの人形をおずおずとさしだし——泥人形の体内にはモーリス・ジェイミスンの生気もしくは精気を封じこめたあの甲虫を埋めこんでいた——、と同時に太鼓を敲くのをやめさせた。ただ一つ、呪医がいかなる術によって虫を合成樹脂のなかからとりだしたのかは、ついにわからなかった。

ところで人形には彩色された頭部に一筋の紐が巻きつけられており、また左右のこめかみのところに木製の小さな円盤状のものが一つずつとりつけられていた。ダルフドはこの円盤を毎日まわしつづけ、それによって人形の頭を紐で少しずつ絞めていたのだった。これをつづけると、いずれは頭がつぶれることになるのだ！　デイヴィッドはもちろん、この円盤と紐をすぐにとりはずした——まさにそのとき、すなわち彼が人形の頭を絞めつけから解放してやった時点と寸分たがわぬ時刻に、五千マイル彼方の英国で兄モーリスの頭の痛みが急速に薄らぎはじめていた！」

「ただの偶然でしょう」いささか失望を感じたわたしは、そう口をはさんだ。実際、いかにもありそうな話としか思えなかった。

「偶然？　かもしれない――しかし、話はまだつづきがある。

もうわかっていると思うが、このモーリス・ジェイミスンという男もあなたと同様冷静な人物で、やはり偶然にすぎないだろうと考えた――だから遺恨など持つべくもなかった。泥人形は妻に与えてしまい、あとはもうすべて忘れ去った。だが妻ミュリエルは彼とは少し性質がちがっていた。わりと迷信などを真に受けやすいたちで――まあ、この件についてはあまりに信じがたい話と思いはしたようだが――用心するに越したことはないと考えた。

じつのところ、人形を初めて目にしてその謂《いわ》れを知らされたときから、彼女はすでにある恐れをいだきつづけていた――というのは、自分の夫に似せてつくられたこの人形が、それほど頑丈な出来のものではないと見抜いたからだ！　むしろずいぶんと壊れやすそうに見えた。とても人の一生ほどの寿命を持つものとは思えなかった。しかもそれが、夫モーリスの命と本当にどこかでつながっているとしたら？　たとえば人形が少しずつ風化して崩れていくとしたら、夫の身にもそれに類するなにかが起こるのではないかと、ミュリエルは不安に駆られてしまった。

　しばらくしたある夜、彼女は人形にあることをした……そしてそれがすべての結末となった!」と、クロウはまさに結末を示唆するように指を鋭くはじき鳴らした。

わたしはつかのまつづきを待ってみたが、待ちきれずに口を出した。「で、結局どうなったんです? 「ミュリエル・ジェイミスンがなにをしたというんです?」

クロウはわたしをいっとき見すえてから、ため息をついて、「あなたなら察しがつくと思ったんだがね……」とつぶやき、グラスをまわしてなかのブランデーを揺らした。

「いや。聞かせてほしいな」わたしはさらにうながす。

彼はもう一つ息をつき、「つまり、ミュリエルはくだんの人形にある処置をして、その一時間後に夫の書斎にコーヒーを持っていった。すると夫は、机に向かったまま死んでいた。顔は蒼白で、目をかっと見開き、舌を垂らしていた」

「そんな!」一気に聞かされた結末に、わたしは思わずおののいた。「そんなひどい死にざまを……しかし、ジェイミスン夫人はなにか予防措置をとったんでしょう? なのにどうしてそんなことに?」

ブロウン館の主は今一度ため息を洩らした。「詳細はあまり心地よからぬ話だから、できればはぶきたいものだがね」

「いいから話してください」わたしは少しいらだってきた。「モーリスはなぜ死んだ? なにが起こったんです?」

「憶えているだろう、モーリスの趣味は昆虫採集だということを。そして、彼がある速乾性の合成樹脂を使っているということも――」

を出していた。

「えっ？　すると、まさか……」恐ろしい解答が率然と頭のなかにひらめいて、わたしは大声を出していた。

「そのとおり」クロウは黄褐色の髪を揺らして、陰鬱な面持ちでうなずいた。「主治医は死亡診断書にこう書いた――死因を誘発したのはおそらく、モーリスがアフリカで採集してきたある種の虫であろう、と。その虫がまず長期にわたる頭痛を引き起こし、やがてあるとき急速な呼吸困難を併発し、ついに窒息死したに相違ない、と。結局虫のせいにするしかなかったというのが、なんとも皮肉じゃないかね」

いっとき間をおいてから、また口を開いた。

「モーリス・ジェイミスンの死後一年半ほどのあいだ、夫人は気も狂わんばかりの状態がつづいていた――自分のせいだと思わずにいられなかったのだね。しかしこの話のいちばん肝心なところは、じつはジェイミスンの死そのものではない。彼の死後数日を経て明らかになったことこそ、すべての結末なのだ」

「死後数日を経て明らかになったこと？」わたしはわけもなくおうむ返しに問い返していた。

「そう」と答えたクロウは、語りにくいところを語り終えたせいか妙に冷然としていた。「合成樹脂に固められ、ちょうど棺におさめられたような状態のあの泥人形を、ミュリエル・ジェイミスンは夫が死んだ数日後に、居間の暖炉で燃やしてしまったのだ。樹脂はセルロイドのように溶けながら燃えていった。こんなものがなければ忘れられる、彼女はそう思ったのにちがいない。

ところがその日の夜たまたま遺言書が読みあげられ、初めてわかったことがあった。モーリス・ジェイミスンはこう述べていた——もし自分が死ぬようなことがあったならば、遺体はきっと火葬に付してほしい、と！」

この話、是非ともわが著書に収録させてほしいものだ。

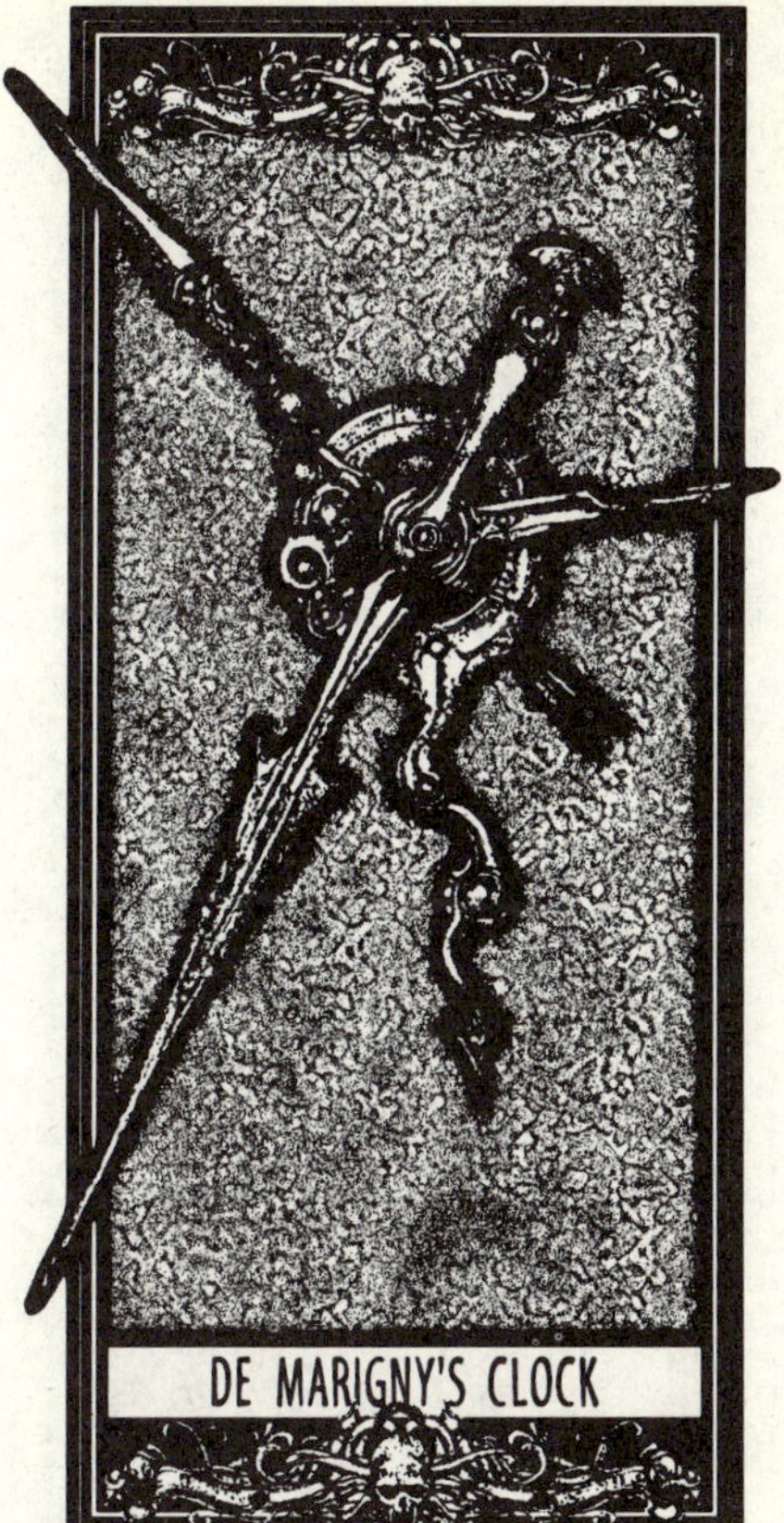
DE MARIGNY'S CLOCK

Ｈ・Ｐ・ラヴクラフトが「怪老人」と題した小説をものしたのは、わたしがまだ生まれていないころのことだった。その名篇とわたしが書いた本篇とのあいだの基本構造の類似点については、つい最近までなぜかまったく気づいていなかった。しかし無意識のうちに影響され、ＨＰＬのあとを〈追うようにして〉これを書いてしまったということは充分考えられる。事実、登場する悪党たちの運命は……いや、ここでは明かすまい。

またこの作品中にもう一つあるラヴクラフトからの借用物は、ある奇妙な大時計であり、その名は——

ド・マリニーの掛け時計

タイタス・クロウが隠棲の場とする、ロンドン郊外に位置する平屋造りの邸宅ブロウン館を訪問することは、主《あるじ》によって許されるかあるいは招かれるかしないかぎり、いかなる場合であれ宣戦布告にもひとしい挑発行為とみなされる。そもそも招待状も持たずに——ときには持っていてさえ——クロウ邸の玄関先に立つこと自体、強引で独断的な人格の表われと受けとられても仕方のない行為なのだ。クロウという人物自身、奇態な性格の持ち主であり、これと衝突することは避けられないと考えねばならない。ブロウン館はある独特の雰囲気をたたえた邸宅であり、つねに〈なにか〉をほのめかしているようなあまりに特殊なその気配のせいで、地所にも館にも鳥や鼠すら寄りつかないといわれる。またそもそもクロウという主人が客を招くこと自体、きわめて稀であった。尋常でない時間帯に寝食し尋常でない仕事に没頭するのみで、いちばん機嫌のいいときでさえとても社交的とはいいがたい。しかし彼自身にとってはこの人間嫌いとも見える性癖には理由があるのであり、しかもそれが長年のうちにますます強くなり、確固としたものになってきていた。一つには、彼の蔵書がきわめて貴重かつ高額な書物を多数含んでいて——なかには絶版となったままあまりにもひさしいものや、あるいは公的には出版すらされていないことになっている本もある——そこへもってきて、ロンドンにはそうした奇書珍籍を無法に狩り集めようとする不届きな蒐集家が数多くいるということが挙げられる。またもう一つは、オカルティズムや考古学や民俗学や文化人類学の異端的な方面での彼の研究がきわめて強い集中力と秘密性を要するがゆえに、外部からの要らざる干渉はできるかぎり排除せざるをえないという事情がある。

ここで招かれざる来訪者があったのは、幸いクロウがその多様な研究活動に専心している時間帯のことではなかった。目覚めを余儀なくされたのは、ド・マリニーの時計をめぐって報われない調査検分をやって終日いらだたしくすごしたのち、夢も見ぬ深い眠りに落ちていた深更のことであった。

「いったいなにごとだ？　何者だ、おまえたちは？　ここでなにをしている？」部屋の明かりが点くのと同時に、ベッドの上で彼はさっと半身を起こした。間をおかず、不気味な自動拳銃の銃口が額にぴたりと押しつけられた。それを握りしめているのは、まったく可愛げのない相貌の悪漢だった。背丈五フィート八インチはある偉丈夫で、体格のわりに短く見える二つの脚でどっしりと立っている。顔には左目を断ち切るように細い傷痕が走っている。口が左から右へわずかに傾いているのが、いかにも酷薄そうだとクロウの目には映った。たしかにこれほどの悪党づらもない。

「おちつきな、おっさん。心配することたあねえさ」と強盗が口を開いた。妙に低く、耳に心地いい声ではない。クロウは室内をすばやく見まわし、悪漢がもう一人いるのを目にとらえた。戸口近くにおり、ちょうど部屋に入ってきたところのようだ。青白い顔にひきつった笑みを浮かべている。

「めぼしいものがあったか、ペイスティー？」銃を持つ男がそちらへ声をかけた。だが目はクロウの顔から一秒たりとも離さない。

「なにもねえぜ、ジョー」と、答えが返った。「銀の皿や匙がちょっとあるだけで、あとは古ぼけた本ばかりだ。値打ちものはまだ見つからねえ。そのおっさんに訊くのが早道だな」

「蒼白《ペイスティー》、か！」クロウがいきなり声をあげた。「名は体《たい》を表わす、だな。その名前を耳にする前から思っていたよ、ずいぶん痩せこけた、なまっちろいやつだ、とな」といってにやりと笑い、ベッドからおりて深紅の夜着をはおった。

ジョーはぎくりとして、頭のてっぺんから爪先までこの家の主の姿を見た。長身で肩幅が広く、若いころにはさぞ男前であったろうと思わせる。今でもどことなく気品をまとい、瞳はなお強く輝いて知的という以上の冴えを見せ、容貌のすべてが秘めた力を暗示しているかのようだ。そのあたりがジョーにはとくに気に入らない。ここはひとつ、できるだけ早い機会にこちらの力を見せておくのがいいと彼は心をさだめた。折よくそのわずか数秒後に、家の主は絶好の機会を提供してくれた。

まず、ついさっき主が相棒に向けて放ったからかいが効きめを現わしてきた。ペイスティーの返報は脅しのせりふだった。「いい色のガウンだな、おっさんよ。てめえの額をぶん殴って血が出たら、もっと似合うようになるだろうよ」と、棍棒を開いた掌にぴしゃぴしゃ打ちつけながら、いやらしく笑った。「そうなる前に、ありかをしゃべっちゃどうだ？」

「いいだろう」クロウはすぐ答えた。「手洗いなら廊下へ出て、左の三番めのドアを……うう っ！」とうめいたのは、ジョーという男の拳銃で頬を殴られたからだった。たまらずその場に倒れこんだ。慎重に立ちあがり、顔にできたみみず腫れをそろそろと撫でた。

「もうたわごとは聞きたくねえという意味さ」とジョーがいい放った。

「そうかね」クロウの声は抑えた怒りに震えていた。「では、なにが欲しい？」

「まだわからねえのか？」といったのは、つかつかと近寄ってきたペイスティーだ。「カネだよ、カネが欲しいに決まってるだろうが！　こんなお屋敷に住んでる、おめえのような立派なだんなさまが——」と、絹のカーテンからブカラ織りの敷き物から、紫檀の額に収められたオーブリー・ビアズリーの妖艶な原画にいたるまで見まわし、「——現ナマをしこたま持っていねえはずはねえだろう……それを出せといってるんだよ！」

「だったら、きみたちを落胆させるしかないな」とクロウはベッドに腰かけ、陽気な調子でいった。「金は銀行に預けてあるんだ——それもごく少額をね」

「立ちな！」ジョーが短くいい放った。「ベッドを離れろ」とクロウをわきのほうへひっぱり、ペイスティーに顎でなにごとか指示した。ベッドをどうにかしろといっているようだ。クロウが進みでようとしたときには、ペイスティーはすでにベッドカヴァーをめくりあげていた。そして鋭いナイフをふところからとりだした。

「ちょっと待て……」クロウは危険を感じて声を絞りだした。

「じっとしてな」ジョーが制する。「でねえと、こいつのナイフがまずおめえの体を刺すことになるぜ！」と、クロウの顔の前で銃を振り、動けないように牽制する。「こんなめんどうをかけさせるより、カネのありかを早く教えるほうがずっとましなんじゃねえのか。このまんまだと、てめえのこの豪邸がめちゃくちゃになっちまうぜ」

ジョーはクロウに白状する機会を与えようとしていたが、答えがないためペイスティーに先をうながした。

相棒はその指示に従った。

ベッドの左右両わきを切り開き、さらに脚側の端も切り裂き、やわらかな布地を引き裂いて、内部の詰め物とその下の発条《ばね》をあらわにした。詰まっている綿をつかみだし、家の主の驚きと懸念にもかまわず、床に撒き散らした。

「見たところ、世捨て人ってふうだよな、おめえは。そういうご仁は、だいたい妙なところにカネを隠しとくもんだぜ。ベッドのなかとか……壁の額縁の後ろとか！」ジョーはペイスティーのほうへ顎をしゃくり、ピストルでビアズリーの絵をさし示した。

「見たければ額の裏も見たらいいさ」クロウはまた進みでようとしながら、うなり声を出した。

「ただし、絵は切り裂く必要もなかろう」

「ほう！」と振り向きざま声をあげ、怒りをあらわにした家の主をさぐるような目で見たのはペイスティーだった。「ってことは、ここに並んでる絵はかなりの値打ち物だってことか？」

「コレクターにとっては価値があるというだけのことだ」とクロウは答えた。「きみたちでは、そんなものをあつかう故買屋すら見つけられまい」

「ふん、なかなか考えたもののいいだな、世捨て人のだんなさんよ」と、ジョーがにやつく。

「けど考えすぎるとろくなことにならねえぜ。病院送りになるのが関の山だ……まあいいさ、ペイスティー、その小汚い絵はほっとけ」それからまたクロウに向かい、「おめえの書斎にいくぞ。さっき入ってみたんだが、ざっと見ただけだったからな。探すのに手を貸してもらおうか。さあ」と、クロウを部屋のドアのほうへこづく。

書斎に最後に入ったのはペイスティーだった。入りながら彼は身震いし、奇妙な表情を浮かべていた。自身気づいてはいないことだが、じつは彼は世にも稀な種類の人間、すなわち真の意味における霊能力者《サイキック》だった。クロウもまたその一人だが、こちらの能力はより高度だ。彼は賊の一人が変にそわそわしだしたことに気づいた。

「どうだね、狭いがいい書斎だろう?」おちつかなげなペイスティーをからかうように、クロウはそう声をかけた。

「関係ねえさ」といい返したのはジョーのほうだ。「いい部屋かどうかなんてこたあどうでもいい。壁板を剝がしてみろ」と相棒に指示する。

「壁板を?」と問い返すペイスティーは明らかに動揺している。「おれがか?」と、不安そうに室内を見まわす。

「そうだ、さっさとやれ!」相棒を見るジョーの目が不審げになってきた。「おめえ、どうかしたのか?」不審がいらだちへ変わっていく。「おい、しっかりしろ! ぐずぐずしてると夜が明けちまうぞ」

この書斎を自負の一つとしているクロウにしてみれば、招かれざる客たちが恐慌に陥ってここをめちゃくちゃに荒らすという事態はなんとしても避けたい。そこで、むだとわかっている彼らの探索にひとまず手を貸してやることにした。どうせなにも見つかりはしないのだが——事実、なにもないのだから!——少なくとも金がないとわかってひきあげてくれる前に、家がこうむる損害を最小限にとどめる助けにはなるだろう。へそくりなどないと口でいくらいっても、たやすく信じるような輩ではないのだから。しかしクロウのことをよく知らぬ者にとってはは――よく知る者がきわめて少ないのも事実だが――この家と家具調度類を見てかなりの資産家だと踏むのも無理のないことではある。実際はまったく裕福ではなく、単にさほど不自由もしていないというだけのことだ。それに自分でいったとおり、あり金はおよそ銀行に預けてある。だからそれをわからせるために盗賊どもの捜索を手伝ってやれば、少しでも早く退散してもらえるだろうというわけだ。その効果をクロウが慮《おもんぱか》ったちょうどそのとき、ペイスティーが声をあげた。暖炉わきに隠されている壁のくぼみを見つけたのだ。

「見てみろ！」ジョーに向かってそうどなるペイスティーの顔からは、不安そうだった面持ちがいっとき失せていた。「この音を聞いてみろ」と、くぼみの部分の壁板を手で叩く。うつろな音がかすかに返る。こんどは棍棒を大きく振りかぶった。

「待て」と、クロウが手を挙げて止めた。「わたしがあけよう」

「ほう、早くあけてもらおうじゃねえか」とジョーがうながす。

クロウは壁に近寄り、慣れた手つきでくぼんだ部分の板をずらした。薄暗い棚があらわになった。そこには本が一冊だけ置かれていた。ペイスティーがクロウをわきへ押しやり、本をとりあげて書名を読んだ。

「なんて読むんだ？『すいじん・くたあと』だと？……うぅっ！」うめきをあげた盗賊の顔に、心底からの嫌悪と忌避の色が浮かんだ。「うぐぐっ！」手にした本を部屋の真ん中に振り落とし、あせって両手を上着でぬぐった。このペイスティーの一瞬の表情に、クロウは明白な心理を読みとった。それは不安な暗闇のなかで腐ったなにかに手を触れてしまった者の表情であり、すぐあとこの男ががたがた震えだしたわけもクロウにはよくわかっていた。

「この本は……じっとり濡れていやがる！」強盗はがたつきながら叫んだ。

「濡れてるわけじゃない、汗をかいているだけだ」とクロウは教えてやった。「人間の皮膚でつくられた表紙なのでね。いまだに汗を浸出させる機能を失っていないのだ――これが湿り気をおびるのは雨が降る前兆なんだよ」

「でたらめをいうな！」とわめいたのはジョーだ。ペイスティーに向かっては、「なんだそのざまは！　いくら気味悪い部屋だろうと、このおれはたぶらかされねえぞ」とまたクロウへ振り向く。口もとは怒りにひきつり、ゆがんでいる。「いいか、これからはおれに命令されたときだけ口を開け」それからまた顔を向き戻し、慎重に冷静に、ゆっくりと書斎内を見まわしていった。丈高い書架のところで視線を止めた。数多《あまた》の書物がぎっしり詰まっている。あるものはすこぶる古くあるものは比較的新しく、とり交ぜ数多の書物がぎっしり詰まっている。またペイスティーへと向いて、たくらみある笑みを浮かべた。「おい、そこの本を全部棚から出しちまえ。本の陰になにがあるか調べるんだ。おっさんよ、隠し場所はそこじゃねえのか？」

「そんなところにはなにもない！」クロウはあわて気味に返した。「やめろ、本を書架から出すのは！　動かすだけでぼろぼろになるほど古いものもあるんだ。やめろ！」

最後の叫びは本心からの抵抗だった。蒐集物の破損はなによりの恐怖の種だ。だが二人組は聞きはしなかった。ペイスティーはさっきまでの不安に打ち勝ったらしく勇んで書架に手をかけ、本をあちこちに投げ捨てはじめた。そのなかにはエドガー・アラン・ポオの傑作撰集や、マッケンやラヴクラフトのきわめて貴重な初版本や、あるいはそれよりはるかにいにしえの書物、たとえばヨセフス、マグナス、レヴィ、ボレルス、エルドシュルス、ウィティングビィなどの著作も含まれていた。さらには、まとめてあった海洋の妖異に関する書籍群、すなわちガストン・ル・フェの『深淵に棲む者』、オズワルドの『リクォリアの伝説』、ガントレイの『水棲動《ハイドロフ》物《イネ》』、ドイツに伝わる『深海祭祀書《ウンターゼー・クルテン》』、ハートラックの『高圧水域にて』などなどもすぐあとにつづいて……

クロウはただ立ちつくし、そのさまを見守るしかなかった。黒い怒りが胸にふつふつとたぎりだしていた。オカルティストのこのようすにジョーはまったく気づかないわけではないらしく、ピストルをしっかり握りなおし、笑みも洩らさずに警告を放った。「おちついて考えたほうがいいぜ。まだちょっとは時間をやるさ。カネがどこにあるかをしゃべれば、すぐにやめてやる。それでもいやか？　しょうがねえ、つぎに投げ捨てる本はどれだ？」と、本の散らかる部屋をまたも見まわしたが、やがて強盗の目は、部屋の薄暗い一隅に立てかけて置かれている大きな掛け時計のところで止まった。

ものものしい外観からして、いわゆる家伝の大時計に類するものと見えた。すぐ前には小卓が置かれ、角度調節式の読書用電灯と、本が二、三冊と、罫紙が数枚のせられている。ジョーの新たな関心の矛先を見てとって、クロウは内心ほくそ笑みを浮かべたい気分になった。もしこの男があの時計に手をかけてなにごとかをなせるならば、こいつは彼以上のすぐれた頭脳の持ち主ということになる。たとえば、まるで普通の時計と同然のごとく前面の部分を開くことができたとするなら、それだけでも彼はこの泥棒に永久の感謝を捧げねばならなくなる。なぜというなら、部屋の隅に鎮座するこの石棺にも似た大時計こそ、十年以上前にこの品を買い求めた当初から、数えきれぬ日々を費やして内部を調査し正体を見きわめようと苦闘してきたものにほかならないのだから。しかもその努力はこんにちまで微塵も報われていないのだ！　いったいなんのためにこのような時計がつくられたのかという点に関してさえ、知識は十年前からいっこうに進展していなかった。

オカルティズムおよび中近東考古学における泰斗エティエンヌ＝ローラン・ド・マリニーがかつて所有していた一品だといわれているが、しかしその人物が棺の形状をしたこのような掛け時計をどこから手に入れたのかとなると、これまた謎に包まれていることであった。クロウが買い求める際に信頼した競買人の言によれば、ド・マリニーが書き遺した〈すべての時間と空間への扉〉との定義に相当するものこそ、この時計なのだという。遺言はさらに、〈これはすべての者があつかえるわけではなく、ある限られた練達の士のみが所定の用途を完遂することができる〉とつづく。また、東方の神秘家スワミ・チャンドラプトラがこの棺形時計の下半分の蓋をはずして内部にもぐりこみ、以来永久にこの地上から姿を消してしまったとの噂があった。加えて当のド・マリニーその人もまた、かのチャンドラプトラが消失した問題の蓋をあけるすべを心得ていたといわれる――ただし、故人はこの秘密を墓のなかへまで持ち去ってしまった。クロウはこれまでのところ、蓋をあけるための鍵穴一つすら発見できていなかった。また時計の目方は大きさにほぼふさわしいものだったが、下半分の表面を手で叩いてみたとき、響いてくる音は奇妙なことに、予想されるような内部が空洞になっていることを示す調子のものではなかった。これらはじつに不可思議な要素だが――そのたどりきた不可思議な歴程と相俟って――しかし現物を目にし、またその音を耳にしてみるなら、この時計そのものこそがなにより不可思議であることが感得されるのだった。

そして今、盗賊ジョーはまさにその点に没頭していた――この時計をためつすがめつし、またそれが時を刻む音に耳をそばだてることに。読書灯のスイッチを入れ電球の角度を調節して、時計の奇妙な文字盤がよく見えるようにした。もう一人のペイスティーはといえばこの時計の姿を一目見るなり顔が青ざめ、さっき失せたはずの不安そうな面持ちがまた戻ってしまっていた。この男の動揺ぶりをクロウはただちに察した。彼自身この時計を調べる最中には、いつも似たような思いに襲われるのだ。ただ彼の場合は、この恐怖感がどこからくるのかがわかっているという利点があった。かつて競買の部屋でこの時計を初めて目にしたときの感興と同じものを、今このペイスティーという男は体験しているにちがいなかった。クロウもまた、今あらためて時計にまなざしを集中させた。文字盤に円形に並べて刻まれた奇妙な象形文字群を、その上をすべる四つの針の奇妙な動きを、じっと見つめた。針はどれも、地球上のいかなる時間計測法にも従わない動き方をしている。一瞬、書斎のなかを不気味な静寂が支配した。墓のなかかとも錯覚しそうなその静けさを破るものは、不思議な時計の謎めいた針の音のみだ。

「こんな時計、今まで見たこともねえぞ!」ジョーが恐れを含んだ声をあげた。「ペイスティー、おめえはどうだ?」

盗賊の相棒は口をあけ喉を鳴らした。喉ぼとけが震えるのが見えそうだ。「おれは……おれは……気に入らねえ、この時計が！　まるで棺桶みてえな形じゃねえか！　だいいち、なんで針が四つもあるんだ？　それがなんでこんな妙な動き方をするんだ？」と、そこでしゃべるのを不意にやめ、意識を集中させるようなそぶりを見せた。彼の声がやむと同時に、カーテンに閉ざされた窓のほうから、なにかしらかすかな物音が聞こえてきた。ペイスティーは目を大きく見開いた。その顔は死人ほどにも蒼白だった。「あれはなんだ？」彼のつぶやきは、そういわせるもととなった物音にも似てかすかだった。

「どうした、しっかりしろ！」ジョーのどなり声が静寂を破った。彼は自分の相棒の超常的な能力になどまったく気づいていなかった。「あんなのは雨音かなにかに決まってるだろう——そのほかのなんだっていうんだ。ペイスティー、おめえいったいどうしちまったんだ？　まるでここがお化け屋敷かなにかだっていうつらしてるじゃねえか」

「たしかにそのとおりだ！」クロウが割って入った。「少なくとも、うちの庭はなにかに憑かれているといっていい。じつはずいぶんと変わった謂《いわ》れがあるんだが、よければ話してやろう」

「そんなものは聞きたくもねえ」とジョーがうなる。「いわれたとおり、カネのありかを白状すりゃいいんだ。それとも……この時計のなかか？　こいつの蓋をさっさとあけてみろ！」

クロウは皮肉にも、思わず吹きだしそうになるのをこらえねばならなかった。「それは無理だ」やっと答えたが、笑いをうまく隠すまでにはいたらない。「なにしろ、あけ方を知らないからな！」

「知らねえだと?」ジョーがあきれ声をあげる。「ばかいってんじゃねえ! 持ち主のおめえが知らねえはずがあるか!」

「嘘じゃないさ。わたしの知るかぎり、この時計の蓋はもう三十余年も開かれていないはずだ」

「だとしたら……」と割りこんだのはペイスティーだ。「ど、どうやって電気を?」

「ほう、電気を入れないとだめかな?」とクロウは自問めいた答え方をしたが、それが本音のところだ。一方ジョーも相棒の質問の意味を察していた。

「電気を入れないとだめ、か」と皮肉な調子でくりかえし、「ペイスティー、おめえいいところを突いたぜ」それからクロウへ向きなおり、「教えてもらおうじゃねえか、おっさんよ。このおかしなおもちゃが電気仕掛けじゃなくって、しかも蓋のあけ方もわからねえんだとしたら――おめえはいったいどうやってこの時計の螺子《ねじ》を巻いてるんだ?」

「螺子など巻きはしないさ。だいたい、これの内部構造がどうなっているのかさえわたしは知らないんだ。あそこのテーブルにのっている本が見えるだろう? あれはウォームズリーの『記号暗号および古代碑文の解読に関する注解』という著書だが、あれを基にして、この文字盤に記されている象形文字を解読しようと長年苦闘してきた。いうまでもなく、これの蓋の開き方もね。ところが、市井の民衆のあずかり知らない風変わりなことどもを研究する学者のなかには、この物件はそもそも時計ではないとの見解を述べている者がいるのだ! 事実、エティエンヌ-ローラン・ド・マリニーなる人物と、アメリカはロードアイランドの神秘家ウォード・フィリップスと、およびヨークシャーのグール大学教授ゴードン・ウォームズリーは、揃ってこの時計が時空を超えるための乗り物であると書き述べている。最初の二人についてはは〈書き述べていた〉というべきかな、すでに故人だから。――しかし、それらを信用するに足る研究成果がまだ得られていないことも事実だ。ともあれ、きみたちが考えているような隠し金など、このなかにはまったくないのだよ」

「懲りねえおっさんだな」とジョーがまたうなる。「時空を超える乗り物だと？　てめえのことをH・G・ウェルズかだれかだと思ってやがるのか。ペイスティー、こいつを縛りあげて猿ぐつわを噛ませとけ。嘘八百にゃもううんざりだ。おれたちを怖がらせようと躍起になってやがる！」

「もうなにもいわないさ」とクロウが口早につけ加える。「きみたちの好きにしたらいい。あけられるならぜひあけてもらいたいね。なかになにがあるのか、わたしも見てみたいよ」

「減らず口め」とジョーが歯をきしらせる。「もう一言しゃべりやがったら、ほんとに縛りあげてやるぞ」

クロウは黙従の意味でうなずき、自分の机の端に腰かけて、泥棒たちの仕事ぶりを見物することにした。彼らの試みが失敗に終わることは火を見るより明らかだった。ただ、まさか時計の破壊に訴えてことを解決しようなどとは、彼は予想してはいなかった。事実ジョーという男は、子供のころよろず屋で買ってもらった安物の知恵の輪を解くのにすら時間をかけたくない性向の持ち主だった。一、二度やって解けなければ、すぐに金槌で叩いて無理にはずした。だが幸いにしてこのたびは、そういう事態にはいたらずにすむことになる。

ペイスティーのほうはいつのまにか書斎のドアのそばまでしりぞいていた。棍棒をまだ掌にぴしゃぴしゃと打ちつけている。不安感を打ち消すための無意識の所作であるにすぎない。あの棍棒をとり落としたら気を失ってしまうのではないかとすら、クロウには思えた。

「ペイスティー、時計だ」ジョーが命じる。「そいつの蓋をあけろ」

「おめえがやれ」相棒は反抗的にいい返した。「そりゃ時計じゃねえ。そんなもんにゃさわりたくもねえ。だいたい、この家はなにかがおかしいんだ」

ジョーはうんざりしたようにそちらへ向きなおり、「ほんとにどうかしちまったのか？これが時計でなくてどうする！このおっさんが、おれたちになかを見られたくねえから妙なことをいってるだけだ。とすりゃ、どういうことかもうわかるだろうが」

「ああ、わかったよ」とペイスティー。「けどこんどだけはおめえがやってくれ。おれはやっこさんを見張ってるから。大丈夫だ、ちょっと心配しすぎちまっただけさ」そういって彼は、机の上から動こうとしないクロウのそばに寄ってきた。

ジョーは仕方なくピストルを銃身のほうに持ち替え、時計の文字盤の下あたり、人の腰の高さあたりの部分を銃把で軽く叩いてみた。鋭く固い響きが返る。盗賊はクロウへにやりとほくそ笑んだ。内部に確実に〈なにか〉があると読んでの笑みだ。だが家の主がにやりとやり返すのを目にして、笑みはたちどころに失せた。すぐ問題の物件へ向きなおり、こんどは横側を調べはじめた。蝶番《ちょうつがい》かなにか、内側が空洞になった容器に類するものであることを示す証跡を探しているのだ。だがその試みが時をおかずむだに終わったことを、クロウは泥棒男の困惑した表情から読みとった。この時計の表面にはどこにも一つの接合部すら見あたらないのだよと、今にも口を突いて出そうだった。事実この物体は、あたかもひとかたまりの硬質の木材を彫りだしてつくったものであるかのようなのだ。

だがクロウはこの頑固な強盗の能力を過小評価していた。人としては欠点だらけの男だが、金庫破りとしては右に出る者のない腕の持ち主だった。もちろんこのド・マリニーの時計の正体がじつは金庫であるなどとただちにはいえないが、それに類する仕組みがあるように見えることはたしかに否めない。ジョーの慣れた手先が時計の側面をゆきつ戻りつするうちに、どこかからカチッ、というある明瞭な音が聞こえ、と同時に、それまで時を刻む音を律していた奇妙な規則性が忽然とバランスを失った。象形文字の刻まれた文字盤上の四つの針が、一瞬動きを止めた。と思うと、なんともいいようのないまったく不規則きわまりない新たな動きをはじめた。ジョーが急にぎごちないたじろぎを見せた。時計の大きな蓋が音もなくぱっくりと開いたからだった。彼は少しだけたじろぎすぎて、後ろの小卓にぶつかってしまった。はずみで読書灯が床に落ちて砕け、激しく振れる時計の針と狂ったような秒刻みの音による室内の支配が一瞬崩れた。部屋のこの一隅を闇がおおった。思いがけない成功をまのあたりにして、ジョーはしびれたように固まっていた。が、すぐに勝利のうなり声をあげてふたたび進みでるや、銃を持たない左手を突きだし、蓋の開いた時計の真っ暗な内部へ、その手をつっこんだ。

クロウがただちに覚えたただならない予感を、ペイスティーも覚えていたようだった。盗賊の相方はすぐさまとびだし、叫んだ。「ジョー！　手を離せ！　すぐにだ！　それにさわるんじゃねえ！」

しかし一方のクロウにはそんな仲間意識などあるはずもなく、机をおりてすばやく後ろへしりぞいていた。彼が臆病だというわけではない。ただ、この世の暗黒の神秘にかかわるなにかを――そしてこの世ならぬ世界の秘密にまつわるなにごとかを――さらには、天然界のいまだ未知なる側面に干渉してしまったことの危険性を察知していたのは事実だった。

時計の開口部から突然薄い光がまたたくように洩れ、その一角の闇をふたたび淡く照らしだした。ジョーはといえばいまだその開口部に腕をつっこんだまままさぐっていたが、不意に恐怖のにじむ苦鳴をあげて手を引き抜こうとした。時計の拍動は今や常軌を逸するばかりに激しさを増し、四本の針の回転は規律も秩序もない完全に乱れきったものとなっている。開いた穴の縁に体を押しつけたジョーは、そうやって必死に腕を抜きとろうと苦闘し、不気味な明かりの洩れる内奥の見えざる脅威にあらがいつづけた。だがその努力もむなしく、左腕の肩口からさらにぐいとひっぱられた。渦巻く光の奥へ。と、なにを思ったか、ピストルの銃口をいきなり穴のなかにつっこみ、六発の弾丸をつづけざまに撃ちこんだ。

このときジョーの腰に片腕をまわしていたペイスティーは、片方の足を時計の下端につっぱり、己れの全力を傾注して、今やその恐ろしい一面をあらわにした光のこぼれる開口部から、必死で同胞を助けだそうとした。それはむなしい死闘だった。ジョーは恐怖で口も開けぬまま、時計からの脱出に全神経を没頭させている。首筋には太い血管が浮きあがり、両の目は今にも顔からとびだすかと思えるほど見開いている。突然泡を吹くような苦悶の声をあげた。肩どころか、頭から首のあたりまでが、ずずずと引きずりこまれたのだ。謎めいた機構部へとつながる奇怪な穴の奥へ……と思う間もなく、体が急にぐったりと力を失った。

ペイスティーはなおもジョーの下半身にしがみついて、懸命に抜きとろうとしている。彼が最後の力を振り絞った瞬間、もう動きを止めてしまった相棒の上半身が、ほんの少しだけ引き戻された。気味悪い光のただよう時計の顎《あぎと》から、一瞬だけ頭の部分が出かかった。

そのとき、ペイスティーとクロウはうち揃って見た——穴の内部の〈なにか〉が、ジョーの筋肉をことごとく脱力化させ、もがきあらがう力を失わせて、腰から上の半身を刹那のうちにふたたび呑みこんでしまうさまを——ずずずっ、というぞっとする擦過音とともに。そのあまりの恐ろしさに、クロウは思わず両手を顔にかざして目をふさいだほどであった！

すでにぐったりしている相棒の体を引き戻す努力を、ペイスティーはつかのま放棄せざるをえなかった。ジョーのあの衝動的な行動が、今や戦慄すべき結果を招いてしまったことは明白だった。彼の上着の左肩から先の部分と、およびその下のシャツの同じ部分が、正体不明の力によって剝ぎとられていた——というよりも、溶解されていた。さらにその下のあらわになった皮膚はといえば、赤や褐色の異様な形状の爛れに広範におおいつくされていた。のみならず、首筋から頭部にかけても、すでに同様の忌まわしい状態を呈していた！

驚いたことにペイスティーのほうがクロウよりも早く呆然自失からわれに返り、引きこまれようとする朋輩の脚をつかんで、最後のむなしい苦闘にかかった——とそのとき、彼の右手の指が時計の開き口にかかり、脈打つ光のほうへほんの少しだけ入ってしまった。もう体のほとんどを呑みこまれようとしているジョーよりも痩せ型の彼は、しゃがみこんだ体勢をとってはいたものの、この一瞬の油断に勝つことはできなかった。クロウが恐怖と警鐘の混じった叫びを放つのに遅れず、身も世もない悲鳴とともに、穴のなかへ頭から引きずりこまれていった。

つぎに起こったことは、もし傍観者がいたならまさに拍子抜けと映っても無理のない光景だった。あろうことかタイタス・クロウが、耐えがたい苦痛に悶えるように両手で頭をしっかと押さえ、床に倒れてのたうちまわりはじめたのだ。そのままの格好で三、四秒ほど脚を激しくばたつかせたのち、やがて恐ろしい思いから忘却の淵へ逃げきったかのように鎮静した。

それからいくらも経たず、大時計の蓋はみずからの意志のごとくするすると閉じゆき、かちりと音たてて、開口部をふたたびふさいだ。と同時に四本の針も狂ったような振動をようやくおさめ、以前のおちつきをとり戻した。隠された機構部からの時を刻む響きもあまりに異常な激しさとは別れを告げ、もとのとおりの単に尋常ではないだけの調子に返っていた……

人事不省から覚めたクロウに最初に訪れたのは、格別に怖い悪夢を見てしまったようだという思いだった。が、瞼を開いてみると、ベッドではなく絨毯の上に頬が伏していることに気づいた。床のあちこちに本が散らかっているのが目に入った。ぎごちなく立ちあがって、とりあえずポットにコーヒーをいっぱいに沸かし、またブランデーをたっぷりとグラスに注いだ。椅子に身をおちつけ、両方とも飲みきるまでかわるがわる口に運びつづけた。やがてポットもグラスも空になると、双方とももう一回分ずつこしらえなおした。

いうまでもなく、このときのクロウはド・マリニーの掛け時計には近づこうとしなかった。その物体について知識をきわめたいという欲求は、しばらく湧き起こる気配もなかった。同時に昨夜の身の毛もよだつ出来事も、できるかぎり思いだすまいと努めた。とくにあのペイスティーが時計のなかに吸いこまれたときの地獄めいた奇怪さの印象は、なんとしても忘れてしまいたかった。なぜなら、思いだせばかのド・マリニーとフィリップスとそしてウォームズリーらの唱えた説が、じつは正しいのではないかと思えてしまうからだ！　しかしどうやら、この時計が航時空機〈スペース＝タイム・マシン〉であることは本当だったようだ。自身の高度に鍛練された霊感にすらこれほどの衝撃を与えたものの正体がなんであるのか、クロウにもとても正確には理解しがたいことであった。だが、彼がその衝撃に打たれて頭を両手で押さえていたとき、宇宙の彼方アルデバラン星近くのいずこか、さる異常な理論のもとでなければ人類には理解不可能な、空間と次元に属する諸力の結合点に位置するというハリ湖の湖水のなかで、幾筋かの泡がぶくぶくと湧きあがり、すぐまたまったき静寂に返っていた。

そしてタイタス・クロウの記憶に遺されたことは、なにやら未知なる酸化物の燃える臭いと、自然界のものならぬ異形の波濤の押し寄せる音と、そして人間のいかなる狂的な想像力によっても創りだしえない姿をした巨大な生物がなにかを襲い引き裂くそのありさまのみであった……

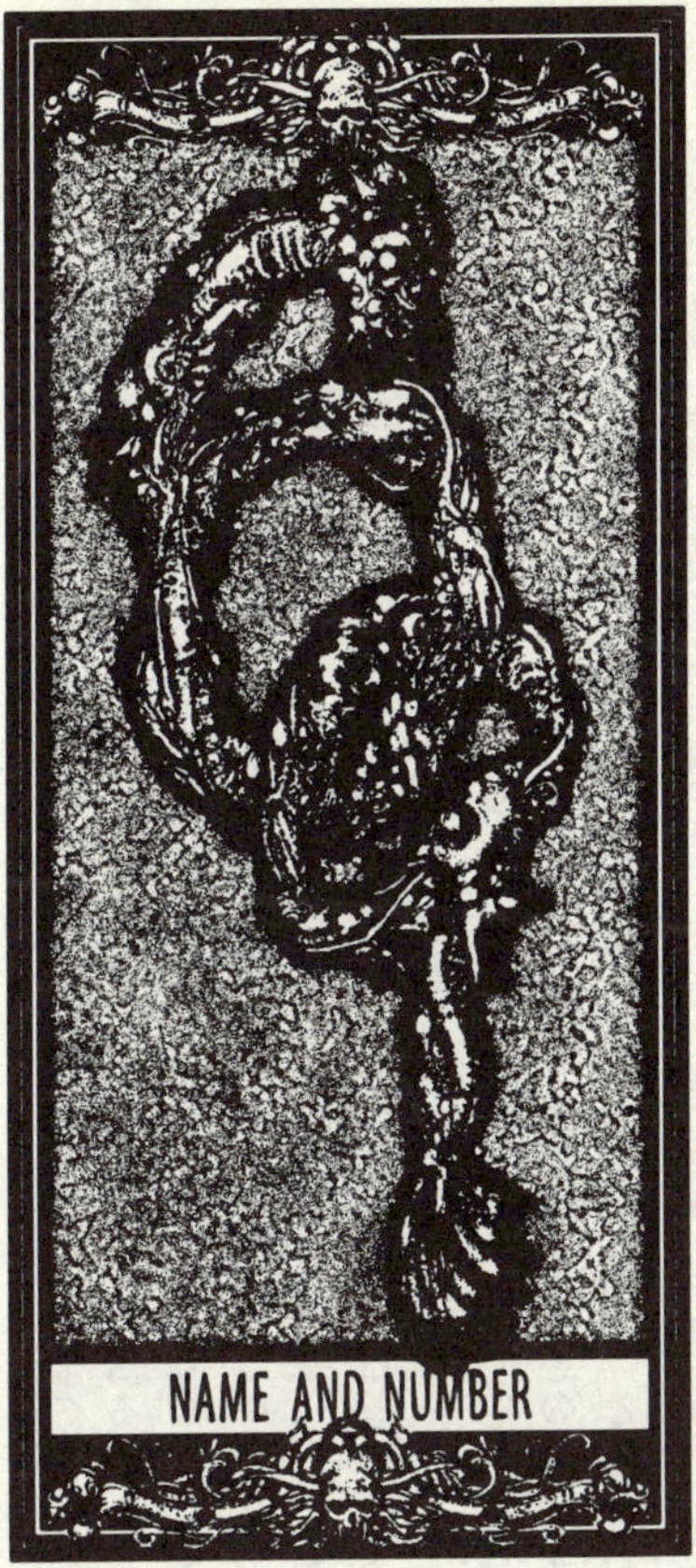
NAME AND NUMBER

掉尾《とうび》の露払いとなる本篇は、数秘学・暗号学・聖書予言学への作者の個人的な関心から湧きいでてきた作品である。また反キリストというテーマもあるが、これについては、過去に数多《あまた》書かれてきた同材の小説のどれとも異なる採りあげ方を試みようとした。当初セミプロジン『カダス』に掲載されたものだが、このすばらしい雑誌の主宰者フランセスコ・コヴァから後日、本作の成り立ちの経緯について尋ねられたことがあった。経緯はわからないというしかない、とわたしは答えた。タイタス・クロウ自身が書いたといってもよい作品だから、と。いい加減な答え方だといわれるかもしれない——しかし説明しにくいことではあるが、たしかにこれは作品自体のほうからおのずと生まれでてきたものなのである。つまり、いわば逆向きに紡ぎだされた特異な小説の一例といえよう。ところで、こんなふうに思う読者がいるかもしれない——数字などでなにがわかるというのか、と。あるいはまた、名前になんの力があるというのか、と。

その疑問のために、タイタス・クロウがここに一つの問題を提出している。読者は彼になったつもりで、この問題を解いてみてほしい。手がかりはすべてここにある。答えは先に見ないように!

名数秘法

I

わが親友にして助言者たるタイタス・クロウが隠棲の場としていた広壮な平屋建て邸宅ブロウン館は、もちろん今は跡形もない。一九六八年十月四日の夜、あの奇怪な大嵐によって破壊しつくされてしまった。しかし……

タイタス・クロウという人物についてわたしが知っている——あるいは、知っていた——かぎりのあらゆる要件を考慮するなら、あの夜の凄絶な出来事はつまるところ、さる暗黒勢力による悪意に満ちた報復攻撃によるものだったと推察する以外にはない。しかもこの推慮が正しいとするなら、事態の真相は目に見えた範囲以上に深いのではないかと疑わざるをえない。

ブロウン館が暗黒の力によって壊滅させられたことの起因は、じつのところクロウとこのわたしとがあのウィルマース・ファウンデーション(人類の内にひそみあるいは外を囲む超古代よりの邪悪を探査し、これを滅ぼすことを目的として世界に根をはる、厳格な秘密組織の名称。

人類とはそもそも、計りがたく長大な時の流れの果てに現われて正邪の概念を有するにいたった、若く弱い存在であるにすぎない、との基本思想を持つ）にかかわりを持ったことにある。かくて敵はクロウを眼前より首尾よく葬り去った。そしてわたしはといえば……じつはつい最近、ようやく活動できる状態に復帰したばかりなのである。

しかしここ数年、かつてのクロウ邸跡をしばしば訪れるうちに（そのあいだの歳月は矢のようにすぎたかと思われる）、記憶に焼きついているあの夜の変事とははたしていかなる真意のものだったのか、意志を持つかのように激しく吹きすさんで館を完膚なく崩し去ったあの烈風の正体とはなんだったのかと、疑問はつのりくるばかりだった。やがてはさらに遠い記憶、すなわち、かのシュトルム・マグルゼル・Vなる人物にまつわる奇怪な事件についてクロウが初めて話してくれたときにまで、わたしの思いはさかのぼっていった。

まず届いたクロウからの手紙――なんの上書きも書かれていない封筒に入れて密封した手書きの短信で、インクもよく乾かないうちにタクシー運転手に預けてわたしのもとに送達させたものだった――はあまりに簡潔でまた謎めいた文面だったが、いつものことだったからさして驚きもしなかった。いつにせよ彼がのんびりしているときには、つきあわされる者は辛抱して彼を待たねばならないし、反対に彼が急いでいるときには――

アンリへ

（と短信は書きだされていた）

今夜当館に来駕されたし。午前零時前後がよい。朝まで滞在していくように。夕食はとらずにくるがよい――用意しておくので。話して聞かせたいことあり。なお、明朝はさる墓所をともに訪れる予定。

では、会えるときまで――

タイタスより

クロウからこうした呼びだしがあった場合に困るのは、決して断れないということだ！ロンドンでも屈指のオカルティストであり、しかもそうした分野にわたし自身が並々ならぬ関心を寄せていることもあって――加えてこの招喚状があまりに簡潔であることの含意をも考慮するなら――彼からの指示はほとんど王室からの命令にもまさって絶対的といえるのである。

そこでわたしは夕食を控えることとし、とりあえず先のばしにできない書信類をとり急ぎしたため封をして切手を貼ったうえで、それらを投函してほしい旨を家政婦のアダムズ夫人に書き置きした。明日はいつごろ帰れるのかわからないが、とにかく火急の用ができたらブロウン館に電話するようにとメモしてやった。雇い主の行く先を目にすれば、またあのクロウとかいう悪友のところかと夫人はきっと愚痴をこぼすだろう。彼女の目には、この家の主が怪しげな分野に深入りしているのはみんなあの男のせいだと映っているはずだ。しかし、じつのところわたし自身は、この特殊な好奇心は遺伝的なものだと思っている。ニューオーリンズの偉大な神秘学者であったわが父エティエンヌ＝ローラン・ド・マリニーから受け継いだ消えることとのない烙印が、この人格に焼きつけられているに相違ないのだ。

そうこうするうちに早くも午前零時も近い刻限となり、指示された時間に遅れてしまいそうになった。電話でタクシーを呼び、所蔵する高価な骨董いくつかが安全に保管されているかどうか確認したうえで、ようやくオーヴァーコートを着こんだ。三十分前後をかけ、午前一時まであと十五分というころになってやっとクロウ邸の玄関前に立ち、重々しい樫材のドアを叩いた。タクシーの近づく音を聞きつけたのであろう、彼はすでにドアのところまできており、ただちに歓待してくれた。いつもの笑みを浮かべ（謎めいた微笑というべきか）、頭をかすかに片側にかしげた物問いたげとも見えるポーズで出迎えた。そして「アラジンの魔法のランプ」に出てくる洞穴にも比べうる驚異に満ちたブロウン館の内部に、今一度わたしを招き入れたのである。

クロウとは一九三〇年代後半ごろ、父がわたしをアメリカよりこの地に移住させたとき以来の友人であり、自分以上に彼をよく知る者はいないと自負している。今もなお会うたびに——この前会ったのがいかに最近であろうとも——彼には目を見張らざるをえない。その悠然たる長身痩軀に、勇ましげな男ぶりのよさに、かつまたあのさぐるような黒い瞳の奥からつねに滲みでている知力の豊かさに。炎のように赤い色の袖広のローブをまとった姿はまさに、さながら神話か伝説から抜けだしてきた魔法使いのようだ。

書斎に案内したのちクロウはわたしのオーヴァーコートを預かり、燃えさかる暖炉のわきの肘掛椅子を勧めた。赤い火の揺れる炉の燠に短めの薪を一つくべ足し、いつものブランデーを注いでくれたのち、ようやく自身も近くの椅子に身を預けた。そうやって彼がもてなしをしているあいだに、わたしはすばらしい物産にあふれた書斎をいつわらざるうらやみの目で眺めまわしていた。

この広い部屋は彼がみずから内装したものであり、自分の世界の構築に必要と考えられるもののほとんどを収容している。この十年のあいだ幾度となくここを訪れてはそのありさまを眺め観察しつづけてきたが、いまだに閲覧させてもらったものの五分の一も理解することができずにいる。だが今この椅子から見えるかぎりの蔵書のほんの概要を、ひとまず以下に並べてみようと思う。

書架のある一面はまさにその道の書籍のみで占められている。まず不気味な『水神クタアト』(人の皮膚で装丁されている!)、フィーリーの筆になる『ネクロノミコン新釈』(わたしの持つ短縮版とは異なる完全版だ)、ウェンディー＝スミス卿の翻訳になる『グ＝ハーン断章』、おそらく偽版であろうがそれでも途方もなく高額にちがいない『ナコト写本』、ジャスティン・ジェフリー著『碑の一族』、伝説にのみ語られる『屍食教典儀』(クロウはすでに内容のことごとくを学びつくしたので、わたしのつぎの誕生日の贈り物にしてやるといっていた)、『ゲフ写本』、ウォードル著『ニトクリス注解』、ウルビクス『国境の要塞』、紀元一八三年の作といわれるプラトンの『アトランティス』、海賊版かつ私家版として刊行されたきわめてめずらしく高価な挿絵入り三分冊『ポオ全集』、さらにはより古い時代のヨセフス、マグナス、レヴィ、エルドシュルスらの著作群、つけ加えるに海洋の伝説神話を網羅した叢書があり、これにはガントレイの『水棲動物《ハイドロフイネ》』や一五九八年に出されたコンラート・フォン・ゲルナーの『魚類大鑑』などが含まれている。わたしはただこれらの背表紙を眺めるしかなく……

また薄暗がりになった一隅にあるものが置かれているが、これもわたしを惹きつけてやまない品の一つだ。クロウ自身にとっても魅惑の種となっているはずのそれは、文字盤に象形文字のほどこされた巨大な棺形の壁掛け時計である。時を刻む音の間隔がまったく不規則かつ異常であり、四本の針がてんでばらばらにまわり、知るかぎりのどんな時間計測法にも則していない。クロウはこの時計を十数年前にさるオークションで買ったのだが、そのときの彼の言によれば、これはほかでもないわが父がかつて所有していたものにちがいないということだった――しかしわたし自身はそれについてなにも知ってはいなかった。少なくともあのときは。

つぎにはこの部屋の内装とそこに醸しだされている雰囲気とについて述べてみよう。広々とした窓にはいずれにも絹のカーテンが引かれ、床には高級なアックスミンスター絨毯が敷かれ、その上にさらにブカラ織りの高価な敷物が点在し、壁にはいくつものオーブリー・ビアズリーの評価の高い原画が――うち何点かはきわめてエロティックなものだ――これまた値のよいアンティークの紫檀額に入れられて飾られており、そしてそれらすべてのものが、古きよき時代の芳醇にして穏当な上流階級風の空気と、反面にある異界的なぞっとするほど風変わりな感じとの、奇妙に混淆した世界を創りだしている。

さて以上のような説明によって、レナード・ヒースなる名の丘の上にわだかまる平屋建ての邸宅ブロウン館のありようが多少なりとも伝わればと願ったところで……つぎに、わたしがなぜここにきたかを述べることにしよう——

「ところでアンリ、今きみは」と、クロウはしばらく間をおいたのちにこうきりだした。「そもそもなぜここに呼びつけられたのかと、さぞかしいぶかっていることだろうな。しかもこんなに冷える夜のこんな時間ともなれば、きみとてほかにしなければならないことが山ほどあったはずだからね。もちろん、わたしもいつまでもじらすつもりはないが——まずなにはさておき、これから見せるあるものについてのきみの率直な感想を、とりあえず聞いておきたいと思うのだ」と彼は立ちあがり、自分の机のところまでいって、分厚いスクラップブックらしきものを持って戻ってきた。付箋のついたページを開くと、新聞記事の切り抜きが多数貼りつけられていた。ほとんどの記事は茶色く変色したり色褪せたりしているが、クロウが指差した一つの切り抜きだけはせいぜい数週間前の新聞からのものとおぼしかった。以下のような記事内容に、ある人物の胸から上の肖像写真が添付されていた。

世界的な兵器製造会社・英国マグルゼル重火器工業のオーナーであるシュトルム・マグルゼル氏が現在、わが国の極秘国防政策にかかわって政府より二百万ポンドにおよぶ受注を獲得しようとしていることがわかった。マグルゼル氏は新兵器システムをみずから考案し目下開発中だが、国防省のさる高官の居宅から出てくるところを本紙記者に取材された折には、この件に関するコメントを避けた。しかし巷間伝えられるところによれば、原爆すら無効とするに充分な新システムが同社によって完成されるのは間近であるという。近近にも使用実験が敢行される見通しであり、それにもとづいて国防省は最終決断をするもようであるとの……

「どうかね？」とクロウは、わたしが記事を再読するうちに尋ねてきた。

わたしは肩をすくめ、「どうといわれてもね」

「なにも感じないか？」

「この人物とこの会社の名前ぐらいは聞いたことがあるよ、もちろんね。といっても、この男の顔写真を見るのはたぶんこれが初めてだと思う。まあこんな程度だから、それ以上のことは——」

「なるほど」とクロウがさえぎった。「いいたいことはわかった。この男の顔を見るのは初めてだが、なにかにつけ話題となる人物だということと、この会社がよくニュースに出てくることとは知っていると。じつはわたしも同じだ」

「そうなのか？」わたしにはまだ意味が呑みこめない。

「そうさ。アンリ、たった今きみはとても肝要なことをいった。つまり、端的にいってこのマグルゼル氏は、世界でいちばん顔写真の少ない著名人なんだ」

「ほう。写真が嫌いだということかな？」

「そのとおりだ——それがずいぶんと重要な理由なのだよ。あとでもっと詳しく話してやる。その前にまずは——食事だ！」

またしてもわたしをいらだたせるクロウの悪い癖だ。話題から話題へわけもなくいきなりとび、一言の説明もさしはさまず、人が暗闇でつまずき転ぶにまかせるようなことをする。そうするのはもちろん、人が彼の話の餌にうまく食いついた瞬間にかぎられる。ただし今の場合は、なにも彼がわざとじらすつもりでやっているとは思わない。単にわたしが自分で想像をめぐらせるように、時間を与えようとしているだけのことではあろう。そこでわたしも館の主が台所から鶏肉の冷製などを運んでくるあいだ、彼のこの恩恵を利用することにした。

II

シュトルム・マグルゼル（Sturm Magruser）……それにつけても変わった名前だ。むろん異国の人だろう。ハンガリーあたりか、〈マグ〉が〈マジャール〉人の意だとすれば？　しかしそれもどうか。顔立ちからすると東洋もしくは中東を思わせるが、だとしたら肌の色が少し白すぎはしないか。ファーストネームのシュトルムはどうだ？　もう少し異国語の知識があれば想像がつくものを。またこの人物があまり冗舌ではないらしいところや、クロウがいっていたように写真嫌いであることなどからなにかわからないものか。

やがて食事もすんだころ、「きみ、この名前のあとについている〈V〉というのはなんだと思うね？」とクロウが訊いてきた。

「ああ、それなら近ごろはやりのやつだろう」とわたしは即答する。「とくにアメリカでよくあるな。この男が代々同じ名前の家系の五代めだということだ。つまりシュトルム・マグルゼル五世という意味だね」

クロウはうなずきながらも眉根を寄せた。「やはりそう思うか。しかしこのケースにはあてはまりにくいのだよ。というのは、この男、両親の死後に届けを出して名前を変えているようなのでね」彼の口調が急にけわしくなってきた。が、どうしてそんなことをとわたしが尋ね返そうとする前に、また話題を変えられてしまった。「では、この男の出身国というか、属する民族についてはどう思うね？」

少し考えてから、「ルーマニアあたりか？」と答えた。

彼は首を横に振った。「それが、ペルシャ人なのだ」

わたしは苦笑し、「大はずれだったな」

「顔立ちについてはどうだ？」クロウはさらに迫る。

スクラップ帖をとりあげて肖像写真をつぶさに見てから、「どこか妙な気がするね。少し顔色が青白すぎるような……」

「じつは、彼は白子《アルビノ》だ」

「なるほど。色白なうえに目がぎょろついているように見えるのは——この写真で見るかぎりだが——そのためか。写真嫌いなのも無理がなかったわけだ」

クロウはまたうなずき、「そういうことだ。……さて、この写真についてはこれぐらいにしておこう。つぎに、ではどうしてこの切り抜きを――マグルゼルという人物の肖像と記事とを――コレクションに加える気になったのか、そのわけを話すとしよう。知ってのとおりわたしは切り抜き記事の収集家で、興味のある情報やちょっと変わっていて気を惹かれた事件などがあるとすぐに切りとって貼りつけている。聞いたところでは、オカルティストという種族はたいがいこうしたもののコレクターだそうだ。きみも劣らずアンティークや古書や珍妙ながらくた類には目がないようだが、ただ熱の入れようについてはわたしが勝っていると思うね。そこでこの記事についてだが、おそらくきみの目には、ここに集めた記事のなかではこれだけが特別ということもないように映るだろう。だがそれは表面上のことだ。わたしにいわせれば、これほど問題視すべき恐ろしい情報はないといえるのだよ」

彼は話を中断して、またブランデーをつぎ足しにかかった。わたしは身を乗りだし、どんな口上が聞けるかと注意を集中させた。

「まず、こういおうか」と、談義はようやく再開された。「きみも思っているとおり、わたしはたしかに少し変わったところのある男かもしれない。だが決して〈おかしい〉わけではないつもりだ――この言葉の一般的な意味合いにおいてはね。仮に〈おかしい〉と思われているとしても」と、急いでつけ加えた。「そのような外見をわざと選んでいるにすぎない。頭のなかはいたって正常であるつもりだ」

「ぼくの知るかぎり、きみほど正気をきわめた人間はいないよ」とわたしも認めた。

「そこまでいうと過大評価で、じきに後悔することになるかもしれんぞ。ただ、目下のところはまともだというだけのことさ。とすればだ、少なくともそれだけまともであるわたしが、朝刊を開いてこのマグルゼルなる男の顔写真を初めて目にしたときの、あのえもいえぬ衝撃、恐怖、あの激しい驚愕を、いったいどうやったらうまくいい表わせるだろうか？　とても説明は不可能なほどだったのだよ、すぐに人に伝えることなどは……」

「つまり、悪い予感がしたと？」とわたしは問い返した。「虫の知らせとか？」

「まさに！　だが、なにを知らせているのか？　どこからくる予感なのか？　この写真に見入るうちにも、よくないなにかがわたしのうちでますます大きくなるばかりだった。カメラに撮られて驚いているような、怒っているようなこの顔を見るうちに――それ以前にはこの人物の容貌を見知っていようはずもないのに――見憶えがあるような気がして仕方がなくなってくるのだ！」

「見憶え？　というと、名前を変える前のこの男を知っていたというのか？」

クロウはフン、と笑みを洩らした。疲れさせるやつだといいたげな笑みだ。「わたしだけじゃない、世界がすでに知っていたのさ、いくつもの名前を持ったこの男をね」そこで笑みが失せた。「ところで名前といえば、このファーストネームをきみはどう思う？」

「〈シュトルム〉か？　さっきから考えてるよ。ドイツ語じゃないかと思うがね」

「そのとおり、ドイツの名前だ。じつのところ母親がドイツ人で、ペルシャ人というのは父親の出自なのだ。ただし、両親とも一九〇〇年代の初めごろにアメリカ国籍を取得している。その後マッカーシーによる魔女狩り的反米行動弾圧政策のとき、アメリカを離れわが国にきた。

そしてこの二人のあいだにシュトルムが生まれたのが、一九二一年四月一日だった。この日付は重要だ、単にエイプリルフールというだけではなくてね」

「ということは、まだかなり若いんだな」とわたしが受けた。「それにしてはたいへんな出世だ」

「たしかにね。もうひと月ほどで四十三歳になっていたところだった」

「なっていたところ？」クロウのいい方に意外の感を覚えた。「なんだ、もう死んでいるということか？」

「そうなのだ、幸いにしてね。マグルゼルも彼のもくろんだ計画も、ともに滅んでいる！　じつはつい一昨日のことだ、つまり一九六四年三月四日だ。この日付も重要だよ。昨日のニュースだったわけだが、きみが見逃していたのも無理はない。新聞ではさしたる紙幅が割かれていなかったからね。わたしの知るかぎり、弔う者もいなかったはずだ。彼の開発した秘密兵器も（クロウはここで、思わず出たに相違ないかすかな身震いを見せた）ともに潰《つい》え去った。これまた喜ばしいことだ」

「では、きみが手紙に書いていた墓所というのは、この男が埋葬されることになる墓という意味だな？」

「じつのところ、埋葬ではなく火葬に付される予定だ」とクロウは教えた。「墓所というのは、彼の遺灰を風にとばす場所という意味だ」

「風に乗せてとばす、か！」わたしは指をはじき鳴らした。「わかったぞ、シュトルムとはド

な」クロウはまたうなずき、「それも正しい。だがそう結論を急がないほうがいい

「結論を急ぐなだと？」わたしはフンと鼻を鳴らした。「どうもわからないね」

「わからなくもなかろう。きみは絵の全容を把握しないままジグソーパズルをつくりはじめるというだけのことだ。全容をつかむのはむずかしいかもしれないが、いったんつかんでしまえば、あとはおのずと形づくられていくものだ。ではここで、今から三週間前に初めてマグルゼルの写真を見たときのことを話そう。

あの日は朝起きたばかりで、わたしはまだ夜着に身を包んだままだった。カーテンをあけておいた窓からなにげなく庭を見わたしていた。肌寒い朝ではあったが、この季節にしてはすごしやすい気候でもあった。空気はさわやかだし、ヒースが手招きしているような気もした。そこで心を決め、散歩に出てみることにした。朝刊を読み終え食事をすませたら、着替えて庭をぶらついてみようと。そう思いながら新聞を広げると――いきなりシュトルム・マグルゼルの顔が目にとびこんできた。

熱く焼けた鉄にでも触れたかのように、思わず新聞をとり落としてしまった！　体に震えが走って倒れそうになり、腰をおろさずにはいられなかった。見てのとおり体軀は頑強なほうであるわたしがそれほどになったのだから、衝撃の激しさは推して知るべしといえるだろう。で、なんとか椅子に腰を落とし、身をかがめて新聞を拾いあげようとしたとき――あることが起こった。

外の庭で、不意に強い風が巻き起こったのだ。生け垣が揺れ、去年の落ち葉が車寄せにどっと吹きこんできた。風はつむじを巻き、木の葉や砂利やこまかな塵芥などを躍らせ、宙に舞わせた。イングランドの三月につむじ風だぞ、アンリ――それがおよそ三十分ものあいだ、わがブロウン館のまわりのみで吹き荒れつづけたのだ！　これがもしほかの場合だったなら、なんとも魅惑的な、心惹きつけられる現象になっていただろうが」

「しかし、きみにとってはそうでなかったと？」

「魅惑的どころか」と、クロウはかぶりを振った。「とんでもない。どういうことかといえばつまり、わたしがなにかを察知したと感じた瞬間に、その〈なにか〉もわたしの存在を察知していたということだ！　わかるかね、アンリ？」

「いや、わからないな」こんどはわたしが首を振る番だ。

彼はやや間をおいてから、「まあいい、先へ進もう。とにかく、このようにして庭で奇妙なつむじ風が起こり、わたしはそれをあるなにかの予兆だと察知した。わたしの霊力が、このシュトルム・マグルゼルという男をめぐるあるいい知れぬおぞましくも危険ななにかを感じとったのだ。この思わぬ感知の恐ろしさのあまり、その真相をなんとしてでもさぐりださずにはおかないと誓うにいたった。この脅威の正体がなんなのか、またそれにどう対処したらいいのかを」

「ちょっと質問をはさんでもいいかな？」と、わたしはまた口を出した。

「いいさ。なんだ？」

「きみが重要だといった二つの日付、つまりマグルゼルの生まれた日と死んだ日のことだが、いったいなにがそんなに重要なんだ?」

「そのことならすぐに話すつもりだったさ」とクロウはにやりとした。「きみにわかるかどうかなんともいえないが、わたしは数秘学にも深い興味を持っていてね」

こんどはわたしがにやりとする番だった。「というと、エジプトの大ピラミッドの寸法を計って宇宙の秘密を解き明すなどといった、あの学問のことかい?」

「軽薄ないい方をしないでほしいものだな!」との即答が返った。彼の笑みは瞬時に消えていた。「数秘学とはそんなものじゃない。加えて、ピラミッド学者に対して性急に不信感をいだくものではないよ。なにが正しくてなにが正しくないと、どうしてきみにいえる? 自分がきわめていない分野については、敬意を持って接するものだ」

「わかった」としか、わたしにはいえなかった。

「では生と死の日付について話そう。まず、この数字はなんだと思う? 一八八九と一九四五」

わたしは眉根を寄せ、肩をすくめた。「わからないな。やはりなにか重要な数か?」

「アドルフ・ヒットラーの生年と没年だ。そこでだ、この二つの数を構成する個々の数を全部加算するとどうなると思う? 九の五倍の数になるのだよ。九は神秘学では死を象徴する重要な数だ。つまりヒットラーのこの数九九九九九は、彼がまぎれもない〈死の天使〉であったことを意味しているのだ。だれにもこの事実は否定できない! しかも加うるに、この九と五を乗すると四十五になる。彼が死んだ年一九四五の後半の数字だ。これなど、古代科学が正しかったことを示すほんの一例にすぎない。どうだね、アンリ、数秘学をばかにするのはもうやめたほうがいいと思うが……」

わたしは自尊心を傷つけられたが、それでもクロウの説明のなかに一筋の光明を見いだそうとして、「わかった」と、またいった。「するとシュトルム・マグルゼルもヒットラーと同様、加算すると四十五になる数字を持っているというんだな？　ちょっと待てよ、一九二一年四月一日――これは全部足すと十八だな。そこに一九六四年三月四日の分をさらに足すと――四十五だ！」

クロウはうなずき、またにやりとした。「呑みこみが早いな。ただしいちばん肝心なことを見逃している。まあそれは今はいいとして、話のつづきに戻ろう。

さっきもいったとおり、わたしは真相をなんとしてもさぐりだすと誓い、この男にまつわるあらゆることを――奇妙な名前のこと、カメラ嫌いのこと、この男の背後でうごめく国際的緊張の動向、そして、わたしがかつてどのような人物にも感じなかった恐るべき脅威をこの人物に対して覚えたわけを――調べあげようと考えた。それも早急にしなければならないと、わけもなく思った。もういくらも時間が残されていないような気がしたのだ……きたるべきものがくるときまでには。

手はじめに大英博物館稀覯書部の学芸員を務めるわが知人に連絡をとり、『ネクロノミコン』を繙いて、あることを調べてくれるように頼んだ。いずれきみにも紹介しよう、なかなかいい人物だからね。少し変わっていて――あんな職場には適さないと思えることもあるが――しかし正直で純粋な性格という点では人一倍で、どんな悪も罪もあのご仁だけは避けて通るだろうというほどだ。もちろんそればかりではない人物だがね。単に感受性と好奇心が強いというだけの者を、危険なアルハザードの書にむやみに向かわせることはできないからね。

ともあれ、わたしはやっとマグルゼルのことを集中して調査できるようになった。日の盛りに数時間熱中して調べものに没頭していたら、やがて疲れを覚えてきた——体だけでなく頭のほうも。と同時に、なにか妙な感じに襲われてきた。だれかに見られているような疑念が頭をもたげてきたのだ。庭のどこかに何者かがひそんでいるような。

だがそのことは頭の奥に押しとどめて、マグルゼルについて詳しい聞き込みをすべく電話をかけはじめた。ところが電話口で彼の名前を口にしたとたんに、またさっきと同じような感覚が襲ってきた——前よりも強く。それはまるで、いわくいいがたい激越なる邪悪な空気が、突然に館そのものをすっぽりと包んだかのような雰囲気だった。どうにか気をとりなおして電話で話しはじめたものの、またしてもあれが目に入ってきたのだ——外の車寄せで、暗い影をただよわせるようなつむじ風が起こり、落ち葉や折れた小枝などを舞いあがらせているのが」

III

「すると、わたしの恐怖心は怒りへと変わってきた。よかろう、これが戦いだというのなら……こちらもそれなりの武器を手にして応ずるまでだ、とね。武器とはいわないまでも、少なくとも防御策を楯として。

詳しくはいわないが、こうしたことはきみにもわかるだろう。邪悪なるものの影響に対してある種の障壁を築くための知識を、わたしははるか以前から身につけている。オカルティストの名にあたいする者でそうした技術を持っていない者はいない。ただ、あらゆる防御策にまさって効果のある技術――むしろ魔力というべきかな?――をわたしが自分のものとしたのは、じつはつい最近のことだ。

ついでながら、その魔力がどのようにして手に入ったかをまず語ろう。

昨年の十二月のこと、アイスランドからセルレッド・グストーなる人物がロンドンにやってきた。自国でスルスエイ山の噴火現象を学術調査していた彼は、火山噴火の最中に近海の海底からあるものを牽きあげたという。それはいわゆるタイムカプセルに相当するものらしかったが、とにかく想像もつかないほど古い時代の遺物だった。十二月の半ばにわたしに連絡をとってきたときのグストーは、依然としてたいへんな興奮状態にあった。要請してきたことは、彼の言葉をそのまま使うなら〈恐竜時代にも先立つ〉ほどに古いこの謎めいた物体の秘密を、わたしの知識を以て解き明かしてほしいというのだった。

グストーはわたしとともに今年一月の半ばごろまで調査をつづけていたが、そのころになってアメリカから講演旅行の依頼が彼のもとに舞いこんできた。彼にとっては断れない仕事だった――先行き何年かの研究費用の資金源になってくれるものだったからだ。それで彼は発《た》っていった。くだんの調査にすっかりのめりこんでいたわたしは、これは彼と行をともにするしかないだろうかと悩みあぐねた。だが幸いにしてそれは思いとどまった」ここでクロウはひと息つき、自分とわたしのグラスそれぞれにまた酒をつぎ足した。

「なるほどね」と、わたしはこの機をとらえて口をはさんだ。「たしかにこのところのきみは、いつもひどく忙しそうだったな。連絡しようとしてもこの自宅にいないことが多くて、たいがいグストーの滞在先だったウーリッチにいたようだね。しかし、そこでいったいどんな調査をやっていたんだい？」

「本来ならセルレッド・グストー自身の口から説明してもらったほうがいいことだ——おそらく遠からず実現することだと思う。もっとも、彼の話を聞いてまじめに受けとる者がいるかどうか心もとないがね。で、今わたしがこの件について多少とも語るとしたら——きみには絶対に秘密を守ってもらわねばならない」

「当然だ、必ず守るとも」わたしは請けあった。

「それならば話そう……先ほどもいったとおり、スルスェイ山の噴火の最中に、なにかの容器のような遺物が——すなわちタイムカプセルと思われるものが——発見されたのだが、問題はその中身がとんでもないものであったことだ。

カプセルに入っていたものは、前史時代に存在した大陸ティームフドラの記録書だった！かの大陸における力ある魔術師の一人であったテフ・アット——偉大なるマイラクリオンの子孫とされる人物だ——が、幾星霜を超えてわれらにまで伝えようとした古伝書だったのだ。しかしその国で使用されていた未知の言語をもちいてテフ・アット自身の手でしたためられたものだったため、当時ちょうどこの言語の翻訳法を記した書を逸失していたグストーは途方にくれた。ただし、彼にはある〈鍵〉があった。それともちろん、彼の天賦の才と、そして――」「そしてきみの助力もあった、というわけだな?」わたしはにやりと笑みを洩らした。「わが国有数の古文書学者でもあるきみの力がね」

「そうだ」とクロウは、慢《おご》るわけでもなくただ淡々と答えた。「並ぶ者がいるとすれば、グール大学のゴードン・ウォームズリー教授を数えるのみだ。ともかくわたしはグストーに力を貸し、そしてこの古文書翻訳作業の過程で、有害な妖術などの超自然的な脅威に対抗するための強い防御力を獲得することができたのだ。グストーはこの文書の複製を一部つくることを認めてくれ、かくて夢想もつかぬ旧時代の魔術の断片をこの手につかむにいたった。そこから読みとったところによれば、ティームフドラ大陸は魔法が支配していた超古代にたしかに実在しており、テフ・アットはその地で、まさにかの魔術をもちいて邪悪なるものを防御していたのだ。

それがこの手に入った以上は、あとは実際に使うだけだ。わたしはさっそく必要な備品を用意し、古文書に要求されている心的状態をみずからのうちに築いていった。朝からはじめて午後のかなりの時間までかかる作業で、時が刻々とすぎ去るうちに館をとり巻く危難の気配はますます高まり、これはもうこの場を捨てて逃げ去るしかないのではとすら思えてきた。逃げればみずからの責務を捨て去るという重大な過ちを犯すことになると思いなおしたからよかったが、そうでなければ本当に遁走していたかもしれない。

やがてしかるべき心的状態をついに達成し、つづいてさだめられた文言を唱えると――効果はただちに顕われた。

陽光が館のうちを隈なく満たし、いっとき影という影があたりからぬぐい去られた。わたしの精神が異様に高揚していった。と、庭で吹き荒れていた敵の見張り役ともいうべきつむじ風が不意にやみ、あとには落ち葉と塵芥がうずたかく残るのみとなった。かくてテフ・アットの呪文はその効能が実証された……」

「そしてきみは、いよいよシュトルム・マグルゼルの本体に狙いをさだめることができるようになったんだな？」間があったのち、わたしはまた先をうながした。

「いや、その夜はあきらめた。すでに疲れきっていたからな。日中だけでエネルギーを使いはたしてしまった。だから祓魔術《ふつまじゅつ》の進行は中断し、夕刻から早くも眠りに就いて、夢も見ぬ深い眠りをむさぼり、ようやく目覚めたのが翌朝の九時、電話のベルが鳴り響いたときだった」

「くだんの、大英博物館の知人からだな？」

「そうだ。『ネクロノミコン』の調査に関して、わたしの助言が必要だといってきた。知ってのとおりあの書はあまりに大冊すぎるうえに――それに比してフィーリーの『新釈』のほうは小冊子にすぎないが――冗長にすぎる章がかなり多いのは事実だからな。しかも困ったことに、わたし自身求める箇所を過去に読んだような気がするというだけで、本当にあの書のなかに含まれているかどうかも不確かだったのだ。もし『ネクロノミコン』のなかに見つからなければ――」と、大きな手で厖大な蔵書のほうを指さし、「ここにある書のどれかに記されていることになる。だがこのなかから探すのもやはり難儀な作業ではある、不可能とはいわないまでもな。この限られた時間のなかでは」

「急場にしてはほのめかしが多すぎるな」わたしは顔をしかめてみせた。「限られた時間とはどういうことだ？」

「いうまでもなかろう、間に合わなくならぬうちにマグルゼルを排除しなければならないということだ！」

「排除？」またしても意味不明な言葉だ。

クロウはこれ見よがしにため息をついて、「つまり、期限内にあの男を殺さねばならないということさ」

わたしはつかのま口を閉じたが、また開いたときには、愚昧に見えるのを少しでも避けようとした。「それが、きみが達した結論だったということか？　どうしてもやらねばならないことだったのか？」

「もちろんだ。とくに調査を開始してからというもの、やつを排除する必要性はますます高まってきた。明くる日からの数日間のうちに、マグルゼルをめぐって興味深くも恐ろしい事実がつぎつぎと明るみに出てきた。まったく無名だった男が驚くべき勢いで大立者の地位を築き、国内外でたいへんな影響力を持つようになってきたさまがしだいにわかってきた。やつの会社は少なくとも七ヵ国に手を広げ、都合十ヵ所におよぶ兵器工場を建設していた。造っていたものは通常兵器が主だが、その数の多さがこれまた問題だった。

で、そのほかにくだんの新防衛システムもしくは秘密兵器の開発計画を進行させていたというわけだ。わたしは調査のすえこの計画の根源をついにつきとめるにおよんで、これはもはやマグルゼル当人を葬り去るしかないと決断した」

時間はいつしか夜明け前の午前三時をまわっており、暖炉の火もとろとろとくゆる程度に衰えていた。クロウが語りを中断し、夜食を用意しに台所へいっているあいだに、わたしは身震いを覚えて暖炉に薪をくべ足した。震えは冷えこむ夜気のせいばかりではない。彼の話の内容とその語り口に効果があるためでもあり、いつのまにかそのもつれた筋にすっかり絡めとられていた。われ知らず室内を歩きまわりながら聞いたことを振り返り、とくにクロウがマグルゼルを排除――すなわち殺害?――しようと決断するにいたったことに、そしてどうやらすでに実行されているらしいことに、ひととき思いをはせた。

彼の机の前を通りかかったとき、二巻本の古い家庭用聖書が机の上に置かれているのが目にとまった。『新約』のほうのとあるページが開かれたままになっていたが、どの書のどの章であるかまではつぶさには見なかった。ほかにも幾種かの本が散らかっていた。暗号解読術、数秘術、占星術。いずれもわたしがあまり信をおかず、さして関心も持たない種類の〈科学〉だ。とくに目につくのが、よく読みこまれているらしいウォームズリー著の小冊子『記号暗号および古代碑文の解読に関する注解』で、これまた開いたままになっており、わけのわからない文字や形象が記されたページがあらわになっていた。これを見ても、わが友がたしかに多忙をきわめていたことがわかる。

やがてクロウがチーズとクラッカーを運んでくると、わたしたちはそれを食しながらふたたび彼の述懐に没頭した。このたびの話題はといえば、マグルゼルの秘密兵器なるものの恐るべき威力のことがあがってきた。

「オークニー諸島の沖合に」と彼は話しだした。「ある小さな島が浮かんでいるのだが、そこはかつては緑におおわれた美しい孤島で、海鳥たちの穏やかな住みかとなっていた。あまりに小さいうえに本土から離れすぎており、おまけに冬の雪や風が冷たすぎて人間は住んだためしとてなく、訪れる者さえめったにいないところだった。ところが一九六一年のあるとき、マグルゼルがこの島を買いとり、そこでなにやら事業をはじめた。そして翌六二年の二月に――」

「なにがあった?」

「粉塵が島をおおった」

「粉塵? ひょっとして、化学兵器のことか?」

クロウは肩をすくめた。「どんな兵器か、いかなる物質を飛散させるものか、はっきりとはわかってはいない。ただ、効果を発揮させるのに相当量のエネルギーを必要とするものだったことはたしかだ。わたしの調べによれば、この兵器の実験はオークニー諸島で行なわれたのだが、その際に要したエネルギーは、稲妻の発生にともなう自然電力が利用されたらしい。それともう一つわかったことがある。この兵器がじつは防衛のためのものではなかったということだ!」

「ならば」と、わたしはすぐ問いを返した。「真の目的がなんなのかも、きみはすでにつきとめているのだろう？」

「じつはそうだ」と彼はうなずく。「マグルゼルの目的は、この世界を破滅させることだった。わが地球をふたたび原始の荒野へ、暗黒の古代へ引きずり戻すことをもくろんでいたのだ。手短にいえば、新兵器の一撃によって、人類世界に二度と立ちなおれない打撃を与えようとしていたということだ」

「まさかそんな――」

「まあ待て、つづきを聞け。マグルゼルのもくろみとは、国際世界に止めることのかなわない報復戦の連鎖を引き起こし、地球を廃墟と化すことだった。それはわたしの予想をもうわまわる非道な計画だった。最終的には人類の絶滅を狙っていたのだ――人っ子一人いなくなるまでに！」

「たしかなことなのか？」

「あの男が滅んだのがなによりの確証だ。しかし具体的な証拠もある」

「滅んだというのは、きみが殺したということだな？」

「そうだ」

一拍間があったので、わたしは問い詰めた。「具体的な証拠とはなんだ？」

「三つある」とクロウは答えて、また椅子の背に身をゆだねた。「一つは、わたし自身のこの五感と、そして――いわゆる第六感が、最初からあの男に疑いを覚えさせていたことだ。二つめは、やつが秘密兵器の実験をほかの場所数ヵ所でも実行しており、つねに同じ結果を出していたという事実だ。そして三つめは――」

「三つめは？」

「これも政府系のルートから得た情報だ。わたしが若いころMODで働いていたこと、きみには前にいってあったかね？　あの機関は戦時には作戦本部となっていて、わたしは敵国の暗号を解読する仕事をまかされていた。と同時に、ヒットラーがオカルト方面に深い関心を持っていたことについて、軍に助言する役目も負っていた」

「それは知らなかったね」

「だろうな。わたしの過去がたやすく知られることはないからね」クロウはにやりとした。

「ところで、こんなことを聞いたことはあるかね？　ベルリンの東ドイツ領との境界地帯の、かつての塹壕が埋め立てられたところの地中に、『ネクロノミコン』が一冊埋められているという噂だがね。それと、こんな話はどうだ。塹壕にひそむヒットラーに最期のときが訪れようとしているとき、一人のユダヤ人がこっそり迫っていって――信じがたいような話ではあるが――自殺する直前のナチ党首に、なにごとかをささやきかけたというのだ。そのささやいたせりふというのが、わたしにはわかる気がするのだよ。その男はこういったのだと思う、〈われは汝を識《し》る者なり、アドルフ・ヒットラーよ！〉とね」

「わからないな。きみの話にはほのめかしが多すぎて、それをつなぎあわせようとしてもどこをどう結びつければ――」

「今話してやるさ、アンリ」とクロウはなだめるように、「すべては結びつくのだ。つまりこういうことだ……

じつは、わがMODがマグルゼルに対して、二百万ポンドにおよぶ〈商品発注〉をしていたことをつきとめたのだ。しかもそれは、単に二百万ポンドに相当する〈商品〉を用意せよという指示のみにとどまるものではなかった。またこの商品というものの正体がわかったとたんに、わたしにはやつがなにを狙っていたのかがすべて腑に落ちた。そして最後のだめ押しは、大英博物館からとびこんできた情報だった。しかし知りたいことのなにもかもがわかったのは、あの男とついに面と向かいあってからのことだった。

すなわち、マグルゼルがわが国政府に売りつけようとした二百万ポンドの商品とは、原子爆弾にほかならなかった！」

IV

「原爆だって？」あまりに法外なひと言だった。「冗談だろう！」

「冗談でいえることか。国家権力にみずからの造った核兵器を使わせて報復連鎖を起こさせようというやつの謀略に、イギリス政府はまんまと乗せられたのだ。巧緻このうえない甘言によってな。だからこうしている今、政府の一部では上を下への大騒ぎとなっている。わたしが情報を流してやったからだ――もちろん匿名でだが――逃れえぬ殺戮の嵐に世界を巻きこもうというやつのもくろみをな。七大国に一発ずつ原爆を投下し、七つのきのこ雲を同時に湧きあがらせようというのだ。それが契機となって、やつの生みだした恐ろしい兵器が使用され、戦火はまたたく間に世界に広がる」

「しかし……どうやって……いつそれを実行するつもりだったんだ？」

「今日だ」これがクロゥの回答だった。「今日の午前十時の予定だった。今から五時間と少しあとだな。核兵器はすでにやつの工場基地で待機しており、所定の刻限を迎えるばかりになっていた。もちろん、現在はもうすべて撤去され、基地自体も破壊されているがな。英国政府は現在、六大国の首脳に対し早急にことのしだいを弁明する手筈だ。ほかの若干の国々にも情報が漏洩《ろうえい》して波紋を呼ぶだろう。ただし基本的には秘密裡に話しあわれ、世界の大半はなにも知らぬままに終わる」

「いったい、そいつはなにが目的だったんだ？　頭がおかしかったのか？」

クロウはかぶりを振った。「そういうことではない。じつのところ、やつは人間ではなかったのだ。人間の肉体をしていただけの存在だった……というより、人間以上の存在だったというべきかな。ある種の〈力〉というか……

一週間前、わたしはMOD時代の旧友が自分の住まいで催したあるパーティーに参加した。かのマグルゼルもそこにくることになっていたからだ。じつは、わたしが裏から手をまわして、やつが出向いてこざるをえないように仕組んだのだ。これは非常に微妙な手ぎわを要した。わたしがやつの素性に疑いをいだいていることを、だれにも察知されてはならなかったからね。

まあ、知られてもだれも信じはしなかっただろうが。

で、そのパーティーでついにやつを追い詰めた。ついに面と向かいあい——過去に出会ったことのない種類の異様な人物だった——確信を持つにいたった。人類がかつて直面したことのない最悪の危機を呼び起こす男であることに、もはや疑問の余地はなくなった。大げさに聞こえるかもしれないが、ほかにいいようがないのだ。

と同時に思ったのは、やつの容貌を見ると、わたし以外の者は一種の哀れみを誘われるかもしれないということだった。すなわち、前にいったとおり彼が白子《アルビノ》だからだ。髪が雪のように白いのだが、肌の色も同様なのだ。だから首筋と額に青白い血管が浮き出て脈打っているのだけがやけに目立った。背が高くひょろ長い感じで、頭がやや大きいように見えた。ただ、丈が高くて幅も広い頭蓋骨が、頭脳の魯鈍さといい知れぬ才気とを同時に連想させるところが奇妙だった。眉間の狭い目はやけに大きく、桃色がかっている。ただし瞳の色は緋色だ。一部の女たちは——変わった趣味の女ばかりだが——魅力的な男だといい、男たちのなかにはうらやむ者がいた。やつの財力、手腕、地位などをな。だがわたしにはぞっとする輩だとしか思えなかった！　むろんこの感想は、正体を見抜いていたからこそのことだが。

彼は明らかにその場にいたくないようだった。あの顔写真にはっきりと出ていた居心地の悪そうな感じが、生身の彼にも表われていた。人に話しかけられるのを恐れているふうだった。いうまでもないが、パーティー会場のどこかに自分の正体を知っているだれかがいることにやつは気づいていた。そのだれかがわたしであることをまだ知らなかっただけで。

マグルゼルはたしかに不安に駆られていた。隠れ家から不承不承出てきたのは、ひとえにあの夜あの場所で、政府要人から計画の推進許諾を得られる予定になっていたからだった。事実、あそこでたしかに推進の許諾をもらった。その直後なのだ、わたしがやつに迫っていったのは」

「ちょっと待て」とわたしが割りこんだ。「今し方、そいつは自分の正体を知る者がいることに気づいていたといったな。どうして気づくことができたんだ？」

「だから、わが家の庭でつむじ風が吹いたときにわたしが彼の正体を感知した、まさにその同じ瞬間に、やつもだれかに知られたことを悟ったのだよ。ただし運よく風を封じこめることができたため、相手がわたしであることまでは気づかれなかった。もちろんだれのしわざかとさぐりを入れただろうが、当方もこのブロウン館の周囲に力の防御壁を築いて応戦した。もっとも、最後にはこちらも表に出ざるをえなかったわけだが……」

「しかし」と、わたしはまた口を出した。「まだ納得できないね。わが国の政府がそいつの手管にやすやすとだまされて、それだけの数の核兵器使用権を与えてしまうなどということは！　われらの指導者たちは気でもちがっているのか？」

クロウは首を横に振った。「きみももう推測できてもいいころだがね。政府とてなんの益も見こまずにそんなことはしないさ。二百万ポンドという金額などとるに足らぬほどの厖大な利得が期待できたということさ。マグルゼルが確約した国防策が実現すれば、スイッチ一つ入れるだけで、イギリス全土にドームをかぶせたかのごとく、国難を完膚なくしりぞけることができるようになるのだからな！」

「そんな甘言を、政府は信じたということか？」

「大々的に実地検証をしてみせたわけさ。もちろんすべて欺瞞だがな。それが新国防システムの実験なのだと、ずっと信じられていたというわけだ。かつまた、彼が決して怪しまれるような失態を犯すことなくやってきたという点も思いださねばならない。むしろ怪しまれることなど考えられない理想的な市民として、あらゆる福祉事業や慈善事業に手を貸してきたのだからな。それどころか、彼は政府そのものにすら資金援助をしていたはずだ。そこで、みずからが造った恐るべき兵器を使用する手立てを持たなかった彼が、いかなる奸智と悪才を働かせるにいたったか、もうきみにもおよそわかっていいはずだ。

話のつづきに戻ろう。ついに彼を追い詰めた。パーティーの場で人を介し、たがいに紹介されようとしていた。わたしは握手の手さえさしのべていた。まさにそのとき――

窓の一つがわけもなく開き、屋外で一時間以上にわたって吹き荒れていた強風の一陣が、どっと部屋に吹きこんできた。とたんに五十名あまりの紳士淑女が、飲み物をこぼしたり帽子をとばされないように手で押さえたりしはじめた。渦巻く風はたちまち招待状を舞いあがらせ、花瓶の花を踊らせ、紙ナプキンを宙に巻きあげ、しまいにはわたしとマグルゼルのまさに中間に吹きいたった……地獄からの悪魔の風のように！

その瞬間に彼は桃色がかった目を細めて、わたしをじろりとにらんだ。つぎの刹那には、手の届かない距離まで足ばやにしりぞいていた。客に新たに飲み物が配られる前に、彼は会場をあとにした。あわて気味に外に出て運転手付きの車に乗りこみ、おそらくはオックスフォード郊外にある自分の会社へと帰っていった。

むろんわたしも急いで辞去したが、その前にパーティーのホストである友人に、わたしの素性をマグルゼルには明かさないでくれと約束させることを忘れなかった。あとで聞いた話では、やつはあんのじょう友人に電話してきたという。もちろん、招待状もなく押しかけてきた客だと嘘の返答を吹きこまれた。それで身の安全を得ることができた――しばらくのあいだは。

わが家に戻ってみると、ちょうど電話が鳴っているところだった。いっときためらってから、受話器をとった……なんのことはない、待っていた大英博物館からの知らせだった。狂えるアラブ人アブドゥル・アルハザードのくだんの著作から肝要な箇所を抜き書きしてくれたというのだった」ここでクロウは不意に立ちあがり、机のところにいって一、二分探しものをしたのち、一枚の紙片を手にして戻ってきた。ふたたび椅子にかけてこういった。「聞きたまえ、アンリ。


『此の星のおぼめく怪異なるもの、数多《あまた》にして諸々あり、始原の時より既に潜み棲む。彼《か》のものども覆されざる石の下に眠る。大樹根底より倒る時、彼のものども起《た》つ。されど今は海底に蠢き、地の底のいや果てに住み暮らす。或るものらは古くより人に知られ、或るものは未だ知られず、諸共姿現わすが叶う恐るべき時を待つ。分けてもの一つは呪いより生まれし邪悪なるもの〈最も大いなる古きもの〉なり。彼のもの海底に沈められ封印されし時、大地の隈々にまで響く叫びを放ちしという。斯くて彼のもの此の世をば久遠に呪う。其の呪いとは斯くのごとし。〈我を囚えし牢獄たる此の星に生くるもの、其のものらなべての只中に逆徒をば忍ばせ、人の世を滅却せしむるものなり。しこうして大地を薙ぎ払い我が帰還の時に備う。〉彼のものを囚えしものらこの呪いを聞き、再び害為す能わぬ深みに彼のものを押し込めぬ。また其のものらは善きものなれば、彼のものの望みし害を雲散せしむべく努むれど、此れ叶わず。然れば其のものら拮抗魔術を用う。此れは斯くのごとし。すなわち、邪悪なるものども起ちて力備う時、其れを逃さず感知するものを常に配し、以て罪なきものらを大いなる呪いより救うべしとす。さらに此処に手管を加う。すなわち悪しきものどもひとたび現われたれば、其の手管を心得るもの此れを捕らえ、斯くのごとく唱うべし、〈我、汝を識る〉と。且つまた、悪しきものの〈数〉をも詳《つまび》らかにして……』

詰まるところ、じつに単純な方法の魔術だったというわけだ……

夜が更けてくると、わたしはここブロウン館のまわりにめぐらした念力結界をさらに強化すべく努めた。同時にわたし自身の身辺にも、この強力な結界の外に出たりあるいは国外に出たりするときに効力を発揮するある種の防御術をほどこした。それらのすべてが、朝まだきのころまでわたしを守ってくれた。そして明くる日——まさに〈その日〉だ。シュトルム・マグルゼルが悪魔の破壊兵器の引金を——すなわち起爆装置を——荷積みしているところがありありと透視された。わたしの心の目には、さらなる光景が映じた。一見なんの変哲もないがじつは強力な武器によって警備されたとある施設の前に、一台の車が停まる。運転手が通行証を見せ、三枚複写の紙片三部からなる書類をも提示し、最後に慎重に積みこまれている七つの重そうな荷箱を確認させる。

オックスフォードのマグルゼルの工場敷地内には私設の滑走路があり、そこに待機する二機の自家用機が原子爆弾七基を積み、世界各地の目標地点へ投下すべくとびたつ手筈になっていたのだ。だからわたしに残された時間はあといくらもなかった。絶え間ない懸念と調査の連続で疲労の極にあったが、この脅威を防ぐ手立てだけはなんとしても講じねばならなかった」

「で、結局なんとか手立てを講じたのだろう?」と、わたしが口をはさんだ。「アルハザードが残したその一節によって」

「そう、たしかにマグルゼルを滅ぼす方法はわかった——だがそこにいたる過程を心得てはいなかった! たしかなことといえば、やつがまだこの国のうちにいること、そのもくろみの中心にいまだ鎮座していることだけだった。そこへどうやってたどりつけばいい、こちらの存在をさらしてしまった段階で?」

「きみの存在をさらした?」

クロウはため息をついた。「単に出会って顔を憶えられたという意味さ。憶えられたにちがいないというべきか。こちらが敵の情報をつかんでいるなら、敵もこちらの名前やもろもろのことをさぐりだしていると見ねばならない。そうとも、わたしが戦う方途を持っているとすれば、向こうもそれなりの手段を使ってくるはずだ。となれば、もはやこのブロウン館に長居はできなかった。わたしをなきものにするためにあらゆる手段をもちいてくると考えられる以上は。どこかほかへ移らねばならなかった、それも早急に。

その夜ただちに、逃走を決行した。車を駆り、オックスフォードへ向かった」

「よりによって、オックスフォードへ？」

「そうさ、まさにライオンの檻のなかへ。翌朝当地に着き、適当なホテルに駆けこんだ。車をそこのガレージに隠し、やや時をおいてからマグルゼルに電話を入れた」

「電話を？」またも驚かされた。「いきなりか？」

「いや、いきなりというわけじゃない。まずタクシーを呼び、それがホテルに着くのを待った。自分のメルセデスを使う気にはなれなかった、車種もナンバーもすでに知られているはずだからな」かすかに哀れむような笑みをわたしに投げ、「数というものがどれほど重要か、きみにもやっとわかりかけてきただろう？」

わたしはうなずき、「先をつづけてくれ。それから電話したわけだな？」

「まずやつの工場に電話した。すると交換手が出て、社主は自宅のほうにいるが、外部からの連絡は遠慮願いたいという。そこでわたしは、重要な用があるので自宅に電話してみたが出てもらえなかった、なんとかそちらからとりついでくれないかと迫った」

「で、交換手はそれを真に受けたのか？　自宅に電話をかけたというのは本当か？」

「いや、電話帳には載っていないのだ。やつの自邸は厳重に武装警備もされているはずで、そばに寄ることすらかなわないとは当然予想していた」

「そんな家だとしたら、きみの嘘はすぐ見抜かれただろうね？　電話帳にもない番号にかけたなど、交換手が信じたはずはなかろう？」

クロウはまたにやりとした。「わたしが番号を知っていて当然の人物だとすれば、信じざるをえないさ」

わたしはあっと息を洩らした。「そうか、MODの友人の名前を騙ったんだな！」

「当然の手管さ。こんどは名前の重要性もよくわかっただろう？　それでまんまとりついでもらえて、わたしはついにマグルゼル当人を電話口に迎えた。最初のひと言を聞く前にもうやつだとわかった。息の音がまるで墓穴からの瘴気のように響いたのだ！『マグルゼルだが』というやつの声には不審そうな調子がこめられていた。『どなたかな？』

『だれかはわかっているはずと思っていたがね、シュトルム・マグルゼル』と、わたしは返してやった。『わたしがおまえのことをわかっているようにな！』」

V

「鋭く息を呑む音が聞こえた。そして、『タイタス・クロウさんか』といってきた。『じつに機略にすぐれたお方だ。今はどちらに？』

『これからおまえに会いにいくところだ』とわたしは答えた。

『ほう、いつおいでになります？』

『すぐにもいけるさ、予想に反してな。おまえの〈数〉をつかんでいるからね！』

そこでやつはまた息を呑み、がしゃんと電話を切ってしまった。これで進めてきた予備調査が本当に役立つかどうか、いよいよわかることになる。同時に、これまでの仕事のうちで最も危険な瞬間にまもなく立ち向かうことにもなった。

そこでだ、アンリ、もしきみがマグルゼルだとしたら、これからいったいどういう手を打つかね？」

「わたしだったら？　もちろん、警備に守られた自宅にこもったままでいるさ。そして、きみを見つけ次第、危険な侵入者と見なし、撃ち殺すよう部下に命じるね」

「では、もしわたしがきみ以上に多勢の武装集団を引きつれていったら、どうする？　しかも自宅の警備員がさほどには凶悪な者たちでないとしたら、そもそもそんな命令にすなおに従うだろうかね？　そんな場合、どうやって敵の来襲を回避する？」

わたしは眉根を寄せて考えた。「とにかく、敵から距離をおかねばならない。そうだな、国外に脱出して――」

「そのとおりだ！」クロウが叫んだ。「この国を出てしまうことだ」

彼の推測がわかった。「そうか、工場の敷地内に私設滑走路があったんだったな？」

「そういうことだ」と彼はうなずく。「だがやつにとって不運なことに、わたしのほうが早く工場に着ける位置にいた。タクシーで工場へ向かうのに十五分ないし二十分かかったが、マグルゼルのほうはそれより五分ないし十分多くかかると予想された……

工場に着いてみると――〈英国マグルゼル重火器工業〉という誇らしげな看板が出迎えた。広大な敷地のなかで警備施設と丈高い鉄条網付きフェンスに囲まれた豪壮な建造物群だった。敷地への入口といえば、通じている主線道路からの正面ゲートのみだ。電子制御の防御外扉がさえぎり、警備員詰所らしい小さな建物が待ちかまえていた。タクシーに代金を払ってゲートへ向かって歩いていくあいだにも、それらのようすを観察しつづけた。

当然ながら警備員が出てきて、こちらの名前と用向きを訊いた。見たところ武器は持っていなかったが、大柄で筋骨たくましい男ではあった。MODからきた者で、マグルゼルさんに会うことになっているとわたしは告げた。

『申し訳ないが』と警備員がいう。『少しとりこみ中でして。どなたも入れないようにといわれています。通行証を持っている人でも。それに、社主は今自宅のほうにおりますが』

『いや、もうご自宅を出ているはずだ』とわたしはいってやった。『ここへ向かってね。わたしとはこのゲート前で落ちあうことになっている』

『そういうことでしたか。では、外ではなんですから部屋へでも』

わたしは警備員とともに詰所に入って雑談を交わした。そのあいだにも抜けめなく敷地内に目を走らせた。建物のあいだに、格納庫らしいものの扉が開いているのが見えた。そっと見守るうちに、一機の軽飛行機が広いスペースにすべりでてきた。まもなくの飛行にそなえてだろう、整備士たちがその周囲を駆けまわっていた。道路のほうも警備員室の窓からはよくうかがえた。やがて四半マイルほど先に、目当てのマグルゼルの車が猛スピードでやってきた。

わたしはさっそく拳銃をとりだした」

「なんだって？」わたしは声をあげていた。「もし講じた手立てが失敗したら、マグルゼルを撃ち殺すつもりだったというのか？」

「そうじゃない。たしかに撃たねばならない場合も想定できたが、銃弾程度で殺せる相手かどうかは疑わしい。銃は別の目的のためだ。つまり、普通の人間を威嚇するためだ」

「ということは、警備員を？」

「そう。すばやくそいつの制服制帽を剝ぎとり、猿ぐつわを咬ませて奥の小部屋に閉じこめた。それから仕事をやりやすくするため、防御柵の制御盤をピストルの銃把でしたたかに叩いて壊した。このときにはもうマグルゼルの車は道路を逸れ、ゲートに近づいていた。車のなかで当人は、こちらに近い側にいた。つまり助手席に座っていた。後部席には屈強な若い男が二人乗っていた。明らかにボディーガードだ。

わたしは警備員の制帽を目深にかぶって詰所を出、車に近寄った。願望がかない、やつは車のウインドーをおろしてくれた。手を突きだし、高圧的な感じで振りまわしながらいった。

『ばかめ、なにをしている！　これではなかに入れないだろう。早く柵を――』

だがその瞬間、わたしは彼の腕をつかんだ。顔を近づけ、いってやった。『シュトルム・マグルゼル、わたしはおまえを識っている――そして、おまえの〈数〉も！』

『な、なんだと？』やつはかすれ声を出した――こちらの正体に気づいた目が、恐怖に見開かれた。

つぎには〈数〉を唱えてやった。そのときボディーガードどもが車からとびだし、わたしを引き離そうとした。ところがマグルゼルは手を振って、彼らをしりぞかせた。『かまうな。もう手遅れだ』そして、二度と忘れられないまなざしで見すえてきた。ゆっくりとメルセデスをおり、車のドアに重くもたれて、わたしと相まみえた。『それはわたしの〈数〉の半分にすぎない。だがこの身を破壊するには充分だ。残りの半分もわかっているのかね？』

わたしは残りの数も告げてやった。

もともと少なかった血の気が、やつの肌から完膚なく失せた。目の奥の光が消え去った。倒れかけたところを、部下たちがすんでのところでささえ、車の席に引き戻した。そのあいだもわたしの顔をじっと見ていた。目は桃色と緋色が混濁していた。出血しはじめているのだ。『機略に秀でたご仁だ』しわがれた声でいう。そして運転手に向かい、『もう時間がない。家につれていってくれ……』

車が出たあとも、助手席でくずおれる彼の姿がうかがい知れた。もう頭がわきへ投げだされていた。回復することはなかったのだ」

しばらくのちに、わたしは尋ねた。「で、きみもその場を立ち去ったのか？」ほかに問いが思いつかなかった。口のなかがからからに渇いていた。

「そう、まもなく工場をあとにした」とクロウは答えた。「止める者もいないからね。そしてここに帰った。あとはきみの知るとおりだ」

「なるほど」わたしは唇を舐めつつ、「しかしわたしにはまだよく理解できないね。全部はとてもまだ。たとえば、いったいどうやって――」

「アンリ、質問はうちきりだ」彼は背筋をのばし、おおきなあくびをした。「あとはきみ自身で考えてほしいね。あの男の名前は当然わかっているし、〈数〉を知る方法もわかっているのだから。あとはいたって単純なはずだ。さて、わたしはこれから二時間ほど睡眠をとるとしよう。それからきみと一時間ばかりドライヴだ。そのあとで、われらがシュトルム・マグルゼル・Vに最後の敬意を払うことにしようじゃないかね」

クロウの行動はその言葉のとおりだった。まず眠り、目覚めて朝食をとり、そして車を走らせた――同行するあいだもわたしはひたすら頭を絞り、彼に与えられた問題に四苦八苦しつづけた。目的地に着くまでには、疑問の過半が解けたように思えていた。

ロンドンからオックスフォードへの途上に位置する閑寂な火葬場の、庭地の外の舗道にわたしたちは立っていた。錐形の鉄柵越しに墓石の並ぶ敷地を眺め、高い煙突をそなえたおちついた雰囲気の建物に目を見張る。〈安らぎの家〉と名付けられた火葬場本棟だ。マグルゼルなる人物にはどんな弔言がたむけられたのかと思いをはせた。本棟にたどりついたが、会葬者や霊柩車はすでに去ったあとだった。かくてわたしたちの〈最後の敬意〉につきあう者はだれもいなかった。

遺灰を待つあいだに、クロウにこう告げた。「答えがわかった気がするよ」

彼はいつもの癖どおりに頭を片側へかしげ、「いってみたまえ」

「まず彼の名前についてだ。シュトルム・マグルゼル・V。初めのシュトルムは彼の伴侶たる風を意味している。すなわち、彼についての話のなかできみがいっていたつむじ風のことだ。どうだい、この点は?」

クロウはうなずく。「それはすでに明かしてやったことだからね」

「だが彼のフルネームに少し頭を悩ませた」と、わたしは先をつづけた。「というのも、全体でも十三文字でしかないからだ。そこで、Vの字が数の五を意味することをもう一度思いだしてみた。すると、それを加えれば十八になると気づいた。つまり九の二倍だ。きみはいっていたね、九九九九九の数を持つヒットラーは真正な〈死の天使〉であると……とすれば、マグルゼルはまさに〈死の神〉ということになるんだ!」

「ほう、どうしてそういえる?」

「彼の生と死の日付だ。一九二一年四月一日と一九六四年三月四日だったな。これらの数を全部足すと四十五になる。これに先ほどの名前の数も合わせると、マグルゼルの〈数〉はなんと、九九九九九九九、すなわち七つの九になる!」わたしは自分の背中を叩いて誉めたたえたい気分だった。

やや間をおいてから、クロウがいった。「話はそれで終わりかね?」彼の声の調子から、わたしにはまだ大きな見すごしがあるのだなと思わざるをえなかった。

VI

ため息をつき、降参した。「わからないね。ほかになにがあるんだ？」

「見たまえ！」いきなりの彼の大声に驚かされた。

さし示す指の先を追うと、黒いマントに身を包んだ人影が一つ、〈安らぎの家〉からパティオに出てくるところが見えた。明るくさわやかな日射しが人影の白い襟に照り映え、きらめく首輪のように見せている。胸の高さに鉢を一つかかえている。たしかな足どりで庭を歩み抜けていく。静かな空気のなかに、その人物のかすかなつぶやきの声が聞こえる気がした。

「マグルゼルの遺灰だ」とクロウは教え、ごく自然に帽子を脱いだ。初めから帽子のないわたしは、ただ立ちつくして見送っていた。

「ところで」しばしののち、口を開いた。「わたしの計算ちがいはどのへんにある？」

クロウは肩をすくめ、「だいじなポイントをいくつか見逃しているというだけさ。マグルゼルはある種の黒魔術師といえる男だ。世界に敵対する悪魔的な計画といい、きみが呼ぶところの〈伴侶たる風〉を従えているところといい。そう、たしかにわれわれの推測は当たっているのだ。ペルシャ語で〈マグ〉あるいは〈マグス〉は魔術師を意味する。とすれば、彼の名前MAGRUSERからMAGUSを引くと、なにが残る？」

「引くと?」わたしはすばやく頭をめぐらせた。「R、E、Rか——あ、最後のVもあったな」

「その順序を入れ替えて」とクロウが受け、「R、E、V、そしてR、としたらどうだ。いいか、REV、Rだぞ。それともう一つ、きみがいったように名前の文字の合計が十三になることが加わる。これでおのずと——」

「そうか!」と、わたしがさえぎった。「Rev. 13(黙示録第十三章)だな? きみの机にあった家庭用聖書を思いだすべきだった。だが待て。最後のRはどうなる?」

クロウは黙したまま、いっときわたしを見すえた。「簡単なことさ。Rはアルファベットの十八番めの文字という意味だ。これでわかっただろう。マグルゼルは役所に届けを出してまで名前を変え、みずからを表現していたのだ!」

わたしもついに理解した。そして勝手に友人と呼んでいる男の恐ろしさに、あらためて感嘆した。この男タイタス・クロウの高度な知力に。黙示録十三章十八を思いだしつつ、そらんじてみた。

クロウはわたしのうつろな顔から考えていることを読みとったのか、うなずいてみせた。

「そうさ、まず彼の生年月日だ。数字を合わせるとこれも十八になる——すなわち六六六、獣の数だ!」

「しかも」と、わたしは息をあえがせ、「七ヵ国に十の工場だったな。まさに七つの頭に十の角《つの》じゃないか! さらには、黙示録の獣は海より出《いで》るとされる!」

「そういうことだ」クロウは陰鬱にうなずく。

「つぎに彼の死の日付、こっちは九九九になる!」

またもうなずき。そしてわたしがいい終えたと見るや、「だが最も恐ろしくおぞましいことは、彼の名前そのものにある。あのラストネームを、逆から綴ったらどうなる?」

「ぎ、逆から?」わたしは思わずどもった。が、つぎの瞬間には頭がくらくらしそうになり、口をあんぐりあけてしまった。

「RESUGRAM!」

「まさに」今一度短くうなずくタイタス・クロウ。「〈われ、死の淵よりふたたびよみがえらん!〉との意味だ」

錐形にとがった鉄柵の彼方で、かの僧侶が鋭くもかすかな悲鳴をあげ、かかえていた鉢をとり落としたのが見えた。鉢は砕け、内容物がこぼれた。どこからともなくつむじ風が吹きこみ、灰を宙に舞いあがらせ、運び去っていった。

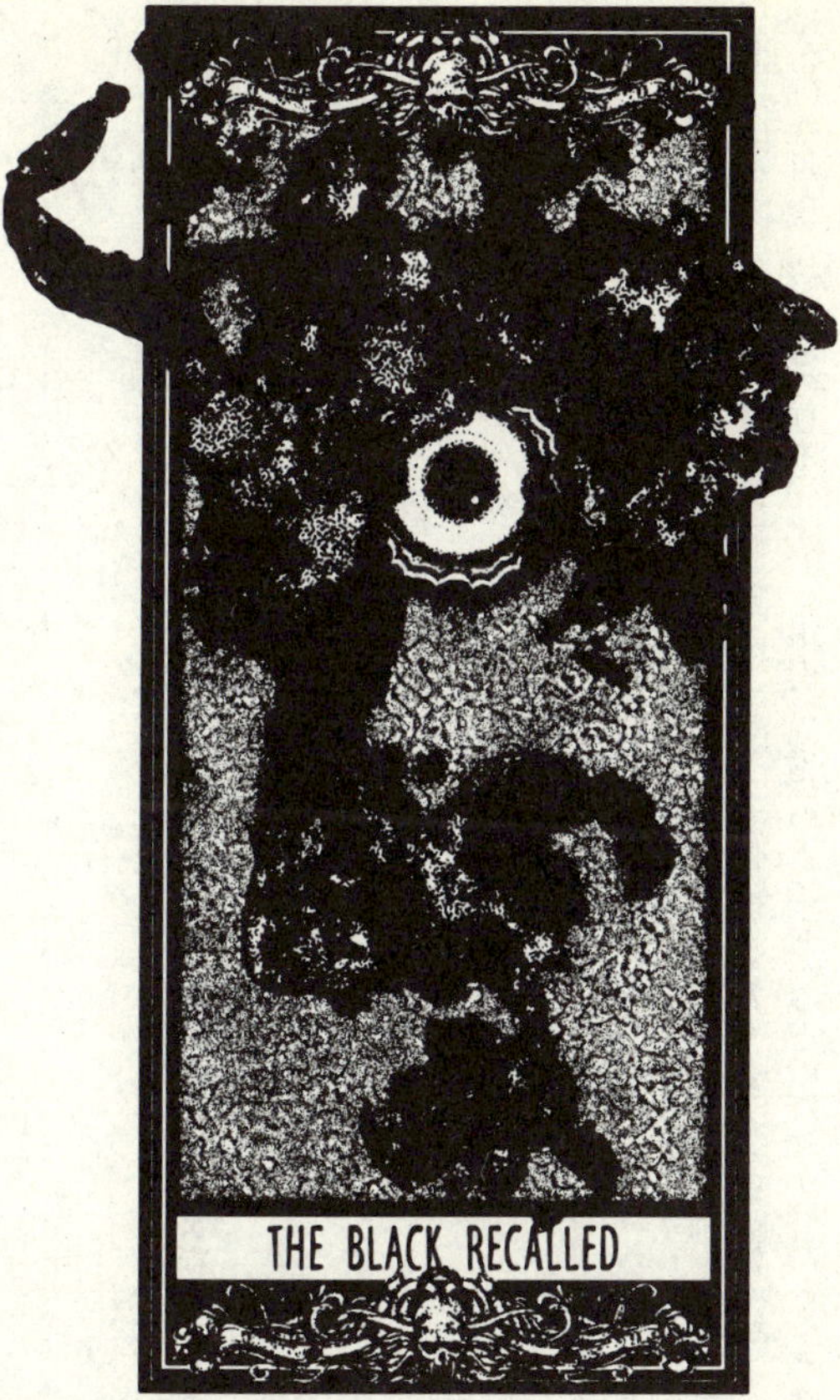
THE BLACK RECALLED

クロウはもはやおらず、エリュシアの住み人となっている。彼にまつわるものは、この地上にはなにひとつ残っていない。

いや、本当にそうか……?

続・黒の召喚者

「ゲドニー教主のこと、憶えているだろうね?」ジェフリー・アーノルドはベンジャミン・ギフォードに問いかけた。かつては広壮な邸宅であったことをほんのかすかにほのめかす石や煉瓦の瓦礫の山を前にして、雑草の生い茂る車寄せの跡地に彼らは立っていた。十一月の冷たい風があたりに吹きすさび、二人ともオーヴァーコートを体にぴったりとまといつけている。同様に冷たげな月が、彼方にのびるロンドン市街の稜線の上にちょうどのぼりかけたところだ。

「憶えているかだって?」いっとき間をおいて、ギフォードが返した。「どうして忘れるはずがある? あの人物に思いを馳せるために、おれたちはここで落ちあうことにしたのじゃなかったかね？　そう、おれはもう思いを馳せているよ――じつに恐ろしい人だった！　もっとも、恐ろしいといえばこの男にまさる者はいなかったが」と、草におおわれた廃墟のほうへ顔を向けた。

「タイタス・クロウのことか？」と、アーノルドが問い返した。「そう、あのころのわれわれには、たしかにやつを恐れる充分な理由があった。とくにゲドニー教主亡きあとは。だいたい、わたしが何年ものあいだ地下に潜伏しておとなしくしていなければならなくなったのは、あのクロウのせいなのだ。ようやく教主のあとを受けて教団を率いはじめたときも――わたしが衣鉢を継いで教主となったときだが――それまで以上に用心するのが賢明と思われたほどだった。そもそも、もともとのわれわれはクロウという男の存在すら気にとめていなかった。だからこそ教主は自ら墓穴を掘ることになってしまったのだ。あのクロウというやつ……世界でも指折りの危険人物だった！」

「まさに敵だったな、おまえにとってもおれにとっても」とギフォードがうなずく。「なのにここでこうして、二人で彼を懐かしく偲んでいるとはね」そういって口をわずかにゆがめた。にもかかわらず、酷薄そうなほくそ笑みはなお顔に貼りついたままだ。「それとも、ここにきたのは彼が本当にこの世にいないことを再確認するためかね？」

「かもしれないが」とアーノルドは肩をすくめ、「死んだと見てまちがいなかろう――遺骸が発見されなかっただけで。アンリ・ド・マリニーも同様だ」

「そう、死んだといってかまわないさ」ギフォードはまたうなずいた。「ここで姿を消してからもう八年も経つのだ。おれにはそれだけで充分だね。やつは〈彼ら〉につれていかれたのさ。だとすれば、二度と戻ることはない」

「〈彼ら〉とは、CCD、すなわちクトゥルー眷属邪神群《サイクル・ディーアティーズ》のことだな？　うむ、たしかにわれわれはそう推測してきた。しかし――」

「推測じゃない、事実だ！」ギフォードがさえぎった。「クロウは〈彼ら〉の最大の敵の一人だったんだからな」

アーノルドは身震いし――といっても、夜気の冷たさのせいであるにすぎない――オーヴァーコートのボタンを顎のすぐ下まで全部とめた。一方のギフォードは煙草をとりだして火を点けた。ライターの炎が一瞬照らしだしたものは、かつて白魔術師タイタス・クロウの砦であったブロウン館の庭に悄然と立ちつくす二人の顔だ。

アーノルドは背は高からず細おもてで、青白い皮膚は紙ほどに薄く、大きな耳が顔の左右にぴったりくっついたような容貌をしている。まるで白蠟でできているような顔だが、その目には抜けめない悪辣さと無慈悲さを示す光がきらめいている。ギフォードのほうは大柄で――アーノルドの記憶によれば、この旧友の八年前の姿よりもいちだんと大きくなっていた――背も高いが、いささか重量過多に見える。重くたるんだ顎にはその輪郭に沿って不健康なあばたが散らばり、積年の不摂生の現われとなっている。

「少し歩こう」背の低い男のほうがようやく提案した。「わたしたちのあいだの意見の相違点についてだがね、解決することはできないまでも、なんとか妥協点を見いだせないものかね。

結局のところ、同じ〈主《あるじ》〉を崇めている者同士なのだからね」二人は館の廃墟に背を向けて歩きだした。館は煙突だけが倒れずに、ぽつんと空に向かって突き立っている。さながら骸骨の指を思わせる。男たちはそれぞれの思いに耽りながら庭をすぎ、ヒースの野に出ていった。

アーノルドの思いはいつしか八年前のあの日の朝へ還っていた。あのとき彼はここレナード・ヒースの遊歩の丘に訪れ、タイタス・クロウの同僚であり友人でもあると偽って、この瓦礫の山を捜索する警察に協力した。その前夜のことだった、ブロウン館が猛烈な嵐に襲われたのは。前例のない局地的な暴風だった。屋敷は文字どおり木っ端微塵と化した。タイタス・クロウと友人アンリ－ローラン・ド・マリニーが行方不明となった。が、幸いにもクロウの蔵書や書類はほとんど無事に残っていた。アーノルドが協力を装った主たる理由はまさにそこにあった。彼は書籍や重要書類をうまく盗み、隠し去った。後日それらのなかから、〈暗黒のもの〉に関するクロウの記述を見つけた。〈暗黒のもの〉とはイブ－ツトゥルの霊顕であり、当時からさらに数年前に、クロウがジェームズ・D・ゲドニー――アーノルドの属した教団のかつての教主だったくだんの人物――を返り討ちにして滅ぼしたときにもちいた魔術武器だ。

そう、イブ－ツトゥルの……

ベン・ギフォードの思いもまた、かの光なき無窮の深淵にひそむ暗黒神のことにおよんでいた――単なる思いという以上の思念によって。と同時に、かのジェームズ・ゲドニーが黒魔術および異界の諸力をもちいようとして失敗したことにも。力は結局、ゲドニー自身に災厄として降りかかったのだ。

あのころギフォードとアーノルドはともに、ゲドニーの教団の幹部という立場にあった。二人ともかの人物の麾下《きか》にあって威勢を誇り、妖しい儀式や悪魔的な祭祀に積極的に参画して、教主の邪悪な教えをともにわがものとしていた。ゲドニーはそうしたことを単なる道楽でやっていたわけではなく、研究研鑽のため世界各地の秘蹟を訪れたりもしており、しかもそのつど無為のまま帰還することが決してなかった。超古代の神話伝説はなべて記録のなかに見いだせるはずというのがかの人物の主張であり、そのために世界に並ぶ者のない大量のオカルト関連の蔵書を蓄えることとなっていた。そしてそれらの書物を読み解く過程こそが、彼に魔力を帯びさせる素因になったのである。

つまりゲドニーにとって魔力とは、いかなる深い神秘のヴェールをもつらぬくすべにほかならなかった。時の彼方に失われた希少な神話の断片を集めて、活ける魔術妖術にまで紡ぎなおす能力の謂《いい》であった。いかなる往古の魔術や呪術によって固く封印された秘密でも解読してしまうような、言語学や暗号学をめぐる並はずれた学識のことであった。そのような術をほどこしたのち、いしにえの塵埃へと消えていった者たちの遺産こそが、長年にわたって狩り集めた彼の蔵書のなかに眠っていたのである。

そんなゲドニーがつづけてきた探求と冒険の旅程のなかで最も重要だったのは、クトゥルーをはじめとする、宇宙の深淵を故郷とする旧き神々を祀った社《やしろ》の数々を訪れたことであった。すなわち、人類の誕生や、それどころか恐竜の登場にすら先立つ、この地球が最もこの星らしかった混沌たる時代を支配していた者たちの旧跡に足を踏み入れたことだ。人の記憶のおよばぬその時代に、クトゥルーとその眷属たちは異形の星々よりこの地に降りきて、いまだ形もさだまらぬ泥濘であった大地のそちこちに都市を築いた。彼らこそまさに、最も偉大なる魔術師たちといえた！

ゲドニーによればこれら神格たちの魔術というのは、そもそもは人間には想像もできない異質な世界の科学なのであり、人知の理解を超えた暗黒次元の知識のことであるという。彼らの奇怪な学知体系はやがて、果てしなき時の流れをも乗り越えて脈々と生きつづけることになる。このような説はたしかに、外観上はとてもありえないことと思える。だがゲドニーはこの疑問にも答えを用意していた。つまり、じつにＣＤは今もって滅びてはいないのだという。かのアルハザードが書き残したつぎのような予見的な対句を、人は忘れるべきではないと彼は主張した。

久遠に臥したるもの、死することなく、
怪異なる永劫のうちには、死すら終焉を迎えん

——また、テフ・アットはつぎのような謎めいた断章を記しているという。

妖《あや》しき形なす城塞そびえるところ
奇しき歩哨どもはべりおりたり

その影　地獄の獣の墳墓を覆い
　神も命あるものも踏み入るを恐る——
禁断の門閉じられ　時の流れ封じられ
されど怪しき慄《おそ》れありて
　瞑《あや》しき星霜の果てに待つ——
されば死せざるもの目覚めたりて……

　ここでいわれているのは、まさにクトゥルーのことにほかならない。死することなくルルイエの神殿に眠れるもの。深大な太平洋の底に沈められ封印された存在。時の彼方に隠された前史時代、宇宙からのなにがしかの侵犯があった。おそらくはより強大な異なった種族が侵入して、CCDを抑圧しあるいは分断した。その結果あるものは逃走し、あるものはすでに生命を芽吹かせていたこの地球の表面から隔離されてしまった。

　眷属群の神々が逃げこみあるいは囚われた（彼らは死ぬことはない）場所はいずれも、彼らの属性に合わせて造り変えられた。クトゥルーは海底都市ルルイエに封鎖され、ハスターは星星の彼方のハリ湖に沈められ、風に歩むもののイタカは北極地方の原野に監禁され、こんにちにいたるまで五年に一度ごとに恐ろしい逆襲を試みる、等々の例がある。

　もっと苛酷に遇された邪神たちもある。たとえばティンダロスの猟犬はこの三次元の正常世界から締めだされ、時空の最暗黒の片隅に棲まうを余儀なくされた。またヨグ＝ソトースはすべての時間と空間とに接するところに封じこめられたが、いずれの表面にも突出することが許されず、無謀な魔法を使う者がときとして召喚に成功するのみという。そしてイブーットゥルもまたそれなりの獄舎につながれ……

　したがってこうした神々もしくは悪鬼たちはクトゥルー神話上で想像するしかなく、人間にはほとんど不可視の存在たちであるわけだが、しかし彼らの〈幻影〉はそのかぎりではない。CCDは元来精神感応力《テレパシー》にすぐれており、原始より人間のなかにとり憑きやすい精神の持ち主を探しつづけてきた。そうして選びだした者らの夢のなかに、自分たち自身の姿を侵入させつづけてきた。夢見人《ゆめみびと》のなかからさらに秀でた者を選んで〈力〉を与えたり、あるいはさらにCCD教の僧職の地位まで与えたりもしてきた。古い時代には――いや、現代ですら――それらのなかから強力な魔術師、妖術師が輩出してもいる。かのジェームズ・ゲドニーもその一人だった。彼は史上の術者たちの業績を集積して、そのほとんどを学びとってわがものとしていた。そしてタイタス・クロウもまた別の一人であった。ただ、ゲドニーの魔術は黒、クロウのそれは白というちがいが歴然としてあった。

　ギフォードが今振り返って考えるところ、あの二人がいずれ衝突することは避けられない宿命だったと思われる。現実に両者はぶつかりあい、結果〈闇〉が〈光〉に敗れた。つかのま世界は清浄な地に還った……

「憶えているかね、あの二人の激突がどのような経過で起こるにいたったか？」ギフォードは問いを発した。「タイタス・クロウとゲドニー師のことだが」

今や月はすっかりのぼりきっている。円盤状の輝きがはるかな摩天楼を銀色に染め、丘の上をうねりのびていく路面を白いリボンのように照らしだしている。路面はしだいに細くなり、道をまちがえたのではないかと思わせた。このままだと、ノイバラやハリエニシダの藪のなかに入っていきそうだ。だが二人とも引き返そうとはしない。

「まず」と、アーノルドが答えはじめた。「ゲドニー教主がイブーットゥルの霊顕を深淵より呼びだすことに成功したのが発端だった。〈暗黒のもの〉と呼ばれる物質のことだ。その正体はイブーットゥルの邪悪なる黒い血だといわれ、人の体の上に黒い雪のように厚く降り積もって、ほどなく窒息させ死にいたらしめる——犠牲者はただ命を奪われるだけでなく、魂を盗られた脱け殻に帰するという。イブーットゥルは人の魂を喰らう悪鬼、精神をかすめとる吸血鬼といわれる」そこで一つ身震いした。このたびは夜気の冷たさのせいだけではなかった。隣を歩く旧友の黒い人影を鋭く光る目で見やったが、その目はすぐ瞼《まぶた》で隠された。胸のうちで、ある異様な言葉を——じつは呪文なのだが——つぶやきはじめた。文言《もんごん》はこれで正確だったかと注意を喚起しつつ。

「よく記憶しているようだな」とギフォードが返した。「そう、かの人物は〈暗黒のもの〉を呼びだした——そしてそれを実際にもちいた。ために、シモンズが死んだ。おそらくそれ以前にも犠牲者がいただろう。ゲドニー師と反りの合わなかった者たちだ。むろん、〈暗黒のもの〉は完璧な殺人兵器として働いた」

アーノルドは月明かりのなかでうなずいた。「そう、たしかに……」そのあと、胸のうちのみでこうつぶやいた……もう一度働くときがくる！

「ところで、あの物質の働きの原理を知っているかね？」ギフォードがまた問う。

気をつけろ――なにかがアーノルドのなかで注意をうながした――危ないぞ！　彼は肩をすくめ答えた。「およそのところならね。詳しいわけじゃない」

「詳しくないだと！」ギフォードは声を荒らげた。「教団を八年ものあいだ率い、ゲドニー師以上に強い力を持つにいたったおまえが、あれの秘密を詳しく知る気も起こらなかったというのか？　笑わせるな！」そして声に出さずに――〈そうとも、アーノルドよ、おまえがそんな程度であまんじているはずはない。この、こざかしい嘘つきめ〉。

「いや、本当だ」アーノルドはいい返した。「知っていることといえばまず、あるカードがかかわっていること。それにはプテトリテス人の超古代文字が記されている。この文字がある種の匂いを放ち、〈黒きもの〉はそれを追いたどって目標を見つけだし、ゲドニー教主からの生け贄としていた。このカードが犠牲者に手わたされ、そののち……」

「そののち」とギフォードが受け継いだ。「教主は召喚の呪文を唱えた。すると〈黒きもの〉がどこからともなく降り、黒い雪片の群れのように犠牲者の体を押し包み、溺れさせ窒息死させ、生命力と霊魂を吸いあげた」

アーノルドはうなずき、「そう、そのとおりだ」

道は行き止まりにさしかかった。土手があって、その先は月を照らし風にさざめく広い水面へとくだっていく。

「沼か」と、ギフォードが嘆息した。「引き返したほうがよさそうだな。むだな散策だったか。まあ――少し内密の話をする機会にはなったがね。おれはといえば、あれからアメリカにわたって自分の教団をつくり、以来さまざまなことを体験してきた。そしておまえは、この地に残ってかの教団を引き継ぎつづけた」

二人はきびすを返した。「そう、いろいろなことがあった」と、こんどはアーノルド。「いうとおり、わたしはゲドニー教主以上の力をつけもした。だがそういうきみはどうだ？　聞いたところでは、やはり相当な成功をおさめたそうだが」

「ああ、かなりうまくいったとはいえるだろう」と答えるギフォード。「なかなか強力な教団だぞ――おまえのより強くなったかもしれん。そしておれはその指導者なのだ」そこで反論に先んじるようにさっと手を挙げ、「といってもアーノルド、おまえを軽視してるわけじゃない。ただ、事実は揺るがしがたいということだ。おれはそもそも、漠然とした気持ちで渡航したわけじゃ決してなかった。かの地でなにができるかを、初めからはっきり予感していたんだ。ゲドニー師の遺してくれた知識もたしかに助けにはなった、おまえも同様だと思うがね――だがおれは、ほかにも学を求めた。さらに多数の本を漁った。わたり着いたニューイングランドの地には、その気になって探せば秘密宗派や悪魔崇拝が現代も散在している。このおれですら驚くような異端の人々がね。今やそのすべてが――わが支配下に統合されているのだ！　といっても今はまだゆるやかな統制だが、いずれ時の流れがさらに変えてくれるだろう」

「すると、さらにはわたしたちまで併合しようということか？」背の低いほうの男は半ばうなるような声を出して、旧友を問い質した。「しかもわざわざこの地に戻ってきて、わたしにじかにいいわたそうとはな。だがここイングランドでは、きみのアメリカ流の影響力は通じないぞ、ギフォード。むしろ愚かなことだ、独りでここにくるとは！」

「独りだって？」旧友の声は危険な低さをたたえはじめていた。「おれが独りなものか。それに、愚かなのはアーノルド、おまえのほうだ」

いい争いながら二人は、いつしか道を逸れていた。湿った芝地を踏み、緑の鮮やかな下生えを抜け、古い煙突が月光のなかに突き立つ廃墟の前にふたたび立ち戻ってきた。相対峙し、それぞれに同じ決意を胸にいだいた——今こそついにけりをつけるときだ、と。

「まさにここだ」と、まずアーノルドが口を開いた。「ここでゲドニー教主はみまかった。タイタス・クロウにカードをわたし、〈暗黒のもの〉を召喚して、仇敵の頭上に降らせたのちに」

「クロウは自邸の周囲に結界を張っていたのだったな」とギフォードがあとを受けた。「だが〈暗黒のもの〉の前には役に立たなかった。そこで結局、やつのほうもそれなりに悪辣な手段に訴えざるをなくなった」

「そう、賢い男ではあった、あのクロウは」とまたアーノルド。「〈ゲフの折れた石柱〉に記されていることがらを理解していたのだからな。気づいていたのだからな、〈イブ－ツトゥルの黒き血〉の活用法を心得ていたプテトリテス人が、それを知るための手がかりを遺していたことに」

「そういうことだ」ギフォードは含み笑いを洩らす。「おまえ自身も、一見したところ以上に詳しい知識があるようじゃないかね？」そして、低い声で文言をつぶやきだした。

〈暗黒のもの〉を召喚せし者
凶事あるを肝に銘ずべし
滅ぶべき敵　流るる水により命護らる
喚《よ》び出《いだ》されし暗黒　喚びし者に報いぬ……

アーノルドは耳を傾けたのち、暗い笑みをたたえてうなずいた。「あとで調べて知ったことさ。だがクロウはあらゆる状況にそなえて知識を網羅していた。驚くべき男だ。ひとたび自分が攻撃されたと察するや、ただちに『ネクロノミコン』のある一節を頭に思い浮かべた。つぎのような部分だ――

……心得ある者かの呪文を唱えしとき、時代の如何《いかん》を問わず、宇宙ならざる宇宙より〈黒きもの〉喚び出さる。そはイブ－ツトゥルの血にして、生け贄を息詰まらさしめ、その生を奪い魂を喰らい、ときに〈溺れさすもの〉と呼ばる。この溺死より逃るるは、ただ水によるべし。水中に於いてのみ……

――たやすいことだったろうさ」とアーノルドはつづける。「他人の術を盗む大胆さを持った輩にとっては！〈暗黒のもの〉を体に厚く降り積もらせながら、やつはすかさずシャワーの下に身を置き、水を噴出させるだけでよかった」

一方のギフォードは不意にさっととびすさり、口を大開きして、巨犬のように吠えた。「まさにな！」と哄笑をあげる。「想像できるか？　あの偉大なジェームズ・ゲドニーが、まんまとしてやられたのだ。自分もクロウとともにシャワーの下に入り、水を浴びねばならなくなった。クロウがカードを突き返したことにより、〈暗黒のもの〉がまさに喚びし者に報いてきたからだ。クロウはゲドニーを押し戻し、水しぶきを浴びさせないように必死に努め、ついには〈暗黒のもの〉にその役目を完遂させしめ、仇敵の魂をイブ＝ツトゥルのもとへ送り去った。おお――なんという皮肉か！」

アーノルドもまた身をしりぞけ、二人の現代の魔術師は今ブロウン館の瓦礫をはさんで、決然と向かいあった。

「だが今夜は水しぶきも望めないな」そういうアーノルドの顔は、月明かりのなかで白い仮面のような悪虐な笑いを浮かべている。

「なんだと？」ギフォードの巨体が興奮に震える。「脅しか？　小癪な！」

「わかっているさ。きみのコートの左ポケットだよ、ギフォード。そこに、あれを持っているのだろう！」

ギフォードが文字のつらねられたカードをポケットからとりだすやいなや、アーノルドはイブ＝ツトゥルの忌まわしき血を虚空より喚びだす呪文を大声で唱えはじめた。狂乱のごとき耳障《さわ》りな音声《おんじょう》はくりかえし錬磨を重ねてきてのもので、その終局の高音が丘の上の冷たい夜気を震わすうちに、呪文の効果が急速に形をとりはじめてきた——がしかし、アーノルドが画策していたほどの高い効果ではなかった！

「ばかめ」ギフォードが館の廃墟の向こうから嘲弄する。「愚か者めが！　ゲドニーほどの男を消し去った大きな魔力を、このおれが軽視して考慮していないと思うか？」こういい放つうちに声は低く深くなり、ついには腹の底からのうなりのように響くにいたった。不気味な力の放射が作用しはじめた。大地から煙のような霧が螺旋状に立ちのぼってきて、二人のあいだにわだかまる館の残骸を押し包んだ。まるで崩落した直後の爆煙を思わせる光景だ。

アーノルドはさらにしりぞいたかと思うと、さっと背を向けて走りだした。と、苔むした煉瓦につまずき、倒れこんでしまった。あせって立ちあがり、振り返って——思わずすくみあがった。

なおも奇怪な笑いをあげつづけているギフォードが、いつのまにかオーヴァーコートを脱ぎ捨て、のみならず上着とシャツまでも脱ぎ去って、湿り気にぬめる野辺に投げやっていた。脱いだ衣服の下に現われた巨軀は——

——まったき黒色に染まっていた！

といっても、黒人の黒い肌とはちがう。黒インクとも、色の深い黒檀とも、また純度の高い縞瑪瑙の黒とも異なった色だ。それはまさに、最遠なる星間宇宙の暗黒——あるいはかのイブーツトゥルの黒き血の色というほかはない！

「そうとも、アーノルドよ」うなるギフォードの脚は今やただよう霧に隠され、上半身は不気味に震える肉塊となって、現実空間を揺らがせはじめている。「あらためてわかっただろう、このおれが秘術の表面をなぞるだけで満足する男ではないということがな。もっと深くまできわめたのだ。しかも、〈暗黒のもの〉をあやつる程度ではすまない。おれ自身が〈暗黒のもの〉となったのだ！　この星におけるイブ＝ツトゥルの司祭に――最高僧位に就いたのだ。〈暗黒のもの〉はもはや闇の虚空から飛来するものでも、異形の次元より生まれくるものでもない、このおれが産みだすものとなった！　すなわち、この体こそがかの物質の母体だ。これでもなお、おまえは〈暗黒のもの〉を召喚しようというのか？　やってみるがいい……」そこまでいうと、手にしていた秘文のカードを無造作に破り捨て、霧にけぶる廃墟のあちらに立つ盟友をついと指さした。

ギフォードの体の黒色が、剝がれはじめた。まもなくそれは無数の夜闇のかけらのごときものとなって、彼の上半身のまわりに浮かびただよい、あたかも闇色の蜂の大群がとびかいつつ体をおおっているかのような光景となった――と思いきや、黒片の群れは不意に二筋の流体状に分離した。それぞれの筋が廃墟の左右の縁に沿って流れだし、向こう側へと攻め寄せていく。

ジェフリー・アーノルドはこれをまのあたりにし、恐怖の極《きわみ》にありながらも、必死に頭をめぐらせることを忘れはしなかった。だがめぐらせる余裕は一瞬にすぎ去って、つぎの刹那、奇怪な物質の流れは二匹の大蛇さながらに鎌首をもたげ、彼にまといつきはじめた。立ちつくして悲鳴をあげるうちにも、塗り絵具のごとくたちまちに体を黒くおおい染めていく。またたく間にも、降り積もるこの物質そのもののように真っ黒に変身してしまった。顔までがおおいつくされ、かんだかい叫びも止められた。

いつしか、踊りだしていた──苦悶を表わす恐ろしい舞だ──と思うと、倒れ伏した。霧に濡れた地べたで、黒片に厚くおおわれた姿で、しばらくのあいだ悶えのたうったのち、ついには動かなくなった。

ベンジャミン・ギフォードはその一部始終を余さず凝視していた。邪悪なるものの愛好者である彼だが、この光景にはさしたる楽しみを見いだしていなかった。魔術師にして妖術使いでもあるこの人物は、もっとはるかに悪しき邪悪がこの世にあることを心得ているからだ。大いなる悪がある一方で、大いなる善もつねにある。このバランスは、けだし絶妙に配慮されているものだ。

ギフォードは不意に笑うのをやめた。口をゆっくりと閉じていく。うなじの短い毛が急に逆立ってくるのを感じた。犬のように鼻を利かせ、奇妙な臭いがただよってくるのを嗅ぎつけた。芳しからざる臭いであることがわかる。いったいなにが起こったのか──このよからぬ気配はなんだ? 恐れがふくらみはじめた。今や〈暗黒のもの〉を身にまとっていたときよりもはるかに瘦せた姿となり、文字どおり裸身をさらしている気分だ。渦巻く霧のなかで震えを覚えざるをえなかった。

たとえば、この霧だ。これはアーノルドが使おうとした術のいわば副産物なのだろうと、ギフォードはさっきまで思っていた。だがちがう。やつはもう死んでいるのだ。なのに霧は廃墟からなおも立ちのぼり、異臭を放ちつつ妖しくうねりただよいつづけている。あのタイタス・クロウが根城としていた館の址《あと》から……

それに、〈暗黒のもの〉はどうしてあそこで二筋に分かれたのだ？　まるで霧の立つあの廃墟の範囲を避けたかのようではないか。考えられることは――

「ばかな！」ギフォードはうめいた。声からはもう鉄の強さが失せている。「そんなことはあるはずはない！　だが、まさか……？」

アーノルドの死骸にはもはや生命のかけらも残っていない。ねじくれたまま死後硬直している体から、〈暗黒のもの〉がひとかたまりとなって浮かびでた。そのさまはちょうど、現実空間のなかにいびつな亜空間の穴がぽっかりとあいたところのように見える。黒片の塊はブロウン館跡地のへりに沿って、ゆっくりと流れだした。そしてこの生ける邪悪の雲はまたも二匹の蛇体と化し、かと思うと急に逆向きになって、廃墟周辺の今し方たどった道筋をふたたび戻りはじめた。

意志を持っているかのようなこのゆるやかな接近に、ギフォードは脅威を感じた。ようやくわけがわかった。タイタス・クロウはむろんすでにこの世にないが、あのオカルティストが屋敷まわりにめぐらした結界は今もなお活きているのだ。いや、果てなく活きつづけるだろう、時間そのものが絶え、あらゆる魔術が――黒も白も――永劫に消え去るそのときまで。この地点は〈善〉なるものの集中点となっているのであり、永世を通じて人が〈神〉と呼ぶ偉大なる慈悲の力が宿る地なのだ！　しかもその力は館主クロウの死によってすら萎えることがなく、それどころかこの場所にますます結集して、いよいよ強さを加えるばかりだ。

だからこそ、かつてこの地に初めて〈暗黒のもの〉が喚びだされたとき、それは許されざる瀆神の行為と断じられ、召喚者は全幅の報いを受けたのだ。とすれば、今ふたたび〈暗黒のもの〉をここに招いたことは――のみならずそれをマントのように己が身にまとい、あまつさえイブ―ツトゥルの高僧にまでなっている以上は――このうえないほどの神への冒瀆となるだろう。この地が永劫の聖なるところであるからには。

「た、助けてくれ！」ギフォードは一度だけ叫んだ、〈暗黒のもの〉が襲いかかる一瞬前に。もはや高僧でさえない、彼みずからが〈それ〉自体であったればこそ……

霧が怪しく渦巻くのをやめたとき、ブロウン館の跡形は清澄な月の光を銀色に照り返らせていた。宵闇のなかには二つの亡骸が横たわるばかりだ。月の下でゆがんだ人の形は哀れ以外のものではなく、やがてくる朝にも、大地の冷たさに凍てついて、眠りつづけることだろう。

だが、大地もまた魂を持つものなれば……

訳者付記

本書の訳出に際し、以下の著作を参考にしました。ブライアン・ラムレイ著『黒の召喚者』（国書刊行会）／東雅夫編『クトゥルー神話事典』（学習研究社）／Daniel Harms ENCYCLOPEDIA CTHULHIANA（Chaosium, Inc.）／『ラヴクラフト全集』（創元推理文庫）／『定本ラヴクラフト全集』（国書刊行会）／『真ク・リトル・リトル神話大系』（国書刊行会）／『クトゥルー』シリーズ（青心社文庫）。著訳者のみなさんに感謝します（「妖蛆の王」中の『ネクロノミコン』引用文は、創元推理文庫版『ラヴクラフト全集5』所収「魔宴」の大瀧啓裕氏の訳を引用しました）。

また『黒の召喚者』には、本書中の「黒の召喚者」「ニトクリスの鏡」「魔物の証明」「縛り首の木」「ド・マリニーの掛け時計」（「デ・マリニィの掛け時計」）が収録されており、参照してたいへん助けられるとともに、各邦題もそれに準じました。と同時に、同書の翻訳者でラムレイの初紹介者である朝松健さんに本書の解説を引き受けていただき、格段の喜びです。また作者について教示を仰いだ宮壁定雄さん、宮脇孝雄さんにお礼申し上げます。陰でささえてくれた尾之上浩司さん、植草昌実さん、昔日に本シリーズの訳出を進言してくれた菊地秀行さん、ありがとうございました。

いつまでも若々しく旺盛な執筆活動をつづけるブライアン・ラムレイさんに、この本を捧げます。

WF始動期元年、吉日

優しい召喚者
――ブライアン・ラムレイ讃

朝松健

私は愛によって作品をしたためたのだ！

――ブライアン・ラムレイ

一九九八年の冬のことだ。

わたしはホラーに深く傾倒し、なおかつH・P・ラヴクラフトと彼の神話作品に理解のありそうな作家たちに、片っ端から接触していた。

日本作家によるクトゥルー神話の書き下ろしアンソロジーを作るためである。

ホラー作家はもとより、SF作家、ファンタジー作家、少年愛をテーマにした限定的な意味での〝耽美作家〟、シナリオライター、コミック原作者、ゲーム作家、翻訳家まで、「一緒にクトゥルー神話の作品集を作りませんか」と、声をかける心算であった。

日本でも、アーカム・ハウスのTALES OF THE CTHULHU MYTHOSみたいなものが作れるんだ、ようやくその時が来たのだ、と意気ごんでいた。

そんな折も折である。

接触したミステリ作家から、こんな言葉が投げかけられたのだ。

「朝松さんが以前に訳したブライアン・ラムレイね。あの解説はちょっと……。ご当人が読んだら噴飯ものなんじゃありませんか」

わたしは、たじろいだ。十四年も前に自分のやったことに対して「あれはちょっと」と、はっきり指摘されたからだ。

家に帰って、その本を取り出してみた。

『黒の召喚者』ブライアン・ラムレイ著／朝松健訳（昭和六十一年七月十八日発行）

わたしが足かけ五年勤めた出版社を辞め、フリーランスの物書きになった翌年の刊行である。

『訳者あとがき』を読んでみた。成程《なるほど》、ひどいものだった。辛辣といえば聞こえがいいが、鼻持ちならないマニア根性が丸出しで、ラムレイに悪意を持っているような文章であった。

だが、弁明させていただきたい。

わたしはこれっぽっちもラムレイその人に悪意など持ち合わせていなかったのだ。この頃、つまりこの本のゲラが出た一九八六年の春頃、わたしはいらだっていたのである。職を辞した人間に（いくら予定していた人物が急病でできなくなったとはいえ）、もうへとへとに疲れ切っていたホラー小説翻訳の仕事を持ってきた、会社の無神経さに。いつまでもオカルト記事の仕事から足抜けできない我が環境に。かつて日本になかったタイプの長編ホラー小説を書こうとして容易に書けぬ自分自身に。

わたしの処女作『魔教の幻影』が出版されたのは、実に『黒の召喚者』発売の翌月のことであった。


私は今ここで拙作を娯《たの》しんでいただくほうが好きなのだ。そして彼らが「面白かったよ」と言ってくれるのを好むものである。死後に言われたって嬉しくもない。

——ブライアン・ラムレイ

スティーヴン・キングの『スタンド・バイ・ミー』の序文に、こんなエピソードが紹介されている。

キングが三作目のストーリーをエージェントに話したところ、彼はいい顔をしなかった。どうしてか。エージェント曰く、

「最初は念力少女、お次はバンパイア、そして今度は悪霊のとりついたホテルと、テレパシー能力のある少年。あんたはレッテルを貼られちまう」

どんなレッテルか、といえば——、
ラヴクラフト、C・A・スミス、F・B・ロング、フリッツ・ライバー、ブロック、マシスン、シャーリイ・ジャクスンと同種の作家、つまり、ホラー作家というレッテルである。

彼等の名を思い浮かべて、キングは言った。

「いいじゃないか、世間が望むのなら、ホラー作家になろう。それでけっこうだよ」

そうだ。ホラーの先進国たるアメリカでさえ、このていたらくだったのである。

だが、見よ。

キングのホラーがブレイクするや、純文学やファンタジー畑の作家たちが相次いでホラーを書きはじめ、英米大衆小説圏はホラー一色になった。一九八五年から八八年にかけてのことだ。世にいうモダンホラー・ブームである。

ところが、ブームはあっという間に冷め、あれほどいた「ホラー作家」は、キングを除いて消えてしまった。

ところが……。ところが、である。この間、ずっとマイペースでホラーを、そしてクトゥルー神話を発表し続けた作家がいた。わたしではない。我等がブライアン・ラムレイである。

ラムレイはこの少し前、同人誌〈クトゥルーの墓〉The Crypt of Cthulhu で語っている。

――〈ファンタジー・アンド・サイエンスフィクション（F&SF）〉〈ウィスパーズ〉〈ウィアードブック〉、あとはDAWブックスやアーカム・ハウスで仕事している、と。〈F&SF〉は極めてマニアックなSF誌。〈ウィスパーズ〉と〈ウィアードブック〉はセミプロジン（他に〈カダス〉というのもある）。DAWはドナルド・A・ウォルハイムが編集主幹をつとめるペーパーバックスのレーベル。アーカム・ハウスは初版二千五百部くらいの単行本専門出版社。

つまり、日本でいうなら〈SFマガジン〉をはじめとするジャンル誌に短編を発表する一方、朝日ソノラマや国書刊行会から文庫や単行本を出す作家……といったポジションだったのだ。

〈あとから来たもの〉たちが超能力や幽霊や吸血鬼やサイコキラーやDNAの怪物などをテーマにミリオンセラーをかっ飛ばしている間も、ラムレイは書き続けた——旧支配者や超時間の旅人や『ネクロノミコン』や古代エジプトの黒魔術や人間に取り憑く貝類などを。
そして彼は一九八三年に、『黒の召喚者』の「日本語版への序」で、こう断言したのである。

そうだ、私は（私だけは）神話を死なせたりはしない。神話を沈滞させもしない。常に斬新に保つように心がけねばならないのだ。神話を改良し、常に新鮮なひらめきを求め続けよう。

——ブライアン・ラムレイ

読者も、ファンも、マニアも、ホラーを愛する人間はすべて、そんなラムレイの姿勢と頑固さを忘れなかった。新生〈ウィアード・テールズ〉は一九八九年冬号で〝ラムレイ特集〟を組み、この頑固親父に敬意を表したのである。「ホラーの過去・現在・未来を探究する」と銘打たれた雑誌〈絶叫工場〉The Scream Factory がラムレイの作品二編と書誌、インタビューで構成した小特集を組んだのは、一九九三年の春号だった。さらに、映画を中心にしたホラー・メディア雑誌〈ファンゴリア〉が、大作を続々と発表するラムレイに「アン・ライスのライバル」なる勲章を付して小特集を組んだのは一九九七年であった。
何がかくも——いい、いけずなことでは日本のマニアの比ではない——アメリカのホラー・マニアをして、ラムレイに肩入れせしめたのだろうか。

愚考するに、それはひとえにラムレイの創意工夫にある。

初期のタイタス・クロウ物を見てみるがいい。『黒の召喚者』『ニトクリスの鏡』『魔物の証明』『縛り首の木』『ド・マリニーの掛け時計』……これらは、お世辞にも、上手い作品とは言いかねる。実際、このレベルの小説なら、コミケやウェブサイトでいくらでも見つかりそうだ。

しかし――。

『誕生』『妖蛆の王』『海賊の石』『呪医の人形』『名数秘法』『続・黒の召喚者』……これらは、先の作品とは格段に違う。これはプロの作品である。ときにM・R・ジェイムズ、ときにデニス・ホイートリー、ときに（ある種の）ロバート・ブロック作品を髣髴《ほうふつ》させながら、これらは明確にラムレイ印である。タイタス・クロウもド・マリニーも、しっかりとキャラクターが立っている。

ラムレイの創意とは、形骸化しつつあったクトゥルー神話に新風を吹きこんだことであった。その新風とは、アクションと伝奇という二大要素の注入である。

クトゥルー眷属邪神群（CCD）に対抗するための組織〈ウィルマース・ファウンデーション〉（WF）という設定。邪神の末裔や使徒が、現実の事件や国際的な謀略、イギリス陸軍の防衛戦略に絡んでくる、という伝奇性。オカルト知識と意志の力を武器に、旧支配者とアクティヴに戦うタイタス・クロウ、というアクション性（クロウはやがて、ドクター・フーやビグルスといったイギリス冒険ファンタジーのヒーローと等しく、時空を超越して戦いを広げていくこととなる）。こうした要素は、ダーレスが試みかけながら、途中で放棄してしまったものであった。

私のなかでHPLとその無気味な傑作群は絶えず燃え続け、けっして消えることはない。これ以上、何が言えるだろう？　——ブライアン・ラムレイ

実は一九八三年のいっとき、わたしはラムレイと文通していた。八四年には、わたしの出したクリスマスカード（ロクロ首の絵柄である）に、彼は年明け早々「ブキミなカードをありがとう」と手紙をくれたものだ。

その末尾には、明らかに訳書を見て書いたと思しき片仮名で、こうサインされていた。

——ブライアン・ラムレイ、と。

そんなラムレイの作品が、本書を皮切りに続けて文庫で紹介されるという。親日家の心優しき「召喚者」の全貌を、皆さんと共に楽しみたいと思う次第である。

〈タイタス・クロウ〉シリーズ　作品紹介

THE BURROWERS BENEATH (1974)　『地を穿つ魔』創元推理文庫

第一長編。クロウとド・マリニーは〈ウィルマース・ファウンデーション〉に参加。地底深く潜む巨大な邪神との戦いを開始する。そして、二人は〈ド・マリニーの掛け時計〉で異界へと旅立つ。本書所収の「続・黒の召喚者」は、この作品の後日譚となる。

THE TRANSITION OF TITUS CROW (1975)

第二長編。前作より十年後、超人となって異界から帰還したクロウは、再び〈時計〉の力を借り、太古の地球へ。そこで知ったのは、邪神たちの意外な正体だった。そして、旧神の棲む幻夢境エリュシアを訪れた彼が見た、さらに意外な真実とは……？

THE CLOCK OF DREAMS (1976)

第三長編。ド・マリニーの夢に旧神クタニドが現れ、クロウが恋人ティアニアと共に囚われの身となっていることを告げる。彼は二人を救出せんと、幻夢境ダイラス・リーンに向かうが……。クロウとド・マリニーの再会と、さらなる戦いを描く。

SPAWN OF THE WINDS (1978)
〈風に乗り歩むもの〉邪神イタカを追い、北極で行方不明になったテキサン・ホーク・シルバーフット。そのテレパシーを受信した霊能者ホアニータ・アルヴァレスが物語る、彼の冒険とは？「ラヴクラフト＋E・R・バローズ」と評された第四長編。

IN THE MOONS OF BOREA (1979)
幻夢境の北極ボレアで、イタカと戦いつづけるシルバーフット。邪神の巫女アーマンドラを相手に苦戦する彼の前に現れたのは、クロウとド・マリニーだった！ヒロイック・ファンタジイ色をさらに濃く打ち出した第五長編。

THE COMPLEAT CROW (1987)　本書

ELYSIA: THE COMING OF CTHULHU (1989)
第六長編。ついにクトゥルーが覚醒した！〈ティンダロスの犬〉や邪神ナイアルラトホテップらと戦いつつ、イリュシアにたどり着いたクロウとド・マリニーにも危機が迫る。が、そこに思わぬ協力者が……。シリーズ完結編。

訳者紹介　1954年新潟県生まれ。英米文学翻訳家。主な訳書にブロック「サイコ」，ロジャーズ「赤い右手」，スキップ&スペクター編「死霊たちの宴」，スティーヴンスン「ジキル博士とハイド氏」などがある。

検印
廃止

タイタス・クロウの事件簿

2001年3月16日　初版
2007年10月12日　6版

著者　ブライアン・ラムレイ

訳者　夏《なつ》来《き》健《けん》次《じ》

発行所　(株)東京創元社
代表者　長谷川晋一

162-0814/東京都新宿区新小川町1-5
電話　03・3268・8231-営業部
　　　03・3268・8204-編集部
振替　00160−9−1565
旭印刷・本間製本

乱丁・落丁本は，ご面倒ですが小社までご送付ください。送料小社負担にてお取替えいたします。

ISBN4-488-58901-4　C0197

平井呈一

真夜中の檻

〈ホラー〉

本邦ホラー屈指の傑作として名高い表題作と、都会の片隅に芽生えた悲しくも不可思議な恋の物語「エイプリル・フール」の創作全二篇に、英米の怪奇作家とその作品を造詣深く語るエッセイを併録。『吸血鬼ドラキュラ』等の名訳者であり、海外怪奇小説紹介の先駆者としても知られる平井呈一の全容を明らかにする、ホラーファン垂涎の一冊。

58501-9

朝松　健編

秘神界―歴史編―

書き下ろし《クトゥルー神話》アンソロジー

〈ホラー〉

H・P・ラヴクラフトが創造したクトゥルー神話を、二十八人の作家が独自のアプローチで競作。未曾有のアンソロジーを全二巻でおくる。各編イラスト付。《小説》芦辺拓、井上雅彦、神野オキナ、紀田順一郎、小中千昭、立原透耶、田中啓文、松尾未来、松殿理央、山田正紀、朝松健《評論》安田均、米沢嘉博、鷲巣義明《付》書誌・映画資料

59501-4

朝松　健編

秘神界―現代編―

書き下ろし《クトゥルー神話》アンソロジー

〈ホラー〉

現代編には、TVドラマ撮影現場に潜む恐怖に始まり、ラヴクラフトの生地を覆う影に至る多彩なクトゥルー神話十七編を収める。《小説》安土萌、荒俣宏、飯野文彦、倉阪鬼一郎、小林泰三、佐野史郎、柴田よしき、妹尾ゆふ子、竹内義和、田中文雄、友成純一、友野詳、南条竹則、平山夢明、伏見健二、牧野修、村田基《評論》霜月蒼、原田実

59502-2

紀田順一郎・東雅夫編

日本怪奇小説傑作集1

〈ホラー〉

本傑作集は、既刊『怪奇小説傑作集』と並び、日本の怪奇小説の精華を選りすぐったものである。第一巻は明治の小泉八雲、泉鏡花、夏目漱石、森鷗外に始まり、大正の村山槐多、谷崎潤一郎、大泉黒石、芥川龍之介、内田百閒、田中貢太郎、室生犀星、岡本綺堂、江戸川乱歩を経て、昭和初期の大佛次郎、川端康成、夢野久作、佐藤春夫に至る。

56401-1

紀田順一郎・東雅夫編

日本怪奇小説傑作集2

〈ホラー〉

日本の怪奇小説は、西洋の作品の影響のもと、題材手法ともに変化をとげた。そして海外にも受容され得る普遍性を備えてきた。第二巻は昭和戦前の城昌幸、横溝正史、西尾正、橘外男、角田喜久雄、幸田露伴、久生十蘭、火野葦平、三橋一夫、中島敦から、戦後の山田風太郎、三島由紀夫、円地文子、山本周五郎、遠藤周作、日影丈吉を収める。

56402-X

紀田順一郎・東雅夫編

日本怪奇小説傑作集3

〈ホラー〉

ミステリやSFに繋がる科学的な幻想への指向性。意識の闇への沈潜。怪奇幻想を受容し肯定する懐疑精神……現代怪奇小説の変容と多様性を一望する。山川方夫、吉行淳之介、小松左京、稲垣足穂、都筑道夫、三浦哲郎、荒木良一、星新一、半村良、中井英夫、吉田健一、筒井康隆、阿刀田高、赤江瀑、澁澤龍彥、皆川博子、高橋克彦を収録する。

56403-8